全民阅读文库·精品

当代中国最具实力中青年作家作品选
温亚军中短篇小说选

庄莎的方程

温亚军 著

中国言实出版社

图书在版编目（CIP）数据

　　庄莎的方程：温亚军中短篇小说选 / 温亚军著 . --
北京：中国言实出版社，2017.1
　　ISBN 978-7-5171-2105-3

　　Ⅰ . ①庄… Ⅱ . ①温… Ⅲ . ①中篇小说—小说集—中
国—当代②短篇小说—小说集—中国—当代 Ⅳ .
① I247.7

　　中国版本图书馆 CIP 数据核字 (2016) 第 300488 号

出 版 人：王昕朋
责任编辑：胡　明
文字编辑：张凯琳
封面设计：水岸风创意文化

出版发行　中国言实出版社
　　　　　地　址：北京市朝阳区北苑路 180 号加利大厦 5 号楼 105 室
　　　　　邮　编：100101
　　　　　编辑部：北京市海淀区北太平庄路甲 1 号
　　　　　邮　编：100088
　　　　　电　话：64924853（总编室）　64924716（发行部）
　　　　　网　址：www.zgyscbs.cn
　　　　　E-mail：zgyscbs@263.net
经　　销　新华书店
印　　刷　廊坊市海涛印刷有限公司
版　　次　2017 年 1 月第 1 版　　2017 年 1 月第 1 次印刷
规　　格　710 毫米 ×1000 毫米　1/16　14.5 印张
字　　数　220 千字
定　　价　40.00 元　　ISBN 978-7-5171-2105-3

目录

北京不相信眼泪

一

　　郝倩倩被房东领进这套三居室，一下子就喜欢上了。她看的是带阳台的这间屋子，深秋的阳光算不得热烈，但洒在小小的阳台，一片温暖祥和。郝倩倩喜欢这种被过滤的阳光温软地照在身上的感觉。按理，租房还是要杀一下价的，她藏起脸上的欣喜，装出一副犹豫的样子，提出月租降一百。房东是个老太太，北京本地人，慈眉善目，看上去不像特精明的老女人，但她早从郝倩倩的眼神里看到了她对这个房间的喜欢。老太太坚定地摇摇头说："我说过的，这已是最低价，你要看不上，可以去别处租！"

　　一句话，郝倩倩看出老太太慈善的外表下精明着呢，不再二话，当即交了半年的房租，把自己安顿在朝南的这间小屋里。屋子不大，可带着小阳台，主要是小阳台上静悄悄的阳光，这是郝倩倩最满意的，从此以后洗过的衣服就会有阳光的味道了。不像原来租的那个地下室，长长的石阶，每次往里走时，就有种走进坟墓的森然感，洗过的衣服都是阴干的，从没见过阳光，到后来，甭说身上的衣服，就连身体她都觉得能拧出水来。一个住在没有阳光地方的女人，是很容易被敏感的人感觉到的，已经有女同事开始躲避她，怕沾上阴气。郝倩倩一气之下，坚定地搬离地下室，要租个带阳光的住处。这次租的房很中郝倩倩的意，离上班的地方不算太远，楼下就是公共汽车站，到哪儿都很方便，最关键的，屋里有阳台，阳台上可以随意堆自己的东西，湿淋淋的衣服挂在洁净的阳光里氤氲着一种温馨，还有，阳台的感觉像是两个屋子一样，真是太好了。郝倩倩当天就把自己的东西搬了过来，等把屋子整理好，她心里不由叹息一声，积蓄在心里的郁郁之情一下子风吹过似的变得干干净净。

可是，当天晚上，给郝倩倩带来美好感觉的阳台，就给她带来了麻烦：住北边屋子的齐静梅要在郝倩倩的阳台上晾衣服。初来乍到，郝倩倩没法拒绝，当她看到齐静梅挂在那儿的三角短裤、胸罩中，还有一条男人的内裤，心里像鲠了一块东西，很不舒服。

齐静梅是个见面熟，门都不敲就提着湿淋淋的衣服闯进了进来："刚搬来的？速度真快，昨天这里还空着呢。哦，我是北边屋的邻居。在阳台上晾个衣服。"直接向阳台走，连征求郝倩倩的意见都省了。

郝倩倩愣怔间，齐静梅已走到阳台。郝倩倩措手不及，见齐静梅在她刚挂上去的衣服里东瞅西瞧，找间隔大点的空隙。郝倩倩冲到阳台把自己的衣服往边上推出一大块空白来。

好像天经地义，齐静梅连个谢字都没吐，把内衣外衣一股脑儿挂到绳子上，还蜇回头拍了句郝倩倩的马屁："和你做邻居肯定合得来，一看你就是个善茬。"边说边朝东边屋子努努嘴，"不像东边住的那位，仗着是文化人，傲慢得很，眼里都装不下人。我不喜欢她！"

郝倩倩一脸的莫明其妙，她搬东西进来时，东边和西边的屋都关得严实，齐静梅是初次见面，东边的屋住着什么样的人她根本不知道，怎么刚见面就说人的不是？

郝倩倩对齐静梅有些不屑。

见郝倩倩不语，齐静梅盘查可疑分子似地问道："老家是哪的？多大了？来北京几年？干什么的？"

郝倩倩忍了忍，还是一一作答。

"软件公司啊，原来是白领，怪不得呢，一个人住这么贵的房。"齐静梅的语气显得很懒散，好像刚才的话不过随口一问，并没有要等答案的意思，所以也听不出有羡慕的成分。

来而不往非礼也。郝倩倩本不爱打听别人的事，但人家问你了，自己不回问一下显得有些生硬，她还不知道怎么称呼人家，就含糊地问齐静梅的情况。

齐静梅大大咧咧地说："你叫我齐姐好了，比你大十岁，咱们不是同代人，没有共同语言。我没你幸运，啥也不会，原来学的统计，不喜欢原来不死不活的工作状态，辞了工作来到北京，没想到首都什么都统计好了，不需要我这样的统计员。做北漂一族，也漂不到实处，只好住北边见不到阳光的便宜房喽。"

这是一幢三角形的老式塔楼，三居室中只有一间朝阳面，就是郝倩倩住的这间。进门是一间公共客厅，东边一间大一点的卧室，也带一个阳台，只是不朝阳面，朝东，早晨能晒一会儿太阳，光线还算不错，主人叫何婷婷，是位在读研究生，经常与导师加班搞学科项目研究，有时几天都见不到人影。

再就是朝北的那间，齐静梅住着，屋子也不算小，可没阳台，常年晒不到阳光。齐静梅不把衣服晾到郝倩倩的阳台上，就只能阴干。郝倩倩受过这份罪，能体谅她的难处，不就晾晒个衣服嘛，又不占你的床，何况，她一人的衣服也占用不完。

齐静梅是南方人，每天有换内衣的习惯。这是个好习惯，一个常换内衣的女人显见得比较爱干净。郝倩倩对此并无异议。问题是，齐静梅每天要晾一条男人的短裤，这叫郝倩倩心里怪不舒服。一个女孩子的屋里，晾着陌生男人的短裤，这叫谁心里也舒坦不了。房子是三人合住，而且全是女性，房东当时在租房信息上写得明明白白：只租女性，男人免谈。不知是房东老太太对男性有什么偏见，还是曾经受过男人的伤害，反正，她在电话上一再再三对郝倩倩强调，只租女性，男性免谈，还叫郝倩倩心里有种踏实感。

郝倩倩没什么不放心的，她从没担心过安全问题。从女性的角度来看，郝倩倩被男性骚扰的概率不会太高，中等水平吧。至今，除过办公室的那个临时负责的老男人时不时蹭一下她的胸或者屁股，她还没正式被哪个男人骚扰过呢。郝倩倩这点自知之明还是有的。但房东说只租女性，不租男性，却并没有强调不能住男性。齐静梅屋里就住着一位身材高大的男性，看上去年轻又精干，与三十五六岁的齐静梅是什么关系，郝倩倩又不是白痴，不动脑子也能想明白。这不是她操心的事，懒得管人家屋里住的是什么男人呢，跟她没丁点关系。可是，齐静梅三番五次把那个男人的内裤晾在自己的阳台上，她关门可以躲开与男人会面，却躲不开男人的内裤堂而皇之在她眼前摇来晃去，而且看齐静梅的架势，已经把这个阳台当成公共的了，只要郝倩倩不说话，她铁定了要一直晾下去。郝倩倩心里硌应得慌。

受刑一样忍了几天，郝倩倩决定与齐静梅说说此事。这天晚上等她来晾衣服时，郝倩倩拐弯抹角说到男人的内裤。齐静梅一点都不感到意外，很认真地说："你说了半天，是问我与这条内裤主人的关系是吧？他是我老公，现任的，有法律保障的。"

倒弄得郝倩倩满面通红："我不是这个意思，齐姐。"

郝倩倩叫她齐姐理所当然，人家比你大十岁，称呼上没吃亏。

"不是这个意思也没关系，"齐静梅说，"第一次见面，我们俩都觉得年龄不相当，他比我小几岁，可这能说明什么？只准男人找年龄小的，女人就不能找？告诉你吧，年龄小的就是好，劲大，结实，耐折腾！"

说这些话，齐静梅的嗓门一点也没有降低。郝倩倩羞得低下了头。

齐静梅说得来劲，盯着郝倩倩又问："你该不会还没男朋友吧，赶紧处一个，就不会为我的话害羞了，也就知道我这话说得不假。"

郝倩倩没敢回应，担心她会说出更露骨的话来。她也没好意思不让她在阳台上晾男人短裤。就这样，齐静梅老公的短裤理直气壮地晾在郝倩倩的阳台上，旗帜似的，每天雷打不动。

二

郝倩倩第一次见何婷婷，是搬进来的第四天傍晚，她在公用厨房煮了一碗鸡蛋挂面，正要端到自己屋里去吃，经过客厅时，何婷婷推门进来了，两人都一愣，随即会心地浅浅一笑。郝倩倩还主动打了声招呼："你好！"

何婷婷个子不算太高，但天生丽质，略有点发胖，看上去不像齐静梅说的那样高傲。她点点头道："你好！这么早就吃晚饭啦？"像早就熟悉似的，这叫郝倩倩心里的石头落了地。

"早吃早了一桩事。"郝倩倩说："要不一起吃点？"

这是句客气话。何婷婷大概被这句话所打动，插入门内的钥匙不动了，回头看着郝倩倩说:"我带了吃的,待会儿热热就行,你自己吃吧。只是别端进自己屋去吃,弄得满屋子饭味,放也放不走,影响睡觉呢。"

郝倩倩停住脚步,端着碗走也不是,放也不是,有点尴尬。

何婷婷又说道:"就在这吃呀,客厅大家都有份儿。没事的,你坐下吃,我马上热好饭,和你一起搭伴。"

这下,郝倩倩只能在客厅吃了。一碗面条还没吃完,何婷婷已经热好两三个餐盒,端来摆在茶几上,将一盒烤鸡腿往郝倩倩跟前推了推:"来,吃块鸡,我吃不完的。"

郝倩倩一时还不适应何婷婷的热情,她下意识地把碗往一边挪挪,别扭地说:"谢谢,我已经吃饱了。"

何婷婷没注意郝倩倩的动作,往她的碗里看了一眼,夹起一块鸡腿放进去,说:"晚饭这么早,瞧你的清汤寡水,不吃点肉,半夜非饿醒不可!"

郝倩倩躲之不及,鸡腿已经落进她的面汤碗里,不接受已经不行了。她只好夹起鸡腿,慢慢地嚼着,觉得味道还不错。

这一幕,在厨房里忙乎的齐静梅全看到了,她撇着嘴,把锅铲弄得很响。

何婷婷脸上没任何反应,但郝倩倩还是注意到,她微微地蹙了蹙眉,内心里很不高兴的。何婷婷起身摁开电视机,换来换去找喜欢的台看。这个时间段的节目,不是各个电视台的新闻,就是广告,看着没意思,何婷婷把台停在北京一台,里面正在播体育新闻。但是,看上去她对这个节目并不感兴趣。

女人对体育感兴趣的不多。

何婷婷又要给郝倩倩夹鸡腿,这次郝倩倩毫不犹豫地把碗端开,她不能再接受了:"我真的吃不下了,晚上不能吃太多,容易……"突然意识到后面的话说出来不妥,便咽回去。

何婷婷却接过她的话茬道:"你还怕胖啊,我都不怕!其实胖点没啥不好,我的导师就经常对我说,女人还是胖点好,一胖什么都有了,不然,白做一回女人!"

说完,哈哈大笑起来。还别说,何婷婷很丰满,看上去更像女人。

这时,齐静梅把饭做好了,她和老公端来在茶几另一端坐下,出于礼貌,她将自己的饭菜往前推了推说:"倩倩、婷婷,来,再吃点,我今天炖骨头汤了，味道还不错。"

何婷婷说："我可不敢再吃，都胖成这样了。"说着，将自己盛鸡腿的饭盒往那边推推，"来，吃鸡腿。"

谁也没吃谁的，各吃各的。

第二天晚上，何婷婷没回来住，齐静梅对郝倩倩说："昨儿个看到了吧，我们的这个室友可不简单，据她自己说，她研究生还没读完呢，已经把读博士的路子铺好了。因为要在北京落户口，必须读完博士才行。"

郝倩倩不知深浅地问道："她怎么铺的路子，有这么厉害？"

齐静梅诡秘地一笑："你没见婷婷的情绪这么好啊，她把自己的导师拿下了，听她前阵子说，她的导师已经闹离婚呢。"

<h1 style="text-align:center">三</h1>

客厅的电视基本上是个摆设，除过郝倩倩，各自屋里都有自己的电视机，钻在自己的小世界里想怎么看就怎么看，也影响不到别人。郝倩倩不大看电视，节目总有作秀的感觉，腻人胃口。她倒是喜欢唱歌，尤其是那些很有意境的歌词，能听得心绪难平。自从老家大学毕业，到北京淘金后，真正进入工作环境，她就离歌曲远了，有了自己的生活秩序：奔波在上下班路上，努力工作挣更多的钱改变生活环境。同时，得考虑自己的终身大事。其实，郝倩倩是寂寞的，内心是孤独的。在这个年龄，孤独和寂寞是最可怕的，它能啃啮人的情绪和精神状态。其实她也很想尽快交个男朋友，且不说是否能把自己的终身大事定下来，至少可以有个慰藉，有个精神支撑，累了苦了，可以有个温暖的地方靠一靠，有个可以听她诉说的人。可是，在北京这个大得无边的都市，虽然放眼望去，哪儿都是人，她却不知道，那个会对自己有份疼爱的人到底在哪儿。有时候，她也会对某个男士微微心动，但避开人时，她又想对方会喜欢自己什么呢？她听了不少借谈恋爱骗人的故事，她怕自己也会上当受骗，再与人接触，尤其是男人，便十分小心。

郝倩倩有台笔记本电脑，在还没弄清新的住地能不能装宽带上网时，她把业余时间都用在玩游戏上，像个孩子似的，收不住手。玩的时候长了，也有烦的时候，就用手机上阵子网，倒腾自己的博客，她的博客跟她的人一样冷清，偶尔会有些过路的进来溜达一下，几乎没有留言。这也难怪，她的博客不经常更新，若有迎来送往，都是一副朴素得没一点色彩的东西，想要留住人，还真是一种奢念。郝倩倩只是顺大潮，大家都开博，她不开个显得落后、老土。本来就没什么心劲，没什么可写的，每天就那点鸡毛蒜皮的事，天天写不光重复，也没什么文采，成了流水账，谁看呀，又不是名人，靠名气多少还能赚点人气，她也不是那种靠漂亮脸蛋或暴露身体某个部位就能引得"啧啧"声一片的女人。

无聊的郝倩倩实在不知道自己还能干什么，上班朝九晚五，规律得叫人发疯，下班又没男朋友卿卿我我，回到这个租住的屋子，面对的是一团清冷。出去逛逛街，外面的诱惑太大，自己的荷包不鼓，与其被诱惑煎熬，不如不去被诱惑。还有现在看哪儿，她都能感到暗藏的危险。怎么办呢，她怀疑自己的心理是不是有问题，又不敢去看医生。为使自己有所改变，郝倩倩主动承担起这套大居室里的公共卫生，反正闲着也是闲着，有一份事做，总比闲着发愣强。而且这样才能加强与邻居的正常交往，不然，关上门一个人过自闭式的生活，她会离生活越来越远，她的社交障碍也只能越来越严重。郝倩倩不笨，通过几天的接触，她心里有了底，无论是齐静梅，还是何婷婷，她们都不是深藏心机的人，跟她们一起，她不用穿盔甲胆战心惊，至于背后嚼嚼舌头，一点都不奇怪，也不是有意要去中伤谁或有什么目的，女人嘛，不嚼舌头，哪像女人！

客厅、厨房、卫生间，三个最不容易打扫的地方恰恰是最容易脏的。郝倩倩刚开始打扫，齐静梅还觉得不好意思，搭把手一起帮着做，渐渐习以为常，连句客气话都不说了。有时，她手里握把瓜子，站在门口看着嗑着，还一边跟郝倩倩闲聊。其实，三个人中，最令人头痛的就是齐静梅了，别看她每天坚持换内裤，个人卫生弄得蛮勤快，可她的公共卫生意识最差，喜欢把东西乱扔乱放，瓜子皮随手扔得茶几上下都是，她还抽烟，烟灰毫无顾忌地随处掸，烟头随手就扔到地上，自己从来不扫；往厨房地上波脏水，却不见她拖；还爱将杂物扔进马桶，致使堵塞后也不打电话叫物业来人疏通。郝倩倩刚住进来没几天，马桶就堵了，她打电话叫来物业人员，人家从马桶里掏出一把避孕套，很不高兴，非常严厉地对郝倩倩说："拜托不要将这种东西扔进去，它是橡胶，水化不了，这点常识您应该有吧！"

郝倩倩弄个大红脸，想解释一下，物业人员已经背上包走了。那一刻，郝倩倩的心里气鼓鼓的，产生了再也不管卫生间的念头，反正又不是她干的，凭什么平白无故叫人说一顿？可到再堵塞时，她又做不到不管，毕竟她自己也得上厕所啊。不过还好，齐静梅的老公汪大志的素质比齐静梅高，只要是他看到堵塞或者脏了，就会顺手处理一下，到底是男人，做事比女人大度。

处了一段日子，郝倩倩从何婷婷的言行上看出来，她对公共卫生的意见很大，每次见齐静梅堆放在客厅的垃圾或把厨房弄得乱七八糟又不管不顾时，她的脸色就阴得能滴下水来。见着齐静梅，眼皮都不撩一下。齐静梅也能看出这点，可她不但不收敛，有时当着何婷婷的面，故意把菜叶什么的扔到垃圾筐外，看那架势，就是气何婷婷的。同在一个套房里住，抬头不见低头见，谁也不好当面说谁，她们之间的不满情绪都背着对方说给郝倩倩听，好像郝倩倩是个法官，听了她们的诉词就能做个公允判决似的。郝倩倩知道深浅，不发表意见，也不偏向谁，她默默地收拾残局。

郝倩倩承担了公共卫生，没有了可以冲突的由头，何婷婷与齐静梅彼此间的不满也有所冰释。这天傍晚，何婷婷很高兴，一进门就来找齐静梅说她和导师的关系进展情况。

齐静梅摆出老大姐的样子，再一次提醒何婷婷，警惕点，现在最难对付的就是那些老男人，坏着呢，他们锅里碗里的通吃，还当这些都是野食，不吃白不吃，光想占你便宜，不想负责任。多长个心眼不会错的！

何婷婷胸有成竹地说："早料到他这一手了，我也不是吃素的，有把柄在咱手里握着呢，怕啥！"

齐静梅瞪大眼睛："你把人家存折密码搞到手了？"

何婷婷哼了一声："现在谁还要存折，钱都买房押在哪儿升值呢。你没看北京到处是工地，房越盖越多，报纸上却天天说老百姓没房子住，都叫那些公职人员把房买走空在哪儿等挣钱呢。哪像咱们寒碜，买不起房，只能租他们的住。"

"这时候说啥房子的事，我不爱听，你说得大家都知道。我是问你用什么把导师拿住的？"

"就用这！"何婷婷得意地一笑，轻轻拍拍自己的肚子说，"这里装上他老人家的骨肉啦，他想不承认都不行，DNA一鉴定，啥话都不用说，他认栽吧。"

齐静梅望着何婷婷的眼神有点不对劲了，惊愕。嫉妒。无奈。再恢复到正常，把脸贴到她的肚子上，轻轻地说："你这个死妮子，啥时候怀上的，怎么没听你说起？"

"时间不长，才两个来月，怕有闪失，不敢说，这次专门去海淀妇幼保健医院请专家做过检查，铁定了，心里这才有底，这不就赶紧告诉齐姐你了。"

"你这个死妮子哟，"齐静梅叫道，"这么大的事，你都能忍住不说，真有你的。不行，齐姐不能便宜了你这个死妮子。"

这个时候叫死妮子，实在很受用。果然，何婷婷更高兴："说吧，你想去哪儿搓？"

齐静梅思忖了一下，把何婷婷按到沙发上坐下，才说："这可是大事，不能糊弄一下完事，你说是吧！"

何婷婷点点头。

齐静梅反而不好意思说自己的真实想法，她高声叫厨房里的郝倩倩："倩妹妹快放下你的破挂面，咱们今晚去吃婷婷的大户，你说个地方，去哪儿才足以庆贺这么大的喜讯。"

郝倩倩一手拿筷子，一手拿着还没下锅的干挂面，从厨房出来，说："水已经烧开，我就不去了，你们去吧。"她在厨房早已把齐静梅的话听清楚了，心说这种事躲都躲不及呢，怎么还值得庆祝。她想不明白，也不愿掺和进去，还是躲开点好。

"嗯——"何婷婷拉长腔调，一副成竹在胸的样子，"你是怕我请不起，还是认为这件事不值得庆贺？"

郝倩倩脸红了，不好意思再推辞，进到厨房把火关掉。

齐静梅轻轻拍打了一下何婷婷的手，不无亲昵地说："打你个小妮子，口无遮拦，姐妹间还说这种话？倩妹妹，你不说地方，我可说了，这次不能放过婷婷，就去公主坟的'东来顺'吧，这个季节，'东来顺'的羊肉最肥。"

"咳，"何婷婷叹息道，"我还以为你要去前门的烤鸭店、迎宾楼呢，就这个'东来顺'，我个人就能搞定，不用叫我的导师去埋单了。走，叫上大姐夫，下楼打车！"

　　这顿饭气氛本来挺好的，四人围着一个紫铜火锅，吃得满头大汗。"东来顺"连锁店保留着炭火涮肉的传统，羊肉据说是从河北坝上草原直接运来的，红里透白，肥而不腻，配"东来顺"自制的佐料，口感极好。他们边吃边听服务生介绍"东来顺"历史。到北京三年了，郝倩倩不爱吃羊肉，从没进过"东来顺"，还是第一次听说"东来顺"以前为解决肥羊不腻口，从坝上草原把活羊一路赶到京城，好让羊多走些路掉膘。她觉得新鲜，只顾问服务员现在的羊是不是还是走路来的北京，一群羊，怎么进城呢，没注意到齐静梅已经喝了不少啤酒。开始说好不喝酒的，何婷婷有身孕不能沾酒，后来齐静梅说不喝酒没意思，缺了气氛，只管叫了啤酒，没人陪她喝，就与自己的老公一杯一杯地碰，结果，两人都有点喝高了。

　　齐静梅的老公汪大志，模样挺俊秀，平时文质彬彬，不善言辞，一个屋住着，很少听到他的声音，如果不是那身影没法抹却，还真跟没这个人似的。汪大志可能不太善饮，喝了几杯话就多了起来，也不管大家是不是在听，一会儿看看郝倩倩，又看看何婷婷，只管说自己的。他是干摄像的，科班出身，以前在老家湖南担任过不少电视剧摄像，在当地挺红火，据他说在行内有一定知名度，但为了爱情，辞职来到北京，在这里却没人认他，想去找拍电视剧的导演，连门都找不着，一次偶然机会遇上一个自称导演的人，他倒是蛮兴奋地凑上去，说自己是谁，结果人家一脸茫然。在北京这块地儿，怎么扒拉都能扒出一大堆各种所谓的"名人"，人家哪认你是谁呀。以为到北京天大地大，谁料想汪大志连施展拳脚的地方都找不到。摄像也算是一门跟艺术有关的职业，这玩意没标准，想把你说成一朵花，你就是片秋天的枯草也像花一样能绽出好看的颜色，好闻的香味。没办法。汪大志看来在北京只能是枯草，虽然花草是一家，但价值不一样。费很大劲汪大志费有时才能在哪个剧组混点活干，还是个副摄像，就是说，比起正摄像来，工作全得他干，挣的钱却比人家少。没办法，在人家地盘上就得听人家摆布，不然，有本事回湖南施展去！

　　在北京要租房，日常生活的费用，还有他和齐静梅两家的老人，需要花钱的地方很多，汪大志的收入没保障，齐静梅更没固定资金来源，她什么工作都干过：拉保险、搞推销、做代理、摆过小摊，自己还开过好几次店，由于她个性大咧，平时不注意自己的言行，又眼高手低，所有的行当里她都干不长久，到现在还处于"打游击"状态，真正"漂"一族。两个人的经济情况可想而知，经常入不敷出。汪大志怎么说也算是有过瞬间绚烂色彩的艺术家，怎么能长时间耐得住这份寂寞，北京就像一座山似的，压得他挺不起腰来。静下来时，他会想自己在湖南的辉煌，心里茫然得很。实际上，他一直想要回去，继续从前的辉煌，他不想在北京漂了，地方太大，找不准方向。可齐静梅不愿回去，北京那么多人，不是个个都人模狗样！别人能混，咱为什么不能混？北京到处是机会，谁说哪天不叫咱撞上呢。哪怕混得再差，说起来也是在北京。齐静梅不回去，还有一个原因，她与前夫离婚时，与汪大志爱得死活来，双方家人全都反对，甚至以脱离关系威胁也没能阻止这场如火如荼的爱情闹剧。他们的姐弟恋在当地闹得沸沸扬扬，最后连单位都出面也无济于事，实在待不下去，她才携汪大志北上，离开时发誓一辈子都不再回去，心里憋着一口气呢。

酒一喝多，汪大志有点管不住自己，平日的温文尔雅不见了，端着酒杯发起牢骚，说当初要不离开湖南，日子不晓得过得有多自在，哪里会像现在，惨淡度日。话里有责备齐静梅的意思。当着同屋的姐妹，齐静梅很丢面子，把酒杯往桌上一摔，与丈夫吵闹起来。何婷婷和郝倩倩两人赶紧相劝，谁都不听。劝了几句，何婷婷有点不高兴，自己掏钱请客，怎么倒请出事来了，她索性懒得再劝，嘴角挂着冷笑抱着胳膊冷眼旁观，看了一阵觉得没劲，拿出手机发短信玩儿，倒要看看这两个人能吵到什么程度。

郝倩倩看看这个，又望望那个，一副无错的表情竟然把齐静梅给逗笑了。

笑够了，齐静梅才说道："何必呢，这样吵来吵去能解决么子问题？还搅了大家的兴致，尤其是婷婷，齐姐对不住你，咱是为了高兴，却……来，我向婷婷赔罪！"

说着端起酒杯，与何婷婷的茶碗碰碰，一饮而尽。郝倩倩一看，这样就冰释了，心里松口气。

这下，大家却没话可说，再坐着干耗时间没什么意思。何婷婷象征性地问大家还要吃点什么，这是要结束饭局的客套语，谁都不傻。于是埋单，起身离开时，都不由得一阵轻松。

从此，何婷婷不再主动给齐静梅透露自己与导师关系进展情况，齐静梅要是追问，她便浅浅一笑，用"很不错"应付，然后走人，根本不给齐静梅再问"怎么不错"的机会。

齐静梅好奇心重，很想知道何婷婷与她的导师进展如何，同一屋住着，知道头不了解尾，是很难受的，而何婷婷的"很不错"空间太大，到底不错到什么地步呢？眼见何婷婷的肚子一天天大起来，她又开始想导师知不知道何婷婷怀着他的骨肉，知道了会怎么做，是跟自己的老婆离婚，还是要她去打胎？或者给何婷婷一笔钱？一个人的猜测落不到实处，就好像心里有只猫在抓挠，终于忍不住，趁到郝倩倩的阳台晾衣服时，问何婷婷是不是给她说过这些事。

郝倩倩说："她哪儿会给我说，我又给她出不了主意。再说，最近很少见她的面，快到年底了，公司里忙，我每天早出晚归，连个照面都难得，根本没机会和她说话。"

"这倒也是，"齐静梅手臂搭着湿衣服，神情担忧地说，"从她的表情上也看不出什么来，这丫头片子是个鬼灵精，心里可能窝着事。这年头，被男人甩掉的女人多了去啦。她把宝全押在肚子里的孩子身上，保不保险呐？万一她导师不认账咋办，做 DNA 也没用，那时，就得她一人带孩子。这丫头，也不跟咱说说，可以帮她拿拿主意嘛，这豁出去的可是她的一生呐。"

郝倩倩被齐静梅最后一句话感动了。看得出来，齐静梅不仅仅是为她的好奇心理，她是实实在在担心何婷婷呢。郝倩倩的心里立马温暖起来，她发现，自己的这个阳台阳光真的是很充足呢！

四

过完冬至，何婷婷要导师陪她上医院做常规检查。怀孕四个多月了，被羽绒服捂得严实的肚子开始显怀，师姐师妹们都说她胖了，嚷嚷要她去减肥。何婷婷笑笑，说冬天人容易发胖。导师知道她怀孕的事后，脸上一直没晴过，看她的眼神也不像以前那样时不时流露出一丝温柔来。他劝何婷婷把孩子做掉，别等月份大了再做伤身子。何婷婷听着满眼是泪，说你不是答应娶我吗？为什么不让我给你生下这个孩子？孩子就是你的诚意，我希望你留住这份诚意。如果你不留住诚意，那就是说一开始你就没真心对待我，不过是把我当成随便把玩的女人，这样的话我可不答应，别把我逼急，我是什么都豁得出去的。导师见说不动，怕她说急了做下什么出格的事来，后悔当初不该玩火，现在烫着了不是。

从怀孕，导师没提出陪何婷婷去医院做过检查，她这样做，也不是故意为难导师，哪个大肚子女人不希望自己的男人陪呢！只是，她想对导师试探一下，他要真是绝情男人，肯定不会出这个面的。不过还好，导师面有难色，但还是陪她去了。

这次去的是月坛儿童医院。何婷婷的想法是，既然把孩子的父亲叫来了，就去最好的医院做全面检查。怀孩子是人生大事，她又是第一次，像其他育龄女人一样，她的心里对于一个健康的孩子怀着同样的期待。尽管这个时候她还不能确定，这个孩子最终能否为她赢得她需要的一切。

刚下过一场雪。北京的冬天难得下雪，薄薄地铺了一层，高楼林立的北京城像被白灰刷过一般，很洁净。尤其是路边光秃秃的树上，枝枝权权挂满白得耀眼的雪，一副美不胜收的景象。只是地上的雪过于稀薄，还没让人的视觉感受丰满起来，很快被滚滚车流碾压成黑色，车轮没辗到的地方也被汽车尾气熏成灰色，脏抹布似的一团一团堆在路边。景是没法看了，但何婷婷还是为这一场雪的到来心情好了起来，她觉得这场薄雪至少让这个城市的空气清新了。裹着长长的红色羽绒服，黑色高筒靴子，使她的身材一点没受肚子臃肿的影响，她心情不错，走路的步伐不像个孕妇。导师却像个败军之将，脑袋上扣顶圆帽，像个特工耷拉着脑袋，一声不响地跟在何婷婷身后，听到她跟他说话，不作答，也不抬头，只是敷衍地点点头。导师挑这种天气出来，不想碰到熟人，免得别人问起不知怎么回答。

也许是雪天的缘故，医院竟难得地没有人山人海，但病人还是不少。北京就是这样，空气不好，人容易生病，生个病去医院吧，到哪个医院都尽是病人，好像人光顾着生病，不干别的。排队、挂号、检查，走到哪都有张着嘴乱哭的孩子和大肚子孕妇。折腾了大半个下午，最后定格在 B 超上。何婷婷注意到，医生给别的孕妇做 B 超时，几分钟就好了，给她照时，却用了十几分钟。探头在她隆起的肚皮上蛇一样滑过来滑过去时，她有种不祥的感觉。果然，做完 B 超，医生的脸很严肃，一点儿也没刚才的温和劲。她要何婷婷先到走廊去等候，要跟导师说几句话。何婷婷急了，要医生有什么话直接跟她说，不用避着她。医生笑笑，说没什么大碍，就是想跟你家里人商量一下。

医生把何婷婷关到门外，严肃地问导师："闺女还是儿媳妇？"

导师一时找不准自己的位置，没听明白医生的话，静静地望着她。

医生认真地说："最好叫孕妇的丈夫来一趟，胎儿可能有点麻烦！"

导师这下找到了位置，脸刷的红了，嗫嚅道："我……是。"

医生尴尬地笑笑："SORRY！"随即一本正经地说，"是这样，从 B 超情况看，胎儿发育有点不大正常，像是畸形，而且我听胎音，胎儿的心脏跳动也不正常，可能有先天性心脏病，但这还需进一步确诊。不过，B 超一般出入不会太大，作为孩子的父亲，你得有心理准备……"

"准备什么？"导师下意识地问。他听明白了医生的话，只是有点不太相信，这不是个好消息，可对他而言，无疑是盖楼的人把房子越盖越高，却发现忘了盖楼梯时，有人伸过来一把梯子，有一种绝处逢生的惊喜。他拼命掩饰着内心的惊异。

"要不要这孩子。"医生直截了当地说，"如果你们不放心，可以到别的医院检查一下，但我相信结论差不多。这样的畸形儿将来生下来也是累赘，我还是建议你们做掉。好在现在发现不算太晚，若要做手术的话对你妻子的身体影响还不太大。拖的时间越长，对孕妇的身体伤害就越大。"

"哦——"导师舒口气，"那要做什么样的手术？"

"引产，过三个月只能引产。要是你们早点做例行检查的话，就会发现问题早点，那时候要是流产，就比引产简单得多。"

导师一直紧绷的脸如一朵经了春风吹拂的花，慢慢地绽开了。他说："医生，非常感谢您，要不是您及时把问题查出来，我们今后的痛苦和麻烦就更大了。真不知道该怎样感谢您！"

医生摆摆手："啥话也别说，还是好好做你妻子的工作，好好安慰安慰她吧。这种时候，最需要安慰的是她。"

导师连连点头："会的会的，我会做好她的工作。长痛不如短痛，与其将来麻烦，不如现在快刀斩乱麻。"

何婷婷接受不了这个事实，她费尽心机，难道就是这种结果？她不相信医生所说的话，说白了是不信自己的运气会这么差，好不容易有了拿住导师的资本，就因为这个医生的一句话，一切都付之东流？她坚持要到别的医院复查。导师这个时候挺开通，复查就复查，只要结果更改不了，到哪儿查都行。结果还真如儿童医院那个医生所言，B超和其他各项检查都显示，胎儿是畸形，心跳是不正常。

这没办法，谁也预料不到会是这样，正应了那句话"命里有时终须有，命里无时莫强求"。何婷婷哭得死去活来，她不想打胎，还有个万一呢，也许以后她吃得好一些，营养足了，孩子在她肚子里长着长着又健全了呢。刚轻松下来的导师又紧张了："这是什么逻辑，还研究生呢，这么简单的道理都不懂，一棵一开始就畸形的苗，怎么可能挺拔？你舍不得打掉孩子，心情我能理解，我也舍不得呢。可难不成我们真的要个——畸形儿？将来他来到这个世上，受苦的不光是你我，孩子也得受啊！咱先不说那么远，说近点的，说不定他长着长着就在你肚里殁了，这也不是没可能，那样的话你不得多受份罪！"

何婷婷被导师的话引出一串串泪珠来，无声的，压抑的哭声又一次响起。导师的话在她听来不无道理，她不傻，不可能把有问题的孩子生下来，她是哭自己的前程，好不容易看到一线希望，却中途坠落，重又把她抛回黑暗、逼仄的角落。导师见劝不住她，心里很烦躁，又不能表露出来，就说："你是害怕吧？别怕，有我呢，我会一直待在你身边的。"

何婷婷含泪摇摇头。

"你还是不舍得？这也是为你好，第一次做母亲，就该有个健康的孩子，你说呢？"

何婷婷的大脑已是一片空白，除过摇头，什么也不会了。

导师弄不明白，一个女孩，到底为什么会对孩子有如此的眷恋之情，她怎么不像有些女人，到医院做流产就跟进趟厕所一样随便。

忽然间，导师意识到什么，他不由自主地打了个寒战。

何婷婷回到租住的房子，把自己关在屋里，三天三夜没出门。

要不是听齐静梅说，郝倩倩都不知道何婷婷这几天一直在家里，她的屋子里静悄悄的，没一点声息。郝倩倩有些担心，三天三夜不出门，肯定发生了什么事，不用脑子也猜得出这时候发生在何婷婷身上的事，一定与她的导师有关。郝倩倩怕何婷婷想不开，几次想去敲她的门，但被齐静梅拦住了。她俩趴在门上听，寂静的屋子里隐约传出何婷婷压抑的抽泣声。只要她还在哭就没事，她们不用那么担心了。

这三天，何婷婷过得异常艰难，由失望到绝望，由伤心到悲愤，她的情绪大起大落，浪头似地一波涌着一波，哭到最后，几乎都忘了自己为什么而哭。她收起眼泪，望着自己的肚子。肚子依旧鼓凸着，只是这时候已引不起她的兴奋和憧憬，它失去了存在的实质意义，已变成了负担，一个只能带给她伤害的负担。何婷婷咬咬牙，把脸上残存的泪水抹开，她不哭了。眼泪解决不了问题，没有人会把她的眼泪当一回事，包括她的导师。

第三天后半夜，何婷婷睡不着，忍不住打开三天来一直关着的手机，里面跳出三十多条短信，除过几条师兄妹发的，其余全是导师的。他在劝她趁着胎儿不算太大，赶紧去做手术，再等，身体会吃不消的。也许是见不到何婷婷的回信，才说了一些会一直爱她之类的话，最后两条，导师似乎下定决心说，打掉胎儿，我会娶你的！

自从医院回来，何婷婷自始至终没和导师说过一句他们下一步的打算。承载她全部希望的是肚里的孩子，她所有的想法和打算都是以这个孩子为基础的，有这个孩子，她就拥有导师，有了导师，她什么都有了。现在孩子要没了，导师的这个允诺，不就是她怀孩子的最终目的？！

她给导师回打短信：同意打胎！

打一次胎，与生次孩子一样，何况是四个多月的胎儿。何婷婷把牙都咬疼了，但她没流一滴泪，没叫一声疼。她只是在心里叫道："我再也不怀孕了！"

医生像明白何婷婷的心思，对她说："你今后恐怕再也不能怀孕了！"

为这句话，何婷婷又大哭了一场。

五

汪大志参与拍摄的一部三十集电视连续剧，政审过不了关，反复修改不下十次，最后还是被广电总局毙掉了。投资一千二百多万元，没法卖给电视台收回成本，光演职人员的工作费就欠了八九百万。制片方想走二级、三级市场，卖给那些小地方电视台，结果哪个电视台都不敢要。谁愿掏钱买个广电总局通不过的片子？制片方老板接受不了这个残酷的结局，跳楼自杀，虽然没死，但脊椎骨断成几截，瘫痪了，现在连句完整的话都说不成，只剩躺在床上等死了。

就是说，汪大志这个副摄像，每集三千元共计九万元的工作费彻底泡汤了。他与一帮演职人员疯了似的跑医院，想多少要点钱回来，可看到要么昏迷不醒，要么醒来只睁着两眼空洞望着天花板的老板，默默地退出病房。

这可是汪大志将近一年的收入啊，除过签到协议时拿过两千元定金，他等于白干了一年。

齐静梅很生气，一个大男人一年白干，让她一个女人承担全部生活费用，这叫什么世道！她叫汪大志拿着协议，到法院起诉，既然当初签下合同，就具有法律效用。瘦死的骆驼还比马大呢，总可以要回一些钱的。汪大志捏着协议书静静地望着齐静梅，泪水慢慢地涌出眼眶，他哽咽道："就是法院能判，他是个废物了，还能付你钱呐！"

齐静梅说："他有家人，家里有房子，就不能替他偿还呀？"

汪大志说："不能，他家里的房子都卖掉了给他治病，他老婆的头发全白了，孩子也不上学了。"

齐静梅大声喊道："这跟你有什么关系？他欠你九万多块钱，不是个小数目啊，你怎么尽替那个废物考虑呢？"

汪大志像只斗败的公鸡，耷拉下脑袋，慢慢蹲到地上，抱着头，突然老牛似的放声大哭起来。

他们已经算好了，拿到这笔钱到回龙观首付个一居室的期房，早已经把楼盘都看好了。这下，在他们面前一直闪烁的星光彻底熄灭了。希望是个肥皂泡，破了，连破的碎片都寻不到。

齐静梅情绪本来就不好，汪大志像个断了线的木偶，她想提起来都没下手的地方，见他堂堂一个大老爷们，自己不想招儿，居然抱头痛哭，这又不是靠哭就能解决问题，更加觉得胸闷，气不打一处来，怒斥道："嚎什么嚎？嚎死也不会有人同情你，北京从来就不相信眼泪！"

这种时候，本来是需要安慰的，齐静梅的话却刀子一样，扎进汪大志的心里。他被这把刀扎伤了，顾不得哭，眼泪都没抹干就与妻子吵起来。

这只是导火索，从此以后，齐静梅与汪大志的争吵成了家常便饭。大多时候，是齐静梅挑起事端，她像个火药桶，只要见着一点火星，有时甚至不见火星也要炸起来。冬天是很多动物冬眠的季节，不少剧组也动物般冬眠着，这个时节一般不好找拍戏的活。汪大志只能窝在家里睡觉、吃饭、看电视。齐静梅愤懑不已，从到北京，她就一直没停歇过，无论做什么行业，她的前提都是钱，钱是她人生最大的需求，也是她最大的追求，她发誓一定要在北京混出个人样，叫湖南那些人看看，即使"漂"在北京，也比别人活得好。可实际上他们一点都不顺当，这不能不叫齐静梅心急气短，原来还多少有点盼头，虽说汪大志只是个副摄像，挣得不算多，但比她东奔西颠强得多，她一直抱有幻想，只要在北京待着，就有机会，说不定哪天汪大志像当初张艺谋给陈凯歌，顾长卫给张艺谋当摄像一样，不小心就成为大导演呢。因为心里多少存着点梦想，所以暂时的不顺当齐静梅还是可以乐观地承受。现在可好，副摄像都没得干，钱也没拿回来，汪大志铁定了不出去寻工作，这样的状况怎么能实现梦想？也怪不得齐静梅生气。汪大志也有气，在湖南好端端的，根深叶茂，却非要连根拔起，端到北京来做个长不出根来的浮萍，风往哪儿吹便往哪里漂，能漂倒也罢了，没有风叫他怎么漂？漂不动嘛！

两人都一肚子气，为吃什么饭、炒什么菜、喝什么汤，为换电视频道，为放的一个屁，穿的鞋发出的声音，甚至楼上人唱歌，门外有人经过，齐静梅都会像个动作敏捷的猫，扑过去抓住话题，说不到一两句，就含棍夹棒，连讽刺带挖苦，一股脑儿兜到汪大志头上。汪大志起初接几招，还几句嘴，这也是出于本能。可在吵架这块阵地上，齐静梅的段位比丈夫高得多，汪大志往往才接完一句，她就噼里啪啦扔出来一大串，重磅炸弹似的，一个接一个地爆炸，炸得汪大志晕头转向，根本不知道是何招数了。

后来，汪大志聪明多了，不再接妻子的茬，齐静梅手指头戳到他脸上，唾沫星喷他一身，实在忍无可忍时，他偶尔才会咆哮两声，但不会太过分，毕竟是搞艺术的，多少懂得些收敛，也有点男人的气概，有种不与女人计较的涵养。

可是，齐静梅心里的气得有发泄的地方，她不可能闷声不响地忍着。

有理没理，她都穷追不舍，什么事都埋怨汪大志，好像她从来就没错过。做饭时，明明是她往汤里放多了盐，喝一口太咸，就吐到客厅地板上，埋怨开了："看看，都是你给闹的，我的脑子原来多好使，和你结婚后，越来越不对劲，烧个破菜汤咸得像打死了卖盐的。"

汪大志没理她，埋头吃饭，嚼饭声有点响亮。

齐静梅哪肯罢休："怎么，不服气？我说错了吗？你把嘴吧嗒那么响，是猪吃食呀？"

汪大志停住，冷冷地看了她一眼。

齐静梅更不得了："干吗？凶巴巴，难道你还吃了我不成？"

汪大志实在忍不住，把筷了拍在碗上："有完没完？尽是你的事了！"

"没完！"齐静梅将筷子摔到地上，提高音量，"除非我看不到你，只要你在面前晃，我就完不了！"

"齐静梅，你别逼我！"

"我逼你？汪大志你别没良心，我逼你什么了？我这么辛苦，倒成我的不是了？"

夫妻俩你来我往，由一个话题扯到另一个话题，每一个话题里都含尽彼此的委屈，好像他们在一起就是为受人间百般委屈似的。到后来，齐静梅只揭丈夫的老底，说结婚前的事，说得无遮无拦，露骨的话也脱口而出，一旦说出来，也不再顾忌，重复来重复去。那本来就是一场惹口水的事，当初做了也就做了，不能再说，所以夫妻俩对他们的那段往事，一直缄口不言。齐静梅可能是急了，只想揭汪大志伤疤，没想那块伤原是他们夫妻共有的。

每当这时，郝倩倩一人钻在自己屋子里，用耳机塞紧耳朵，把MP4的音量拧大，跟着里面的节奏摇头晃脑，她要把齐静梅和汪大志的争吵摇到音乐之外。但有些事一旦被沾染，是甩不脱的。临到睡觉前，齐静梅又到郝倩倩屋里来晾短裤，这是她每天的必修课。只是，好长时间看不到汪大志的短裤了。郝倩倩已经习惯自己的阳台晾别人的内裤，对内裤的区别已在习惯中很漠视了。

齐静梅却一边晾短裤一边生气地对郝倩倩说："别想着我再给他洗短裤，老娘不伺候他了，我受够了！"

郝倩倩只好摘掉耳机当听众。开始，她还会劝说两句，夫妻嘛，哪能不拌嘴，相互体谅一下，大家都少说两句就过去了，你们俩都这么能干的人，能有什么过不去的坎啊！

齐静梅对郝倩倩的劝说跟没听到一样，痛心疾首地说："妹妹啊，你是不知道，汪大志那个人，是扶不起的阿斗，我现在算是看清楚了，甭看他以前多风光，一离开那块土地，就半死不活了。我当初真是瞎了眼啊，怎么会看上这种人！"这样说时，齐静梅索性往郝倩倩床上一坐，也不管郝倩倩是否一脸的怨色，她顾不上看，只想找个人诉说自己与汪大志的前前后后，跟祥林嫂似的，没完没了。

"当初，大家都以为是我勾引的他，连我家人都这么看，也难怪，我们年龄悬殊不小，可是年龄能说明什么问题？说句不好听的，当初要不是他汪大志缠我，要死要活，我才不顶着那么大压力离婚，嫁给他哩。你不知道，当时有多难，走出去能被别人的白眼砸死，口水淹死。我容易吗我！"齐静梅满腔怒火，越说越气。

郝倩倩劝道："齐姐别生气了，气坏身子可是自个儿受罪。再说了，那不都过去了嘛，过去了就别再去提它了，啊！"

"不提它，做得到吗？要过得好谁吃饱了撑的去提那些不堪的事。问题是过得不好，我在受罪，妹妹！费那么大劲顶那么大压力，难道就为过这种日子？我这是自作自受！本来好好的一个家庭，前夫对我百般宠爱，什么事都顺着我，生怕我受委屈，我真是鬼迷心窍了，放着好好的日子不过，非得找罪受。我后悔死了！"

"汪大哥人还是不错的，只是在北京压力太大，人的心态……"

"他好什么好？"齐静梅断然打断道，"除身体好，劲大外，再没丁点好处！一个大男人挣不来钱，不能使自己的老婆过好日子，算什么男人？在北京压力大，谁不大？别的男人压力大能从容应付，就他不能？我算是看清楚了，跟上这种男人，下半辈子别想有好日子过，受穷，被歧视，还有争吵，在贫穷中等着老死。我可受不了，再这样下去，我可不想过了！"

齐静梅说得斩钉截铁，郝倩倩再也无语劝了。

但过上几天，汪大志的短裤又像旗帜似的出现在郝倩倩的阳台上，自然还是齐静梅洗过晾的。汪大志是这套房里唯一的男性，他倒是蛮自觉，除了厨房和公共客厅，从不往郝倩倩和何婷婷的屋里窜。

郝倩倩已经摸到规律，只要汪大志的短裤晾过来，表明他们夫妻已和好。好像为进一步确证他们夫妻和好，卫生间的马桶或大或小会出现堵塞。郝倩倩明白是怎么回事，生气却不好说什么，有过被物业人员训斥的教训，她再不会打电话给物业，如果内急，就下楼到院子里的公共厕所去解决。原来何婷婷就这样，宁愿费点事去楼下上厕所，也不愿找人来捅下水道，凭什么呀！

不过这阵有汪大志在家，堵塞的问题他自会处理。令人奇怪的是，像马桶堵塞这种事，汪大志明知道是什么东西堵住的，却不见他与妻子为此事争吵。可能是这种事他也脱不了干系，既然齐静梅不为这跟他挑事，多一事不如少一事吧。

但是，齐静梅不是多一事不如少一事的人。她现在的烦恼够多的，没有可以解决的办法呢，她的心却一刻也不闲着，居然还密切关注着何婷婷与她导师的发展。这天晚上晾好她和汪大志的短裤后，都走出郝倩倩的屋门了，又退回来，靠到桌子跟前说："最近也没见婷婷，不知她怎么样了？她给你打过电话吗？"

"没有，她怎么可能给我打电话呢？"郝倩倩说，"我和她才处多长时间呀。"

她本想还说，何婷婷根本就不知道她的手机号。当然，她也不知道对方的号码。说是住在一套房子里，其实除了坐在一起吃过一两回饭，真正交往并不多，更甭说在一起交流了，何婷婷的事也是被动地听齐静梅说过几句，她从来不主动打听，她没那个爱好。和何婷婷之间，虽说感觉上比齐静梅要好交往一些，但也是两条平行线，距离看似近，却永远都交叉不到一起。尽管大家都有手机，但都没想到要交换号码。房东为减少麻烦，屋里没装座机，所以，何婷婷也没给她们联系。

"要是能想办法给婷婷打个电话就好了，她也没给我留手机号码，"齐静梅关切地说，"你说这孩子，怎么就不知道我们惦记着她呢，也不回来一趟，说上一声，真急死人了。算时间，她该四五个月了吧，她导师离婚没有？一个女人挺个大肚子，万一有个闪失，可怎么办啊？"

郝倩倩相信，那一刻齐静梅是真诚的。

六

打胎后，导师把何婷婷安排住进昌平天通苑西社区的一套房子里。这是一套大两居室，装修精致。导师说是朋友的房子，朋友出国了，他借来临时住住。导师这么说，何婷婷也不多问，这种事，又是眼下这种情形，问多了不好，要是把他逼急了，嫌你烦，扔下你不管，你又能把人家怎么样！孩子没了，没了拿捏的资本，就像是案犯现场，证据被毁掉一样，没什么用了。现在，她拿得住拿不住导师，全看导师的良心了。依现在的情况来看，导师还不错，人家已经把你安置住下，也答应要离婚跟你结婚，你还想怎样？

打胎跟生回孩子一样，得坐月子，天通苑倒也清净。何婷婷心想，这里确实是"坐月子"的好地方，不用出门，打个电话，各种外卖、蔬菜、水果，什么都会送上门来，一切应有尽有。导师不可能经常来陪她，他还有他的事要做。但何婷婷一点都不觉得寂寞，吃饭、睡觉、看电视，难得这么逍遥自在。要是在租住的那边，不见得会清静，打胎这么大的事，你不搭理别人，还能不让人家问你呀，她们肯定得进那间小屋看她，齐静梅肯定得跟她咋呼半天。她还真不爱听齐静梅说的那些话，什么都说得赤裸裸，好像人与人之间，就是那么毫无遮掩的血肉模糊关系。

住在这里多好，没人打扰。最重要的，是有了家的感觉，虽然男人还是别人的，不能像真正的丈夫一样陪在身边，但是，已经有些意思了，每次只要他一来，必定买很多东西，给她煲鸡呀鱼汤什么的，屋里清冷的味道里就变得是香醇香醇，暖气片里散发出来的混沌温暖也柔软得像一汪水。汤端上来，一口一口喂进自己嘴里，那不就是一对生活好多年，相濡以沫的夫妻嘛。导师一走，关上门，这套房子里的客厅、厨房、卫生间，全供她一人使用，想怎么折腾就怎么折腾。用北京人的说法：知足吧您呐！

但何婷婷的内心里哪能为这点就知足呢，她很清楚在导师离婚前这一切不过是幻象，看似美丽，可说准什么时候就消逝得不见影了。何婷婷早就听说导师还有一处住房，具体在哪儿，她不知道，也没问过，是不是这套，她拿不准。导师不交底，想必她要问也是得不到结果的。管他呢，反正她现在住着，不操别的心，她只有一个愿望要实现：嫁给他！只有这样，她今后的一切才能顺当，房子、工作、户口，全不用她操心，都会迎刃而解。

　　在寂静里听着暖气片咝咝流动的声音，何婷婷忍不住轻叹口气，谁说人和人之间不是血肉模糊的关系呢？要不是为自己的目的，能搭上导师这个半老头子！

　　满月后，何婷婷能出门了，第一件要做的事，就是把租的房子退掉。她已经白交了一个月房租，一千二百块呢，赶上许多人的月工资了。她还没到一掷千金的地步，白扔的房租叫她心疼了好几天。她没直接去搬自己的东西，而是先给房东打电话。

　　房东非常不高兴，在电话上说："你这样做很不地道，早不告诉我要退房，使我错过好几个房客，你说怎么办吧？"

　　何婷婷心里明白，每逢年底，大多北漂都要回老家，想租房子的人并不多，房东这样说，不过是不高兴她退房罢了。对这个明显的瞎话，何婷婷没揭穿，而是平静地说："今天是十二月底，正好是月末。我退房你另租给他人好了。"

　　"你说得轻巧，过今晚十二点就是明年了，这个当口我租给谁去？明摆着我得吃亏，这个损失怎么办？每月一千二百块呢，你们可以不在乎，我可全靠这钱养活自个儿呢。"

　　碰上难缠的了。何婷婷尽量克制住自己的情绪，心平气和地说："那你想怎样？"当初租房时都是每半年，或者三个月付一次租金，因为不知道自己什么时候能搬走，何婷婷最后一次付的房租还有两个月在房东手中，也是舍不得这几个钱，而不是房东说的不在乎，不然，她尽可以连招呼也不用打，只管搬走自己的东西便成。

　　"你想搬走，我阻止不了，但剩下的房租不能退还给你。"房东老太太很狡猾，"咱们是有协议的，搬走得提前两月打招呼。协议是有法律效应的，没办法，剩下两月的房租算是你的违约金。"

　　"你休想！"何婷婷的火腾地蹿上来，高声叫道，"如果你还懂法律，那我就告诉你，当初你租房时没有说到违约金，协议上也只是说提前两个月打招呼，根本没违约金这三个字，如果你强行要扣押我这两月房租，才是违法，并且是不道德的。"

"年轻人，别给我上课，我活大半辈子，还能不知道什么叫道德？我们北京人最讲道德了，要不，人家老外能把奥运会放在北京办吗？要我说呀，最应该讲道德的，是你们这些年轻人。别瞅着我年过半百，以为我什么都不懂，由着你们想怎么整就怎么整，告诉你，这钱我就是不退，你到哪儿说去我也不退！就你们这些外地人，到北京还这么横，横啥呀，有钱才横，没钱你横得起来嘛？少跟我喊叫，像你这样没修养的人，换别的人我都懒得搭理你。"

何婷婷本要发火，想想，还是强忍住压下怒火。这样吵下去只能更糟糕，不会解决问题的。在北京这么几年，别的没搞懂，但北京人的雄辩才能还是目睹过的，不说有俩钱，就是没钱也能在外地人面前理直气壮、盛气凌人。心疼钱归心疼，但不愿太多事，何况碰上这么一个把钱拽得死紧的老太太。算了，不死争了，退一步吧。

最后，何婷婷缓和态度，与房东软言好语缠磨半天，老太太总算讲点道理，也软和下来，达成协议，双方折中，退一个月房租，多出的一月算作未提前打招呼的补偿费。

搬家那天，何婷婷与齐静梅说起这事，两人都很气愤，这不是明摆着欺负人嘛，这个亏不能吃。尤其是齐静梅，这个时候对钱的概念极其敏感，吃上千元的亏，虽然亏的不是她，她却受不了，当即拉着何婷婷要去找房东理论。

何婷婷跟房东交过手，就算她们几人加在一起也不一定是老太太的对手。再说，她突然退房确实有些理亏，何况房东还退回给她一个月的房租，算是相当仁义了。见齐静梅这般愤慨，何婷婷挺感动，突然间有个闪念，便拦住要穿衣戴帽准备去找房东理论的齐静梅说："算了吧，我也不想见房东了，吃点亏算啦。齐姐，我看不如这样，现在天气这么冷，暖气又太好，你们住在北边很冷，干脆你和大姐夫搬到我这间来住一个月，这边好坏能晒一阵阳光。"

齐静梅愣了愣神，才说："我们住在北边还行，就——不搬了吧。反正住哪屋也是一套房里。"

何婷婷何等聪明，岂能猜不透齐静梅的想法，便揽住她的肩说："反正房东收了我的钱，也要不回来了，还不等于是我继续租着这屋呀。她不愿意叫我占一个月的便宜，我也不想让她占便宜，叫她把这屋早早租出去。咱们在一起时间长了，也算得上是共患难的姐妹，你还怕妹妹问你要这份房租啊？"

话说到这份儿上，齐静梅还有啥犹豫的。当即，何婷婷给房东打电话说了，房东很不高兴，嫌她事儿多，但多收了人家一个月房租，房子归人家支配没错，勉强答应了，但又再三强调，只能住一月，期满后她可不管有没人租，必须得提前一两天给她空房子。

齐静梅高高兴兴把何婷婷送走，便搬到这间朝东的屋子住了，如果与汪大志再吵架，就把他打发回朝北去睡。还别说，朝东的屋子就是比朝北的暖和，住着舒服多了。齐静梅给郝倩倩说时，很感慨的样子。郝倩倩当然能体会到她的感慨，就像当初她从地下室搬出来，心境是一样的。她索性劝齐静梅干脆退掉原来北边那间，转租这间得了。

齐静梅面有难色："还是算了吧，贵二百块钱呢，我刚又辞掉工作……"

话是这么说，齐静梅却心动了，钱挣得不多，死攒也攒不出名堂来，倒不如多份享受，多花几个钱算什么，钱不就是赚来花的嘛！

七

北京又下了一场雪，纷纷扬扬，很快就把裸露的地面盖严实了。如果马路上少些奔忙的汽车，雪中的北京还真是一座美丽非凡的都市。可惜，不管雪有多纷扬，只要有车经过，洁净的雪就变得不再洁净，一个上午不到，树梢上、路边的草地上，没有被碾压的雪，已落了一层灰，灰色的雪，实在谈不上美感。但雪的气氛还是营造出来了，空气骤然变得清冷，深深吸口气，充斥肺腔的，不再是浑浊滞重的空气，而是被雪净化过滤后的气息，很清爽的。马路上的雪化了，又凝成冰，在车轮下被碾成冰碴，路面变得很光滑。电视上报道，这场雪对北京来说是个奇迹，好多年没下这么大，也没这么寒冷了。

下雪天没太阳，可齐静梅还是感受到了向阳屋子的好处，光线充足，尽管太阳光芒因了气候不能灿烂地射进来，可向阳的感觉就跟处在冬日的太阳里一样，温暖而踏实。这天晚上，她对汪大志说，咱们退了北边那间屋，转租这间吧。

汪大志刚与老婆工作过，累了，也许心里不愿每月多花二百块冤枉钱，听了老婆地话，他没表态，甚至，连眼皮都没撩一下。而且很快，他还发出了轻微的鼾声。

齐静梅不高兴了，这是什么态度？行还是不行，放个屁呀。越想越睡不着，越睡不着想法越多，不就二百块钱，至于吗？况且这钱也没你的份，都是我赚来的，我赚的钱，凭啥非得要你同意！

齐静梅不想就这么悄没声息地把这事敷衍过去，她把沉睡中的汪大志推醒，非得问他，到底为啥不说话，这样的态度对待她，什么意思？活不干，话不说，跟她一点交流都没有，她想住得稍微舒服一点，他还有意见，这样的日子，过着没劲，不过了不过了！

导火索一点燃，火就熄不了。汪大志岂止是委屈得慌，简直是愤怒了，不就这段时间他没出去工作嘛，又不是他不想，实在是找不到工作，以他的才干，只要有机会，他比谁差了？他曾经也是积极向上的一个人，不是齐静梅非要来北京，他能潦倒成眼下这样？汪大志气不顺得很，将这几年来的压抑，憋在心底的酸楚一股脑儿全倒了出来。这在齐静梅听来，像是对她的控诉和批斗，她岂能吃这个亏，两人针尖麦芒，互不相让，大干起来。吵架的结果，是齐静梅怒气冲冲地指着丈夫喊道："你滚，我受够了，一个大男人，靠女人养着，不嫌丢人，还有脸跟我吵。汪大志，你有什么资格跟我吵？"

汪大志吵不过，半夜时分夹着枕头回到北屋。齐静梅最后这几句话对汪大志伤害很大，他这晚再没睡着，睁眼到天亮。以前，两人吵归吵，齐静梅最多也就是把汪大志埋怨一番呢，却把握着分寸呢，狠话说得不多，这次也是被汪大志的控诉惹急了，口不择言。汪大志一个人在北屋，细细想想他们夫妻到北京后的生活，确实没啥意思，除了埋头挣钱，他们似乎从来没坐下推心置腹地交流过，他不知道齐静梅的真实想法，齐静梅也从不问他，就好像，他们不是经历过一场风雨才赢来的这场婚姻，而是偶然间走到一条路上，彼此招呼一声结个伴，尔后便一路无语。这怎么会是汪大志需要的婚姻质量呢？这次，齐静梅的话像一把石头，硌在汪大志的心里，堵得他心里难受了好几天。

这次，汪大志没像以前那样主动搭理齐静梅，两人好几天不说一句话，跟一对不和睦的邻居似的。马上就要过年了，回不回老家，找不找票贩子买火车票，租房子的事到底怎么弄，这些事墙一样竖在他俩中间，却谁也不开口提这些事。

这个时候，刚好老家一家电视台的朋友给汪大志打电话，请他回去合作录档节目。反正在北京待着没事可干，和妻子又是这个状态，倒不如回去，一是调整一下自己的状态，要过年了，还能多赚点钱，再是避开妻子，两个人都冷静地想一想。这样想着，汪大志答应了老家的朋友，对方给报销机票，他乘飞机走了。走之前，汪大志还是主动给齐静梅打了声招呼，只说有事回去一趟，多余的话一句都没有。

汪大志径自一走，把齐静梅的心给走凉了。马上要过年，若是回老家，他们可以一起走，若要不回，面临下一步租房的事……齐静梅一个人冷清清地想了一夜，她钻了牛角尖，想重新考虑她和汪大志的关系。

过年的时候，齐静梅不好一人回去，便待在北京，郝倩倩回家了，整套房里孤独冷清。齐静梅无心给自己操持饭菜，也没准备，几天都是一把清汤挂面打发日子。听着屋外时不时传来的烟火声，感受这前所未有的孤独和凄凉，齐静梅心里的寒气结成了冰。

春节一过，齐静梅毫不犹豫地给汪大志寄去一纸离婚申请，要与他断绝夫妻关系。

在此之前，他们在电话里已经交涉过，汪大志不想再回北京，这次他在老家又找到了以前的感觉，受到别人的尊重，到处都随他的意。齐静梅这个时候提出离婚，他没觉着有什么惋惜的，夫妻间既没了情，又没了份，缘也就到头了，他没犹豫，散就散了吧。他与齐静梅也没什么财产需要分割，就在离婚申请上签字。他们很快办了离婚手续。

齐静梅搬回北边的屋子住了，反正是一个人住，哪儿都一样，她不想多掏二百块钱房租。不过，她依然来郝倩倩的阳台晾衣服，在这些衣服里，只剩下她一人的短裤了。

郝倩倩从来不主动问齐静梅与汪大志的事，齐静梅要主动说起，她就听，听得多了，没了感觉，却不发表自己的见解。这时的郝倩倩心情也不好，过年回家时，母亲又催问她个人的事，一个女孩子独自在外，总是叫人不放心，眼看年龄又不小了，婚姻没个着落，做父母的不急才怪呢。趁过年在家，郝倩倩的父亲托老同事给女儿介绍了一个老朋友的儿子，在父母的催促下，两人别别扭扭地见了面，郝倩倩一来热情就不高，那个男孩却用小地方人的老一套，非要请她一起去看电影，为了父母，郝倩倩跟着去看电影，逼仄的电影院，污浊的空气，一地的瓜子皮，更叫郝倩倩受不了的，是吵嚷的老家话，电影开场十几分钟，她就借口头疼要走，男孩正看在兴头上，说什么也不愿走，郝倩倩生气一人走了。出电影院往回走时，郝倩倩觉着这些街道似乎也比以前窄了、破了。她想北京了，北京有宽阔的街道、舒适的影院。

郝倩倩逃也似的回到北京，还没容她对那个男孩发表意见，人家的短信很快追来，表明了他的态度：他没看中她！郝倩倩躲在屋里哭了大半夜，早上起床，叫齐静梅看到了红肿的眼睛，问她遇到了什么事？郝倩倩低声说没事，昨晚有些胃疼，一个人觉得孤单。

齐静梅扳着她肩膀说："妹妹，有事跟姐姐说，不要一个人闷着流泪，记住，咱得挺着，北京不相信眼泪，哭是解决不了问题的！"

齐静梅的话说得温情而决绝，但郝倩倩心里清楚，她的话就是真理。

八

何婷婷搬走后，再没了她的消息，临搬走时，齐静梅要求，三人相互留了手机号码，还相约等过完春节三人一起聚聚。只是，这一分开，何婷婷从没来过电话，郝倩倩也不曾主动给何婷婷打过，每个人都有自己的生活状态，在北京，很多人并不喜欢自己的状态被别人打破。生存在这个城市的人，就像种植在路边的树，也许某一天他们的枝枝杈杈会碰擦到一起，但是那挺直的树干间，永远有不可触摸的距离。

何婷婷不与大家联系，齐静梅再给郝倩倩说到何婷婷时，语气就变了："别看何婷婷面子上春风得意，那都是在咱们面前装的，装得比咱过得好，其实，她麻烦着呢，虽然住的条件比我们好，可她的导师还没离婚，她的身份有多尴尬，连个二奶都算不上。她心里急，不管不顾地催，导师嘴上在说正在办离婚。"

"这不挺好的，她的面包马上就会有了。"

"好什么呀，你以为她的导师真会离婚？才怪呢，不过是敷衍她罢了，真要想离，怕是早就离了。原来说离，不过是缓兵之计，现在她肚子没了，导师也就把她玩玩罢了。唉，这人呐，就是不能拿自个儿做交易，下场都不会好的，尤其不能拿婚姻作赌注。我算是看清楚了，这个年代最靠不住的就是婚姻了。所以，你不要对婚姻抱任何幻想。婚姻说白了，就是一把椅子，做得好，多坐几年，做工不好的，不定哪天坐着坐着就散了架。婷婷现在的日子其实最不好过的，依我看，她还不如从导师那里要笔钱，再找个男人嫁掉算了，何必呢，这样等下去，遥遥无期。最后只会像我一样，人老色衰，没男人要了。"

听着这话，郝倩倩心里不舒服，在这个飞速变化的世界，何婷婷凭感情活一天过一天有什么错？齐静梅这样说，其实是在说她自己呢，她看似看透了男人，但她不会轻易放弃与男人交往，从她的言谈举止中，能看出她对男人的依赖和渴望。

还真叫郝倩倩说着了，跟郝倩倩讨论过何婷婷没几天，也就春天刚开始吧，齐静梅的屋子里突然间多了个男人。正是北京气候最恶劣的时候，动不动就刮风沙，齐静梅和那个男人是在沙尘暴中认识的。那天，她顶着纱巾在马路上闯红灯，他的车蹭到她，虽然没伤着，但受惊不小。齐静梅冲上去挡在车前方，她不能白吃惊吓的亏。

本来，是齐静梅闯红灯有错，她这一闹，倒成开车人的错了。没办法，他打开车门请她上车。十字路口没法说对错。他告诉她，他姓雷，叫他大雷好了。两人在车上却没争论谁是谁非，倒聊起天来。这一聊，挺对眼的，当即，大雷请齐静梅吃顿饭，相互留下电话，后来只联系过一次，大雷就上齐静梅的住处来，晚上留下没走。

可是，卫生间的马桶并没有堵塞。

自汪大志离开后，齐静梅变得觉默了许多，依她的脾性，是安静不下来的，可那段时间，郝倩倩注意到她每天晚上都早早把自己关进屋子，有次经过她的门口，门没关紧，看到齐静梅正仰躺在床上发呆哩。

看来生活真的是需要起伏，人需要调剂。自从大雷出现后，齐静梅重新变回原来的她，又开始大大咧咧起来。大雷的模样比起汪大志来，还是差了许多，可齐静梅说，模样又不能当饭吃，她不需要华丽的模样，只要实实在在的东西，并且，这些是汪大志给不了她的。郝倩倩起初并不太知道齐静梅所说的汪大志给不了她的东西到底是什么，但很快就弄明白了。

这天，齐静梅掩饰不住自己的兴奋，非要带郝倩倩一起去赴大雷的饭局，还说要郝倩倩零距离感受一下大雷的魅力。郝倩倩坚决不去，这个灯泡可做不得，但齐静梅打通大雷的电话，叫他给郝倩倩说。她不好再推辞，便跟着齐静梅坐公交车去了。

临出门时，齐静梅突然想起什么，把手机丢回屋里。郝倩倩问她为什么不带手机，她说到时你就知道了。

到亚运村的一家烤鸭店时，大雷已等在门外，一见面就问齐静梅怎么不接电话，他以为她们不来了呢。

齐静梅一摸口袋，看了郝倩倩一眼，惊叫道："呀，我的手机怎么不见了？"

大雷埋怨道："看看，我说开车去接吧，你不让，肯定在公共汽车上被偷了。这下，知道北京小偷的厉害了吧。"

"这可怎么办啊？"齐静梅焦急得直搓手，"这可是我唯一的联系方式，别人要是找不到我怎么办？"

大雷从包里掏出自己的手机，是个折叠式的新款诺基亚，带手写笔的那种。他打开后盖扣出 SIM 卡，把手机递给齐静梅说："给，明天去移动公司把你原来的号码申请回来就行了。"

"这不好吧，用你的手机……"

"送给你了，刚用不到三个月，我那个旧的还能用。"

齐静梅看了眼郝倩倩，毫不手软地接过手机。

吃饭回来的路上，郝倩倩一句话都不想说。回到家，齐静梅跟进郝倩倩屋里解释这事，说她是为考验大雷这个人，你看，他是不是特爽快，连问都不问，对她充满了信任，是不是个让人放心的男人？郝倩倩漫不经心地偏过头，这是齐静梅和她情人之间的游戏，她没兴趣听。

齐静梅感觉到郝倩倩的消极态度，扯了几句别的话题，突然请郝倩倩帮她拿主意："倩妹妹，齐姐现在最体己的人就剩你了，咱们是姐妹，我也是经历过两次婚姻的女人，说实话，在北京，我真的漂累了，碰着大雷这样的男人，你说姐该怎么办？”

郝倩倩心想，前阵子你说何婷婷的不是呢，怎么到了自己，就犯糊涂呢？但她没这么说，她听出来了，齐静梅看似茫然，实际上该有的主意她一点都不缺。于是她说道：“我对大雷一点都不了解，也无从了解，连今天这顿饭一起，也才正式见过两回面，可以说对他根本不熟悉，怎么给齐姐出主意呢。我看呐，齐姐心里早有谱了吧。”

“倩妹妹真是个鬼灵精，什么时候都很稳当。”齐静梅笑道，“我是这样想的，先和大雷处着，走一步再看了，虽然和大雷发展得快了些，可到现在还不知道他那边是什么情况，我也没好意思问，但看他的派头，肯定比汪大志强。唉，我们做女人的，不就为有个好归宿吗，你看婷婷，年轻漂亮，跟导师那么辛苦，人家居然还拖着不离婚。我都三十多岁的女人了，还能怎样？遇个合适的可真不容易。你看，大雷的工作挺好，报社记者，看他开的那辆尼桑，就知道他混得不赖，我都不敢相信这样的男人能落到我手里。”

郝倩倩望着沉浸在幸福之中的齐静梅，着实没什么好说的，看来她是拿定主意靠男人打发日子了，这是她为自己开的处方。

齐静梅接着又说：“说句实话，你齐姐我有什么？原以为汪大志可以让我风光一生，谁知落了空。我一个三十多岁的北漂，再没什么奢望了，能逮个像样的男人，叫这一生有个依靠，就知足了。要我说啊，倩妹妹，也别奢想什么爱情了，要能遇到有点钱的男人，也甭管他老点、丑点，抓住他就别放手。咱们女人，经不起折腾！”

那一刻，郝倩倩心里特别沮丧。

九

原来何婷婷住的那间屋子，房东又租给了在附近上学的初三女生马雯，她家住在宣武门，离学校太远，马上就要中考了，北京的中考一点也不亚于高考，她父母不想把时间浪费在路上，在学校附近租间房，父母轮流每天过来陪孩子吃住。马雯略有点发胖，戴副眼镜，看上去很文静，对学习没多大兴趣，却疯狂地喜欢歌曲，对她父母的事一点都不用心，倒把那些港如台歌星的生辰、血型、星座什么的搞得一清二楚，甚至连人家喜欢什么讨厌什么都说得头头是道。偶尔从她敞开的门缝能看到她的屋墙上贴满了歌星的大头像。什么时候见到她，耳朵里永远塞着耳机，身子随着音乐摇来晃去。为此，晚上她的屋子里经常会有父亲或者母亲的呵斥声传出，有时会吵闹到半夜。

齐静梅的屋里终于熄了她与汪大志的争吵声，但多了大雷时不时出没的身影，现在又有这个经常被父母呵斥的马雯，这套房子里比以前热闹多了。

不变的是郝倩倩，总是安安静静的，从来没听她大声说过话，见她张扬地笑过，即使齐静梅找她聊天时，也是听得多说得少。齐静梅有回笑她，说要听人讲笑话什么，可千万别看郝倩倩的脸，因为她的脸上永远是波澜不惊的淑女相。

其实，郝倩倩的心里波澜多了，过年时受老家那个男孩的伤害还没平息，单位这边又不平静了，听说公司效益开始下滑，已经有裁员的消息传出，大家都心神不安，谁也不知道自己哪天会叫老板炒了鱿鱼。有活动能力强的同事，早早地另寻单位，像郝倩倩这样图个稳定安宁的，便坐着等，被炒掉或者留下。大家每天上班一见面，就悄悄议论今天是不是会接到老板的信封。接到信封就意味着被炒。临时负责的老男人时不时暗示郝倩倩，如果她愿意，他可以帮她找老总说句话，从他不怀好意的眼神里，郝倩倩看出他心怀鬼胎，她不为所动，表面上不动声色，却把大家的议论一点不拉地听到耳里，她还没有足够的定力，把烦恼全闷在心里。回到住处，原想清静一下，但马雯的屋里传来的呵斥、争执和吵闹声，还有齐静梅屋里关不住的她和大雷交欢声，叫她心里一点都难平静不下来。天气还很冷，晚上没地方可去，郝倩倩干脆给房东说声，自己掏钱装宽带上网，像别人一样专心经营起她的博客来。可是她能写什么呢？每天的生活，偶尔掺杂自己的情绪，她的文字枯涩得就像深秋的落叶，看不到一点精彩的内容，起初还有几个人到这里转转，到后来，除了她自己，没转悠的人，寂寥得很。别人说起网络，是风生水起，到她这儿，就成了冰雪世界。郝倩倩实在寻不出其他有趣的事，便到聊天室打发时间。没想到，这一聊竟然有了几个固定聊友，每晚都聊到深夜，一点都不觉得累。比起以前，现在每晚的聊天生活还是很有趣的，至少，她有个可以敞开说话的去处。

要不是齐静梅每晚来晾衣服，跟她扯几句，郝倩倩的生活除了网络，基本上处于封闭状态，她从不与齐静梅主动接触，晚饭也懒得做，不是从外面带盒凉皮，就是买个烧饼凑合一顿。公用厨房她几乎不进去，自马雯住进来后，那个地方变成她父母操持的私人空间，连齐静梅都难得进去。说句实话，一个人做饭吃没意思透顶，要不是为了省钱，想吃个热菜的时候，还真不如打电话到餐馆叫两三个菜。

　　这晚，齐静梅晾完衣服，站在旁边看郝倩倩上网，有一搭没一搭地跟她说话。郝倩倩正跟网友聊天，哪里经得住她旁观，很不自在，干脆给网友递个话，这边有事，下线陪齐静梅说话。

　　"看看，还是倩妹妹会调剂生活，不像我，无聊死了。"齐静梅话里带着一丝艳羡。

　　"我哪儿会调剂生活，因为无聊，所以才上网啊。大凡生活有一定规律的人，谁跑到网上打发时间。齐姐要觉得上网有意思，不如弄点线，从我屋里接过去，也上网看看，这样打发时间快些。"郝倩倩是真心实意的。

　　齐静梅摇摇头说："我就不了，半天才敲出一个字，急不死别人还不把我自个儿急死。再说，我也没这个闲心啊。"

　　"我看齐姐是没这个时间吧，现在你有大雷陪着，小日子过得精彩呢。"说完这句话，郝倩倩忽然觉得不对劲，齐静梅没接她的话茬，不对呀，她脸上的表情也不是以前说到大雷时那般快乐了，而是一脸无奈。

　　郝倩倩注意到齐静梅的表情，意识到她有心思，便问道："齐姐，你是不是遇到不开心的事了？其实人就是这样，有开心的时候，就有不开心，开心的时候会过去，不开心的时候也会过去，别太在意，想开些，别给自己太大压力，那样容易变老。"

　　"我哪有心思给自己施压，"齐静梅满脸愁容地说，"我一门心思都在大雷身上呢。不知为什么，大雷最近经常出差。"

　　"你不是说他是记者嘛，当然得出差了，"郝倩倩说，"齐姐就为这不开心呐？"

　　"不光为这，我感觉大雷好像没以前那么热情了，他是记者没错，可以前也没见他这么频繁出差呀，最近就不一样了，每逢周末他就出差，好不容易在一起一次，他也没多大耐心，应付差事似的，你没见他好久没在我这住了。"

"齐姐，瞧你多心了不是，当记者的哪能像咱们这种人随便安排自己的时间，那都是说走就得走的大忙人，你不要往别处想，自个儿跟自个儿过不去。"

"你别安慰我，"齐静梅冷笑道，"我心里有数，他好像——在躲着我，你说，是不是他有异心，想甩掉我？"

还没等郝倩倩想好怎么回答，齐静梅又自顾说道："哼，想玩我，玩完就甩掉，可没那么容易！"

郝倩倩这下更不知道怎么劝说，只好不说话。

齐静梅却说道："倩妹妹你这阵忙着上网，我没告诉你，还记得前阵我说身体不舒服吗，那是我打胎了。是为大雷打的！"

"啊！"郝倩倩惊叫道，"齐姐你……你……"你了半天，却不知说什么好来。

郝倩倩很平静地说："我算是看明白了，他不过是逢场作戏，但我绝不叫他轻易把我甩掉。说句真心话，倩妹妹，我真的不想离开大雷！"

十

郝倩倩开始和网友见面，每个周末都会安排一个，像相亲似的。有一两个网友也表现出对郝倩倩的极大兴趣，除了网上聊得频繁，网下短信也不断地来往。有时，几个男女网友还会约到一起去野山踏青，爬爬山什么的。一下子，郝倩倩的生活像烟花一样五彩缤纷起来，这是她以前从来没感受过的。但这样的新奇并没维持多长时间，也就活动了四五次吧，就没人再提聚会的事了，原因是本来大家说好活动费用 AA 制，可偏偏有人不遵守规矩，临到掏钱时，说走得匆忙，忘记带钱，一次两次大家可以帮着出，到三次四次，居然忘记带钱的人越来越多。从此，几个网友在网上也不见面了。好在，网上来得快，郝倩倩又有了新的网友，再说，她的生活再也难以回复到以前的平静状态，她只好利用网络消磨日子。

五一节前，汪大志突然来北京了，他为一个剧组购买器材，办完事后，就住在齐静梅那里。

郝倩倩晚上吊在网上没看到汪大志，早晨上卫生间时，看到汪大志穿着背心在掏马桶，猛一抬头，吓她一跳，忙问他怎么来了。

汪大志说："都来好几天了，剧组的事办完，过来看看。"

郝倩倩没话可说，点了点头。

汪大志继续说："我过两天就回去，马上五一长假，你有兴趣到湖南玩的话，随我一起走吧，还可以给你报销一趟车费呢。"

郝倩倩嘴里胡乱咕噜，借故走开。

汪大志在这住了三天，齐静梅又开始到郝倩倩的阳台上晾汪大志的内裤。郝倩倩的眼神飘来移去，不敢跟齐静梅对接，好像她做下亏心的事，她本想搭话问下齐静梅和大雷的事，觉得又不妥，汪大志在这住着呢，还是不多说的好。

齐静梅却主动对郝倩倩说："我和大雷完了。我跟你说过，他就是想玩我，他说从一开始就看出我不是好女人，手机是他故意给我，钓我呢。他说我这么大年龄还想钓男人，做梦去吧！他给了我五千块钱，说是当找了个妓女。你猜你怎么着？把钱摔到他脸上，原来以为他是个可靠的男人，所以才真心想跟他好，谁知是这么个货色。"齐静梅说时，居然笑起来，郝倩倩却分明看到她眼里闪闪的泪光。

忽然间，郝倩倩想到自己的处境，心酸起来，忍不住眼泪流了下来："齐姐，这么大的事，你怎么不早点跟我说？"

齐静梅掰住她的肩膀说，"倩妹妹别哭，你看我都不伤心。哭有什么用，北京不相信眼泪！你以为我就那样任他欺负？我不会叫他雷伟民好过的，到他单位闹了一通，他不是说我是婊子吗，好，我就当回婊子，我不能把你雷伟民怎么样，但我也要叫你臭一回。"

齐静梅都把自己当婊子，说这话该有多么大的勇气啊。

"齐姐，那你和汪大志，"她指指隔壁屋子，"你们是不是要复婚？其实我觉得汪大志挺好的，他对你是真心的，只不过他在北京不如意……"

"倩妹妹你说笑了不是，人要走过去了，就不能回头，你知道吗？如果真的可以，我多想回到有大志之前的那种生活，和睦，安宁，平静。但这是不可能的。汪大志这次来，只是住两天，我不接纳他行吗？你也说他这人还是不错的。第一天晚上，我们说起以前的事，他在我怀里哭了，哭得那个伤心，一点都不像个男人。你猜我怎么给他说来着？"

郝倩倩想想，轻轻地摇了摇头。

"我还是那句'有什么好伤心的，记住，北京不相信眼泪！'"

齐静梅的这句话，使郝倩倩思索了很久。她相信，在北京能立下足的人都是坚强的，然而在所有坚强的背后，谁又能看得尽几多艰辛，几多挣扎，几多无奈，几多眼泪。

在这个城市，尽管到处都是满满当当的人，可在这蚂蚁一样繁忙的人群中，郝倩倩却没一个知心朋友，与齐静梅相处的这些日子里，不知不觉间，有时在心里会把她当成朋友，有时也会产生与她叙叙衷肠的冲动，可一旦站在齐静梅面前，却又淡了那份心思。

不久，郝倩倩选择一个对自己有意思的男网友，两人见了面，他长得不算英俊，身材也不高大，郝倩倩也不是依靠长相打天下的女孩，她不苛求长相，只要有人对他真诚就行。网友在一家信息公司工作，信息非常灵通，据他说今年的基金长势喜人，劝郝倩倩多买点，定能大赚一笔。眼下，郝倩倩还不想冒这个险，她对股票、基金什么的意外之财，从不抱幻想。还是实实在在的挣钱，心里才踏实。

这个男网友看上去本分老实，在郝倩倩面前连句轻薄的话都没说过，也从没提出上她租住的屋，这很难得。郝倩倩对他的信任度越来越高，不久，在一次交谈中，她偶然说到自己租住房子的情况，男网友脱口而出，他一个朋友在万泉庄有套住房，是朝阳面的一居室，通过关系，每月八百块钱就能租来。郝倩倩早就烦透那个同室的马雯，她好像早恋了，每天和父母为此事吵闹，没安静的时候。郝倩倩已经动了搬家的意思，更想拥有属于自己的客厅、厨房和厕所，可是，北京的房价几乎见日飞涨，租房也跟着涨，万泉庄这么好的地段，八百块钱的一居室，能有这么便宜的好事，会不会上当受骗？

郝倩倩怀着警惕心，跟男网友去看过那套房子，网友让朋友把房产证拿来叫郝倩倩看，倒弄得郝倩倩不好意思，人家是看在网友的面才这么低价，自己却疑神疑鬼，真是多心，便对网友更多了一份感激。确定下房子的事，郝倩倩决定立即搬家，离开那个吵闹的地方。

齐静梅挺伤感的，抱着郝倩倩幽幽地说："倩妹妹搬走后，齐姐就没知心姐妹了。"

郝倩倩的眼圈红了："齐姐，既然你把我当姐妹，只要你有事招呼一声，我立马就到。"

十一

搬到万泉庄不到一个月，有天晚上郝倩倩接到齐静梅电话，叫她第二天抽空陪她上趟医院。当时在电话里，郝倩倩提心吊胆地问，该不会又是去医院做人流吧，齐静梅竟然理直气壮地说："做人流怎么了？这不是什么丢人的事，有些人想做还没呢！"

郝倩倩听不惯齐静梅这种话，什么叫"有些人想做还没有"啊？你齐静梅与何婷婷都做过人流，这该不是影射我郝倩倩找不到男人嘛，心里怪不舒服，恶狠狠问道，"这次是大雷的还是汪大志的？"

"你管是谁的！除了他们，我就没别的男人了？别以为你齐姐年纪大就没魅力了，要施展出来，照样有男人上！"齐静梅在那头硬撑着说。

郝倩倩不想去，要她陪着上医院，话还说得这么硬，谁愿意谁去！像看透她的心思，齐静梅在那边抽泣起来，"跟你说吧倩妹妹，要不是最好的姐们，这个时候会给你打电话？我就你最贴心了。"

挂机后，郝倩倩心里还是别扭，翻来覆去睡不着，直到后半夜吃了两片安定才迷糊到天亮。早上起来，她感觉头木木的，有点疼，本想给单位打电话请假，陪齐静梅上医院算了，可一想这个月收拾房子、搬家，已请过两次假，虽说单位的动荡期好像已经过去，可谁说得定还有另一个动荡期呢，再说，她也不想再听那个负责的老男人唠叨，找她的碴。便洗了头清醒一些，想着到单位点个卯，然后再去中关村那边的海淀医院，陪齐静梅摘掉肚子里的累赘。

到单位才知道，临时负责的老男人上午要召集大家开会，说是传达市里试行私家车周末实行单双号的文件。郝倩倩一听开会头就大了，心想私家车与自己没关系，管它双号单号。干脆说一声开溜。可是她怎么说，老男人都不准许。这全在预料之中，老男人好不容易当个临时负责人，得抓住每次机会行使自己的权利，又没得到郝倩倩便宜，见她急，他不借机讲

北京不相信眼泪　㊲

到中午下班才怪呢。郝倩倩后悔不该来上班，早晨打个电话多好，多请一天假有啥大不了的。可是，来了就不好走，她只好给齐静梅打电话商量。没想到电话刚接通，郝倩倩还没开口，齐静梅就在那头叫开了："我就知道你有事走不开，一听到手机铃响，就猜是你打来有事不能陪我，果然没错。算了，我刚好还没起床，想到要受那种疼痛，一夜没睡着，这会儿正犯困呢。好吧，我挂电话睡觉了。"

郝倩倩大张着嘴，一个字没说呢，耳机里已是嘟嘟的忙音。她握着话筒心想，本来还要与她商量，下午陪她去医院呢，就这态度，好像谁欠她似的，下午也不去了，干脆回家睡觉，我自己还犯困呢。

可是，听一上午老男人扯淡，连下午睡觉的心情都没了，与其浪费一个下午，还不如陪齐静梅去医院呢。要不，哪天还得陪她去，碰上她这种人，郝倩倩知道是躲不过去的。

下午，郝倩倩搀着从手术室出来的齐静梅，看到她疼得龇牙咧嘴，便小声忠告道，别再找罪受了，都离过两次婚的人，还不知道采取点必要措施。

齐静梅用无神的双眼瞪郝倩倩一下，咬牙切齿道："王八蛋才愿受这份疼痛呢，那个狗东西不愿穿着雨衣洗澡，我也吃了药的，不知怎么搞的，我恨死那个狗东西了。"

郝倩倩也不知道齐静梅说的"狗东西"究竟是谁，又不不好意思问，只是心疼她受的这份罪，便趁机劝说："要真心好，就好好一起过日子，要不然，就分手算啦，都恨到这份儿上了，何必受这种折磨呢，身子可是自个的，自己不心疼，谁替你心疼！"

这番体己话听进齐静梅耳里，全变味了，她推开郝倩倩的搀扶，不高兴了："你要是嫌我拖累你，早说呀，我可以找婷婷陪！"

呛得郝倩倩哑口无言。她一直没与何婷婷联系过，有回在一个麦当劳店里竟然碰到上，见她瘦了不少，苗条了，可没先前的那份水灵了。因为当时赶着去办事，何婷婷也一副心不在焉的样子，没说几句，两人就分了手。后来，还是齐静梅告诉她，何婷婷现在麻烦得很，导师一直拖着，不但没离婚，而且做了访问学者，去了非洲，撇下何婷婷一人在北京，临上飞机前给何婷婷发条短信，说房子最多还能住半年，朋友就要回国了，到时得收回去，要她早作打算。何婷婷上次人流，或许是因为心情不好，身子恢复得不好，一直很虚弱，导师这一走，连生活费都没留，她又不得不去找工作，还不知有多难呢。

说到何婷婷，齐静梅的眼圈竟然红了，沉默一会儿，抬起头，拉了郝倩倩一把："伤什么心，谁都活得不容易。走，扶我打车去，今儿个你得请我吃顿好的补补！"

"凭什么？"郝倩倩叫道，"该给你补的是'狗东西'，关我啥事？"

齐静梅冷笑一声："哼，现在别提那个狗东西，我会去找他算账的，凭什么他享受我受罪？那次我居然把钱摔给他，现在想想都后悔，不过，我得叫他拿出更多的来！"

郝倩倩一听，明白说的还是大雷，心想齐静梅真没名堂，怎么又和大雷鬼混在一起了？但她还是安慰道："齐姐，算了，都过去的事了，忘掉他吧。"

"我是个需要爱情的女人，可我一直没有爱情地生活着，我这是……自作自受！"齐静梅咬着牙说，"可我这罪不能白受！"

郝倩倩听着不由打了个寒战。

忽然，齐静梅又大笑起来："还不打车去？别觉得冤屈，谁让你摊上咱呢，叫那个狗东西见鬼去吧！"

陪齐静梅吃完饭回来，郝倩倩想着齐静梅的这种生活，联想到自己，心里乱七八糟，整晚睡不着觉。在这个晚上，郝倩倩想了很多，越想越沮丧。

初夏的热风刚刮起来，郝倩倩的生日到了，二十六岁了，这年龄对女孩子来说很重要，她想着过一个隆重生日，上班趁空闲时间给几个熟悉的朋友打电话约晚上见面，可办公室的老男人像看穿她的心事似的，电话还没接通就给她安排一大堆事做，并且屡次找她的茬，给她不痛快。郝倩倩本来憋足了气，与他大干一次，大不了走人，北京这么大，哪里找不到碗饭吃！可想着这天是自己生日，不能弄得心情不好，便忍住没与老男人正面冲突。一直熬到下班，郝倩倩才给齐静梅打通电话说自己过生日的事，没想到齐静梅情绪很不好，勉强说了句祝福的话，没提来为她庆祝，她也不好邀请。

郝倩倩情绪更加低落，身心疲惫地回到家，孤单单的家里使她心里空落落的，一点踏实感都没有，她倚在沙发上愣神。这时，门铃响了，她无精打采，拉开门一看，一束鲜花和一大盒蛋糕出现在眼前，后面是笑眯眯的男网友，向她唱响了生日歌。

郝倩倩很惊讶，给齐静梅打电话后没了情绪，还没告诉他自己过生日的事，他怎么就来了？不过，这个时候，他以这种方式出现，她还是很高兴的。

鲜花、蛋糕、歌声把郝倩倩空落的心塞满了，她终于踏实下来。

一切似乎都顺理成章，该发生的都发生了。

关键时刻，男网友从随身携带的包里掏出避孕套，非常熟练地套上。

郝倩倩很惊讶，慌忙闭上眼睛，心想，这是不是他一步步安排好的？如果是这样，那她怎么办？她不由自主地打了个冷战，刚觉得充实下来的心，感觉像一片落叶，毫无依靠地在渺茫的空中飘浮。刹那间，她的泪水涌了出来。这时，她耳边响起齐静梅告诫她的那句话，抬手抹掉了泪水。

（刊发于《小说月报（原创版）》2008 年第 6 期）

庄莎的方程

　　生完孩子，庄莎休了近一年的产假，孩子能牵着走路了她才回来上班。

　　第一天到单位，庄莎的神态慵懒得好似还在月子里，眼神有些飘忽不定，打招呼的语气也值得认真推敲。庄莎的漫不经心落到旁人眼里，也没什么太多内涵，反正于其他人无碍，妨不着谁的吃喝拉撒。心里没底的是张董，一年的产假在这个单位简直前无古人，庄莎这么红光满面的回归，却又一副虚弱不堪的状态，谁心里还不要叽咕几句？张董怕大家说三道四，于是，纡尊降贵邀请大家中午聚餐。庄莎休产假前，张董经常这样做，不光是为了掩人耳目，更多的是为显示他与庄莎之间的正常关系。他与民同乐的目的大家一直心知肚明，谁都不是脑残，就算张董掩耳盗铃，也绝不会揣着颗正义的心跟他说，我们都听到了铃声！再说了，人家是领导，想怎么任性都行。在中午庄莎顺利回归的隆重酒会上，大家都心照不宣，谁也不首先触及这顿饭的主题，连平时喜欢拍些小马屁的人也保持着缄默。张董看出了大家脸上的怪异，端起酒杯说，女人嘛，生完孩子母性就出来了，庄莎也不例外。

　　庄莎"扑哧"一笑，跟放屁似的。这是她习以为常的表达方式。每逢单位开小会时，张董一般都坐在庄莎对面，嘴里讲着话眼神却时不时地盯住庄莎。庄莎开会时通常低着头玩手机，身子却不停歇，像有人在挠她痒痒似的，转过来拧过去，落在张董眼里，姿态极是妖娆。张董心领神会，有时候把话音加重一下，庄莎就抬起头看他，两人对上眼需要的时候，庄莎总是"扑哧"一笑应对。后来，这一笑被大家形容成技术含量极高的响屁。看来，庄莎生完小孩，除过眼神略有点母性的变化外，别的还跟从前一样。这个时候，庄莎"扑哧"这么一下，张董的神色明显轻松了不少，庄莎的一笑果然是他的速效救心丸，让他的心和他的脸色变得温暖起来。大家你看看我，我看看你，刚才有些凝滞的空气快速流动起来，有人趁机拍张董的马屁，说他的话精辟，操作性极强。赶紧敬酒。于是大家纷纷举杯乱撞，张董一一笑纳之后，举着杯要与庄莎碰过才喝。这也是惯例。在庄莎跟前，张董的惯例比较多。大家也见多识广，不是吗？主角还没出手呢。庄莎果然有了母性的光辉，她懒懒地端起酒杯，屁股却粘在了椅子上，连动都没动，只是迎着张董伸过的酒杯略略地向前倾了倾身子，轻轻一碰，嘴唇象征性地沾了下酒杯。张董刚刚盛开的灿烂顿时凋谢成索然无味，鲜明地落在了脸上。以前，庄莎还是懂得配合的，当着大家，这点面子是会给张董的，生过了孩子，她本来就不多的修养难道也传授给孩子了？张董所说的母性，在庄莎这里，实在太离题了吧。大家都装着没注意到这个细节，依然嘻嘻哈哈地乱碰杯，这个时候，还是自娱自乐来得保险。

庄莎已有过三段婚姻，以前光顾结婚离婚，没来得及生育，生育对她实在是累赘，她缺乏孕育生命的耐心。也不知道她怎么就突发奇想，四十岁了，居然要起了孩子，纯正的高龄产妇。这样的游戏玩起来风险很大，不是庄莎的风格。庄莎从不知道什么叫作投入，坐地起庄才是她的风格，所以她演的这一出实在令大家费解，像一出没有牌可打的局。不过，张董是最懂庄莎的人，他不用费心巴力地去猜，第一知情人嘛，他从知道庄莎有了孩子的那一刻起，心里像千斤重担被卸下来，轻松得快要飞起来了。他想有了孩子的庄莎总要安分下来，至少，从此有了孩子牵挂，会表现得安分些，不会再生事端了吧。庄莎在他手里，就像一条鱼，活蹦乱跳得他根本摁不住。也怪不得张董心里轻松了，他对庄莎的那份好简直是世无可求，但他还是摸不透庄莎这个晴雨表，他永远都不知道，冲着他"扑哧"的庄莎哪一刻会让他从暖春直接杀进寒冬。所以，庄莎产假归来的第一天，张董冒着违犯"八项规定"的危险，又组织了这么隆重的酒宴迎接，够可以了吧。

不管庄莎在酒桌上怎么拉黑了张董的脸色，他心里还是很高兴的，他不会因为庄莎的这点小任性而有所责怪。不是说，女人在最爱的人面前最喜欢耍小性子嘛！

回到办公室关上门，世界就宽阔了，因为变成了两人世界，没有了太多的拘束。不过，有些必要的程序还是不能省的，张董喷着酒气笑眯眯地去搂抱庄莎。以前庄莎总喜欢趴在张董耳边说，她是他的小棉袄。现在，他很想感受一下一年没贴到身上的小棉袄的生动与温暖。结果，被庄莎生硬地推开了。这有点过分了，当着大家伙的面使点小性子，可以理解为生完孩子懈怠了，能糊弄过去。现在没其他人，两人世界，又是久别之后，也未免太矫情了吧。张董脸上挂不住，嘴上却说，果然果然，有了孩子，心里装不下别的了。这回，庄莎没有让"扑哧"把这零下的温度回升上来，她变成了冷笑，道，装什么装？我还不知道你心里乐成啥样子呢。

张董拉下了脸，说，这话说得没良心吧。孩子是你自己选择要的，又不是我逼迫，怎么能说我会乐呢？我要乐成啥样还不都是因为看到你。

庄莎这下又"扑哧"了，笑完又叹口气说，没啥本钱了，不拿孩子把这个还算有点钱的男人绑住，我后半辈子还有什么靠得住的？像我这种高品位的女人，也不能随便迁就的。我还能不知道要小孩冒险啊，可是这次不冒这个险，下次或者连冒险的机会都没了。你看看，生个孩子我有多大的牺牲，身子像掏空了瓢，光剩下皮。身上的肉松垮不说，连心都是垮的……

张董兴趣来了，转着圈打量着说，谁说的？我看你浑身都是机会，看不出你哪儿垮了，底子在那摆着呢，你还跟花蕊一样娇媚得很呢。是你多心了，别胡思乱想，把心思放在孩子身上，好好做你的母亲吧。母性的光辉是非常耀眼动人的。

庄莎的神色这才缓和了许多，她相信张董的话，她才不会真认为自己不清新不水灵呢，年龄算什么标准，只不过是时间的尺度，她浑身散发的魅力可不是时间可以随便能消耗掉的。庄莎从张董的眼神里看到了某种渴望，情绪突然间跳跃到了从前，嘟噜起嘴，撒娇了：你不知道，身边突然间多了个小东西，是从自己身体里出来的，会动，会哭会笑，会咿咿呀呀地学语，别提有多神奇了，这种感觉大概就是你说的母性光辉的体现吧，太让我感动了。我真想把孩子成长的每一个瞬间记录下来，留给将来，等我老了，我就让回忆充满这些点点滴滴，想一想，多么温暖的画面啊。

庄莎很少用这样诗意的语言跟张董说话，这叫张董非常感动，心里泛起更多的喜悦和感慨，有了孩子的女人果然不一样啊。这喜悦还没来得及荡漾开，就被庄莎一枪毙命。她是被自己打回了原形，理直气壮地说，给我买个尼康D3套机吧，我要把女儿的每一步都记录下来。

张董的心忽地一下提起来了，他的情绪跟着庄莎切换得也快，随口道，去年不是刚给你换的佳能单反吗，怎么还要……

庄莎的原形赤裸裸的，生气了：那也叫相机？拍个动物、民工还凑合，我的女儿怎能用那种货色！你就说吧，这一年多我向你提过什么要求没有？就一架破相机，还要搪塞我。

张董说，不是搪塞你，眼下的情形你不是不知道，哪有那么简单的事，几千块的办公用品就得报上级批准，几万块的单反相机更得要政府采购进行招标的，不好……

庄莎打断道，我就知道你会是这种态度，生完孩子，我后悔得要死，这一生要叫这兔崽子给毁了，我靠她挂住那个男人？靠得住吗？我还不知道我坐月子的时候他在外面怎样的花天酒地呢？庄莎把牙咬得咯嘣响，我恨自己当初瞎了心，一门心思非要把这个孩子给生出来，生出来还不是我的累赘，谁知道我心里藏了多少苦水，谁体谅我这番辛苦？有时候我就想，与其这样让一个孩子把我拴住，把我毁掉，还不如赌一把，将这兔崽子甩给他们家，净身出户，我重新开始……

半个月后，一架尼康D3套机送到了庄莎的手中。

蓝色的四方盒子用棕色胶带封着，黑色的相机包肃穆地空出一份无聊来。庄莎像垃圾一样将它们塞进装鞋的柜子，懒得打开包装多看一眼。这种东西对她来说太多余，她哪有心思去研究这种功能复杂的东西，能用智能手机给孩子拍张笑脸已经是她最大的用心和耐心了，"使用"这一说，太浪费。她要的是这个态度，她生过孩子之后张董的态度。她只怀疑过张董的态度，却从来没怀疑过他的能力。张董给大领导当过秘书，眼下又是一方诸侯，这点小东西实在不算个事儿。

张董的态度一直在那里摆着呢，只要庄莎不过分纠缠，除了身体，能满足的尽量满足她。说到身体，这是张董的软肋，不知怎么搞的，第一次还是庄莎主动投怀送抱的，在一个五星级宾馆宽敞的套间里。他们那次开专业会议，晚宴后，庄莎扶着半醉的张董回房间。张董在卫生间一番冲洗后上床，发现庄莎已光溜溜地躺在他的被窝里，双眼淫气逼人，极具杀伤力。在此之前，张董在心里早已将庄莎的衣服脱过上百次了，只是一直犹豫这个窝边草吃还是不吃，或者什么时候什么场合吃比较合适。这下，他连犹豫的时机都没有了，在这种不需要任何暗示或者引诱的情形下，他哪有不笑纳的道理?!面对光溜溜真实的庄莎，张董顿时血脉贲张，卸下领导的外衣准备亲力亲为，耕耘这块他期盼已久的土地。庄莎极力配合，使出了浑身解数，折腾了半夜，结果他一事无成，只出了一身的臭汗，排出了体内的酒精。张董把失败归罪于喝过酒，他的确是酒后极难成事，可他又好酒，所以对那些酒后乱性的人他偶尔还是有些艳羡的，男人嘛，总免不了希望自己是个勇士，可以不分状况的有战斗力。张董排完体内酒精浑身折腾得也没劲了，只得把希望寄托在第二天晚上，酒肯定不喝了，还做了些充分准备，换了新内衣，信心百倍，绝对水到渠成。谁知进入实质阶段，他的心飞翔得很高，身体却依然不给力，越是心急，越是进入不了状态，像要刻意跟张董的心过不去似的。不可能呀，张董的年龄还没糟糕到这步田地，再说了，在家与老婆一起，都几十年的夫妻了，没有什么新意，按说才该疲惫不堪的，反而没出现过这种状况。张董也弄不明白自己这是什么情况，这下又少了喝酒的借口，面对庄莎怪尴尬的，都不敢正眼看她，像被当众抓住的小偷，在庄莎迅速响起的呼噜声中失眠了。后来，换过不少环境：办公室、小点的招待所，甚至女方家里，都没能使张董硬气地嚣张一回。最好的一次表现，还像收水费的缩手缩脚地进门查完水表数就走，前后不到一分钟。这当然成了张董的短板，多次觉得无地自容，恨不得找个地缝钻进去，却发现庄莎非常宽容，一点都没埋怨，连个轻视的眼神都没有过，转身就睡，用迅速响起的呼噜声告诉张董，她并不在意身体的成功与否，只注重与他在一起。这极大地安慰了张董，使他非常感动，成功的男人最不可承受的，就是不能自如地掌控自己的身体，这关乎男人的尊严。张董自认为他与庄莎之间虽然有着不很成功的身体交流，但他们更多的是精神上的契合，这让他们的关系才有了超越和升华。

可不管怎么说，庄莎对张董身体无力越是不在意，张董就越认为亏欠着她，这方有了亏欠，得从另一方有所补偿，对她的要求更是义不容辞。庄莎以前有过两次失败的婚姻，调入这个单位之前，与一位老领导关系不一般，在外人眼里简直不分你我，跟着老领导出入过不少豪华场所，养成了一些嗜好，比如旅游，住豪华套间，再就是美食了。老领导对庄莎很骄纵，即使在一些比较严肃的场合也会不顾身份和年龄地放任着庄莎，这大概也是庄莎一直不曾正视过自己年龄的根本所在。后来，老领导退休，失去了这些待遇，庄莎也就对他失去了兴趣，她没法清汤寡水地陪一个老头子。她没这个责任和义务。但她沿袭了养尊处优的习惯，而且一点都不觉得累，每到周末，不出去就异常难受，冬天飞三亚，夏天飞贵阳，春秋时节全国各地飞哪儿都行。这些对张董来说当然不算难事，单位差旅费预算不少，机票上张董签字就能正常报销，还是可以由着庄莎任性的。如果担心庄莎外出报销机票和其他费用的密度太大，也可以协调让接待方报销。不是说大话，目前除过香港澳门还没来得及设下属机构外，国内哪个地方张董都能联系到接待庄莎的人，他的强悍体现在身体之外。当然，国外他联系不了，庄莎也没兴趣，主要是她吃不惯西餐，不愿受那份洋罪。

张董只负责给庄莎安排旅行，他自己不去，除了避嫌，还担心两人在一起燃烧起来他自动熄火的尴尬。何况，猫偷腥是种刺激，猫顿顿吃鱼就少了乐趣。张董心细，每次从庄莎出发到回来接机，都细致入微，安排得妥妥帖帖，让庄莎挑不出任何毛病。在单位，张董也偏袒着庄莎，不给她安排劳心费力的工作不说，遇到有什么出成绩的事儿，他力挺庄莎，把功劳都要说成是她的努力。每当这时，庄莎从不推辞，连谦逊的话都不肯说，甚至自我拔高得比张董还过之而无不及。明明她在单位就像鸟儿一样自由，想来就来，想飞就飞，经常连张董都找不着她飞翔的影子，她分内的工作，经常推个一干二净，都是张董找人替补，她还要指责别人没把工作做好。到了年终述职时，她又有本事把自己说成是工作狂，整天加班加点，为单位为工作殚精竭虑，甚至还总是自掏腰包去联络工作对象，从不索求回报——这还算是说得比较温和，假若是为了单位的利益需要攻关，她时刻都准备着献身……总之，完全颠覆了大家熟悉的那个形象，这哪里是人啊，简直就是神，或者是女娲造人时不小心造出来的异数。大家看在眼里，嘴上不说，心里嘀咕：庄莎为啥就能这样？人家就是这样，谁能把她怎么样！稍有微词，张董就出面调解，何必与一个婚姻不幸的女人过不去呢，她本质是好的，工作也努力，大家都有目共睹嘛，然后拉上大家出去喝酒唱歌，后来歌不唱了，改成洗脚，大家的福利行情也看涨。这确实都是沾了庄莎的光，谁还会那么不识趣，拿着庄莎无意中替大家挣来的福利，还死缠烂打地盯着一个婚姻不幸的单身女人？

让庄莎过着无忧无虑的日子。张董是这么想的，也是他能给予的。但庄莎是个有着更高需求的女人，物质的享受太低层次了，她还要身体的满足感。这个是张董的软肋，是他唯一给予不了的，他为此深感羞愧。前年春天，上面要推出一批感动社会的典型人物，分给单位系统一个指标，典型人物最后确定在苏州，要求派人去整理材料。要知道，感动社会的典型人物颁奖会秋天时将在人民大会堂举行，届时，材料准备者也可以参加颁奖晚会。这可是个难得的美差，自然落在了庄莎头上。春天的苏州对走遍中国的庄莎来说构不成诱惑，她是想进人民大会堂，在全国人民面前露脸。她抱着这个想法去了苏州，果然不负厚望，将材料按时带回。材料当然不是她写的，她没这个兴趣，更不具备写材料的能力，连整理的耐心都没有，吃喝玩乐才是她的人生信条，若无这些，她的人生将黯淡无光。除了带回材料，庄莎还一并把帮她写材料的人也带了回来。是个刚毕业不久的研究生，小伙子叫朱洋，一米八的个头，国字脸配浓眉大眼，一笑就脸红的"小鲜肉"。庄莎让朱洋直接住进了她家，然后一脸坦然地来单位告诉张董：她与朱洋一见钟情，择日完婚。

惊愕得张董还没把嘴合拢，庄莎又丢下一句：帮我把未婚夫调过来。转身走了，回家与她的未婚夫厮守去了。

未婚夫！这三个字像三根钢刺扎进张董的肉里，不，是心里，他疼痛难忍，却不能喊疼。他凭什么喊疼？是他自己没有能力，不是人家不给你。怪谁去？为显示对下属的体贴关心，张董忍受着万箭穿心的刺痛，整宿失眠的煎熬，以领导的名义隆重地请朱洋喝了顿酒。酒后，张董心情复杂地挺着两只黑眼圈去找他以前的主子，不久，将那个朱洋的调令开了出来。

朱洋最终没调进京，原因是他家里强烈反对这门婚事，也不愿让他调到京城，担心他到了京城与庄莎一直纠缠不休，要了这个前程毁了另一个前程。朱洋拧不过父母，对这段年龄悬殊的爱情，他或许更为被动吧，与庄莎一起同居了不足一月，有些无奈地带了些茫然走了。张董担心庄莎受不了这个打击，自己又不便去安慰她，这个时候他能说什么呢。私下里他要大家多劝导庄莎，别因此有什么想不开。谁知庄莎心理素质极好，朱洋走后的第二天，她一副事不关己的样子就上班了，正赶上单位组织学习，她依然坐在张董对面，不时"扑哧"一声，大家听到的是一个已经在新生活里自在舒适的声音，起码从表面上向昏昏欲睡的大家证明，她一切安然，她依然有着占领张董这个制高点的优势。

　　一切看似又回归到旧轨道上，其实不然，通过朱洋的事，庄莎还是有了点变化，大家看不出来，张董心里明镜似的。庄莎表面风平浪静，内心却波涛汹涌。她不习惯没男人的生活了。但在没有男人滋养的时候，她会用另外一种方式来滋养自己。只要来单位，什么事也不做，全在张董的办公室待着。张董对庄莎的好总还知道掩饰一下，有点躲躲闪闪的意味，庄莎可不管不顾，明目张胆得让张董又担惊又幸福。领导的办公条件优越，办公室宽敞明亮，像个篮球场，庄莎在这里基本上不坐，怕坐多了身材走样，她手插在裤袋里，兜着两个屁股蛋子在张董面前晃来晃去。不管怎么样，张董还是个男人，而且是个有欲望的男人，他目光难免不被吸引，心潮澎湃又心有余而力不足，经常上火嘴角长泡。靠着目光靠着手脚上的小便宜虽解决不了大问题，但张董对此还是有了欲罢不能的心理依赖，他给不了庄莎想要的，只能用其他的方式来增强她对他的依赖。就像抽烟的人一样，使点劲烟也是可以戒掉的，但在没戒掉之前，就是渴望。庄莎适应能力极强，用报销、旅行筑起的堡垒使她对于物质的要求越来越多，手越伸越长，怎么说呢，几乎没有满足的时候。时间一长，张董不悦了，他不悦的原因是庄莎从他这里获得物质利益之后，而过分地忽略了他的情感需求。有时气话都到了嘴边，张董还是咽了回去，谁让自己不硬气，在人家面前只能处于疲软状态呢。

　　好在当张董脸色有了变化时，庄莎还是能敏感地捕捉到，她拿出小棉袄的熨帖劲来，帮张董捋捋本来就不多的头发，抹一抹脸上沾染的微尘，再给他扯扯略皱的衣服。这些小动作就像是一把燃烧的火，任张董心里结多厚的冰，也都瞬间融化，从不例外。若庄莎再变化一下腔调，撒个小娇，拿兜紧的臀部猫一样蹭蹭他，张董只有"人生如此，夫复何求"了。张董认可这样的感情表达，有谁像庄莎那样除了敞开的身体，还会向他敞开心扉？在这个充满了欺骗的世界，庄莎对他没有欺骗吧，唯有赤诚，他难道不该为这份赤诚义无反顾？

时隔不久，庄莎又谈了个男朋友，是广西百色的。张董义不容辞地把"百色"调进了北京。可是，两人相处一月有余，因南北生活差异，无法相处又分了手。庄莎痛心疾首地对张董说，这种南方人真少见，一个大老爷们，像个娘们儿似的整天洗啊洗的，大冬天也不怕冷非要开着窗子睡觉，说空气不流通容易窒息……说这些话时庄莎的身子还在发抖，像冻了一个多月还没缓过劲来。但她一点都看不出有多悲伤，贴着张董的身子不一会儿就在他的怀里打起了香甜的呼噜。

张董还没从庄莎的"百色"男朋友缓过劲来，庄莎又领来了一个山东梁山的好汉。此人一点都不像山东人，个头不高，年龄也不小了，打眼一看粗糙不堪。庄莎的口味变得也太快了吧。面对张董质疑的目光，庄莎"扑哧"了一声，说，他长得是"突然"，可他质底考究，能顶两个男人用。一听这话，张董的目光顿时萎缩了，连同他的心也似乎小了许多。

庄莎看出了张董的不舒服，又"扑哧"一声，又说道，这次不用操之过急，先试用，不行就退货。张董的心这才缓缓回到常态。

试用没几天，庄莎就让张董赶紧给"梁山好汉"办调动手续，说试用效果不能说好用，那是相当的好用。不必等试用期结束再定，就这个，再不换了！庄莎说得斩钉截铁。张董咽了咽口水，把到嘴边的话一并吞了回去。他不满意这个还在试用期的"好汉"，一点都看不出"好汉"的特质来。可是，不是他用，满不满意他说了不顶用，要说反对的话，显然是不妥的。人家好不容易找个满意的用着，你再说三道四，什么意思？张董也只能叹口气。还好，"梁山好汉"在一个系统，以张董的能量，调动起来不太费周章，很快把调令办好，劝庄莎尽快把结婚证扯了。

庄莎却哭了，拱进张董的怀里，抽抽答答道，什么意思呀，这么快就烦我了，想把我推到坟墓里去？你是不想再多看我一眼了。张董心里一暖，都这个时候了，她想到的居然是他！他赶紧说，我不是这个意思，是想你终于找到了幸福，你要认准了就……

还说不是！庄莎嘟起嘴说，什么叫认准了？这世上我只认准了你，可你——说句心疼的话，每次跟别的男人在一起，我心里想的却是跟你在一起，你知道那种酸涩的感觉吗？可我——又不能当拆毁他人家庭的妖精……

可是，庄莎并没有与"梁山好汉"谈婚论嫁，调动手续办好后，就把这个男人扫地出门了。还能说什么？到了这个份上，张董只能眼睁睁地一直看着庄莎再次把"梁山好汉"蹬掉，却说不出半句埋怨的话来。直到后来，庄莎遇到了老贾。

老贾是北京的，不用办调动，这次没张董什么事了，他第一次轻松地看着庄莎与老贾过招。老贾是国企的高管，年薪上百万，有车有房，还是经济适用房。庄莎是在一次聚会上与老贾相识的，没几天就同居——按最新说法应该是通奸，当时老贾还没离婚呢。庄莎一脚踏进老贾的婚姻里，很张扬地搅了几回局，终使老贾从并不平静的婚姻里彻底脱逃。庄莎看中了老贾半秃的头顶一样闪着熠熠光芒的身家，她要将自己的人生挂靠在这个男人身上。她把避孕套全部刺破，终于成功怀孕。老贾经历女人怀孕这种事多了，他不可能每次都为这一时的欢快拿一辈子来买单，本想像以往一样给点钱打发掉庄莎。老贾这回轻敌了，庄莎可不是初出江湖的雏菊，她赏山阅水，看的风景多了，还能看不透老贾这一出？她早都打听好了，上级巡视组即将进驻老贾所在的单位。眼下，女人举报的命中率百分之百，老贾只能忍气吞声地匆匆与庄莎扯了结婚证，努力过着不让自己带任何情绪的生活。

从怀孕到生子，老贾与庄莎形同路人，从一座城池到另一座城池，老贾根本没有来得及欣赏城外的风光，心里还处在上当受骗这个初级阶段，过不去坎，对意外得来的这个女儿自然也爱不起来，他甚至从对女儿的细细端详中看不出他的遗传痕迹，也使得他对这个家越发缺了情绪和用心。对此，庄莎冷冷一笑，她太无所谓老贾对这个家看重与否，她要的并不是老贾这个男人，只要他每月按时将抚养孩子和其他名目的费用打到她的卡里，爱不爱的，那太矫情，哪有钱实用！庄莎借口上班要把女儿送进私立托儿所，她已经打听好了，这样的托儿所刚满月的婴儿都收，每月一万块的托儿费，家里还花四千块钱雇了个保姆，这些都是老贾买单。不过，具体到需要自己花费的日子，庄莎才不会那么奢侈呢，上班没人催她，她就在家带孩子，实际上也不用她操太多心，这不还有保姆嘛！在保姆的费用上，她给老贾同样打了埋伏，她其实只给保姆开三千块工钱。这么算算，她的日子过得实在没啥可说的。

上班之后，庄莎正式将孩子送进托儿所。这下，庄莎面临的是孩子每天早晚的接送，她不会开车，也不喜欢学，怎么办呢？庄莎懒得发这个愁，她有的是办法，以上班为名，要张董的专车接送。张董对庄莎的要求向来是没有抵抗力的，何况这个要求实在算不得高，没法拒绝，也不能拒绝，用个车算什么事！这样一来，张董上下班就不方便了，家离单位比较远，坐公交丢不起人，配有专车，天天搭别人的车脸上也过不去。他为此烦恼不堪，庄莎看透了张董的心事，"扑哧"一声，道，这有何难？每天咱俩一起走不就得了，咱们仨还能在一起多待会儿呢。

这让张董心里热乎乎的，庄莎为他考虑得太周全了。两家居住的也不算远，每天早晨车来接上他，再去接庄莎母女，先到托儿所，再拐回单位。有时碰上早高峰，到单位过了上班时间，大家看到他俩一起走进办公楼，都觉得挺正常，也很感人。下属孩子小需要照顾，领导用他的专车每天还亲自陪着接送，多和谐啊。

偏张董的老婆没这种境界，闻讯气势汹汹地到单位来堵，有一天撞了个正着，没想到她还没发火，张董拉开车门，一只脚踏在地上，一只脚还在车内，先火了，骂道，你脑子进水了，还是嫌官太太当得太稳当了，想换换位置？

他老婆一个字都没说出来，她的脸像映照到了彩虹，由黑变红，再由红变黄，还没变回到正常，就连个人影儿都看不到了。

为此，张董还与庄莎庆祝了一番，当然也拉上了大家一起狂欢，显得热闹、团结。只是，有些人不知道庆祝的真正内容是什么，在狂欢的间隙，偶尔能听到熟悉的"扑哧"一声，才觉得不知道比知道更有意思。

（刊发于《山花》2005 年第 11 期）

在路上

一

常明社是个颇有医术的乡村医生，方圆几个村子，没有人不知道他的。常明社是个很重医德的医生，碰上没钱看病的主，他从没为难过病人，先看病，钱啥时候有了，再给也不迟，实在连药费也掏不起的，他从没催要过。在始原，常明社有很高的声望。村人中有个啥事，都愿给常明社讲，拿不定主意的，要听一下他的意见，连家庭闹矛盾，都要请他给断个理。常明社行医多年，见多识广，又知书达理，总能把人说得心服口服。平时，他的诊所里人来人往，有病没病的，都到那里坐会儿。常明社的人缘好，小小的"明社诊所"成了始原村的中心。曾有一次，始原村的支书赵志录犯病毒性感冒，连续在诊所打了三天针，目睹了常明社的人缘，眼红地说："明社，瞧你这情形，我那个村委会倒成了冷宫，你才是始原村的人物哩。"

明社边往支书的屁股上扎针，边说："我算个鸟人物？我只是个看别人屁股是黑是白的医生，哪能跟你比，好几千人的父母官。"

针扎到支书的屁股上，他"哼"了一声，龇着牙，心里却很舒坦，说："啥呀，当这个烂支书，官不官，民不民的，一摊子烂事，受洋罪哩。哪像你，救星似的，大姑娘小媳妇的屁股，主动叫你摸了，她还得谢你哩。"

常明社笑笑，拔出针头，用酒精棉在他的屁股上擦了一下，说："看你大支书说的，眼红我了，就干这个扎屁股的事，放在过去，是下九流，没人愿干。"

支书说："咋没人愿干？占大姑娘便宜的事，还落了这么好的人缘，我想干，还干不上呢。"

常明社说："可不能这样说，你要是干了医生，谁当支书呀？"

支书说："支书谁不能当？可就是这个医生，想当还不好当呢。"

常明社说："这话说得不对，支书哪能随便当？"

支书说："谁当不了？要你常明社当了，说不定比我好哩。"

常明社说："我只能当医生，别的还真干不了，更别说当支书。"

正说着，有个小媳妇来打针，常明社忙着换针头。配好药，叫小媳妇脱裤子往床上爬。小媳妇见支书在，提着裤子不肯往下脱。支书笑着说："我得走了，你的专利，我享受不上。"几句话羞得小媳妇脸红得像布。支书临离开，又说了句："我得给我老婆说声，以后不到你这打针了，尽叫你小子白占便宜。"说完，大笑着走了。

话是这么说，支书老婆来"明社诊所"的次数还和以前一样，而且有个头疼脑热，偏要打针，说打针好得快。常明社对她开玩笑道："赵支书不是说了，不叫你到我这打针吗？你一脱裤子，我可啥都看见了。"

支书老婆笑嘻嘻地趴在床上，说："听那老鬼的，他光想着乡卫生院的女医生给他打针，人家拿个给牲口用的粗针头，他也不嫌疼。"

常明社的日子过得很滋润，他心里明白，就是他干的这个行当，使他比别人的日子好过得多。一到农忙季节，他关了诊所的门，去种那几亩地，农事一完，就到诊所坐诊，虽在乡间行医，挣不了几个钱，可细水长流，收入不薄，比哪些没手艺，一到农闲就四处打工的人家强上百倍。看病这个活，永远失不了业不说，是别人来找你，按有些村人的话说，是别人给你送钱，坐等着的事。常明社不这样认为，他把医治病人，解救他人痛苦，当成一项职业，也当成了生存的条件。他很珍惜这个职业。他没利用医生这个职业，刁难过任何人，他理所当然地成了村里最值得信赖的人。

就因为这个信赖，村委会要他当始原村的调解主任。常明社心里清楚，没让他当调解主任前，他一直担任着业余调解主任角色，大家信任他，平时请他评个理，讲个道理都很正常。可现在，要他当调解主任，专门负责调解，他认为，这个调解主任他不能当。

来给他谈话的赵志录奇怪地问:"为啥不当?"

常明社说:"我干不了!"

支书说:"你一直在干着调解的事,咋说干不了?"

常明社说:"以前大家愿找我商量个事,说个理,是信任我,我也乐意做这个人情。可现在,叫我真干这个,我干不了!"

支书说:"正是大家信任你,村委会才推举你,现在名正言顺了……"

常明社打断支书,说:"我是医生,是给人看病的!"

"这不影响你看病。"说到这,支书又开玩笑道,"你还怕失去摸人家大姑娘小媳妇屁股的专利?"

常明社说:"话是这么说,可我怎么能去当调解主任?我看病看得好好的。"

支书说:"还是当吧,看病、当主任两不误,每月还有六十块钱补贴呢。我知道你不看重这点钱。"

常明社望着支书,思忖道:"我总觉得心里不踏实,我一个医生,当啥调解主任。"

"说白了,调解也是给人治病呀。"

"我总觉得心里别扭。"

"别扭啥?调解主任又不是个啥官。连我也不算个官,乡长都不是。县长才算个官,最末等的七品芝麻官。"

"官不官的,倒没啥,就是觉得不伦不类。"

"当上了也就有伦有类了。"

几个来诊所看病的人也说,明社你推脱啥呀?大家都信你,你当这个调解主任,最合适。

常明社望着众人,再没推脱。

支书说:"就这么说定了。你不当也得当。"

常明社很无奈,叹了口气。

支书说:"调解主任也管事哩,你当上就知道了,能管上点事,比不管事强。"

常明社不好再推脱了,回到家里一说,儿子建章一拍大腿,跳起来道:"老爹你也当上官了,今后得给咱家办些实事。"常明社白了儿子一眼,没好气地说:"就你事多。"又叹口气说,"调解主任哪算个官?还不是个磨嘴皮子的差事。"

老婆说:"支书叫你干,你就干,平时不当这个调解主任,还不照样给人家处理这些难缠的事?当上了,调解起来,就名正言顺了。"

女儿说:"每月还有六十块钱工资呢,白给的不要白不要。爸,这月的工资发了,先给我买条裙子吧,别人都有四五条裙子换着穿呢,可我一共才三条。"

常明社听老婆孩子们这么说,在心里定了音:干吧。

没想到,一直坐在炕上像花猫似的眯着眼睛的七十岁老娘却说:"明社你也要当官了?"

常明社坐到炕边,对娘说:"什么官呀?大家信任我,让我给评个理,说个公道话。"

老娘微睁开眼,把炕边贪睡的花猫抱到怀里,抚摸着猫说:"不是官就好,咱祖上没给后人积下这份德,不要乱了章法。"

建章伸过头来说:"奶奶,你真糊涂,什么祖上积德不积德,章法不章法的?要不是把我生在这戈壁滩,我非乱了这章法,给你看看。"

常明社吼一声儿子:"滚一边去!没用的东西。"他对儿子很失望。儿子初中毕业,连高中都没考上,叫他跟自己学医,儿子还看不上,整天七混八混,还说好男儿志在四方,也没见混出个人模狗样来。

建章往一边滚时,丢下一句:"刚当个调解主任,就这么大脾气!别忘了你是调解主任了,今后听奶奶的花猫念经,也要有耐心。"

花猫爱睡觉,永远睡不醒似的,还爱打呼噜,一阵高一阵低,常明社的老娘常说,那是花猫在念经,她常给大家翻译出一些花猫的"经文",可谁也听不懂。

二

常明社认为,既然自己接手了调解主任,就一定得干好。他是个认真的人,医生的职业决定了他的性格,他对自己有信心,大家信任他,就不能叫大家失望。

这时候,正是春季,戈壁滩上的春风刮得正猛,从远处刮来一股股沙尘，铺天盖地，昏昏黄黄一片，如果不是正在泛青的麦苗，恐怕连天地都分不清。人走在沙尘里，像走在浓密的黄雾中，有种切入尘世的茫然，感觉就出生在这种环境里，有走不出的悲痛，可是，也只有承受。

每逢这种季节，始原人痛苦地憋在家里，等待这个季节远行。什么春天的美丽、花儿开放等词语，真的就似词语似的，离始原人很远，远得叫人不敢想象。

等风一停，过上几天，沙尘才落下来，麦苗叶上覆盖了一层黄沙，像枯死了一般。这时，始原人走出屋子，要干的第一件事，是给麦苗浇水，让水漫过麦苗，冲刷掉上面的黄沙，给麦苗一个良好的生长环境。地很肥沃，麦苗长势不错，可叫沙尘一盖，叫人看了心里不是滋味。大家都忙着给自家地里放水，水有源头，是从很遥远的地方引来的雪山水，水量有限，争执的事经常发生。

这天，常明社正和儿子建章给自己家麦地浇水，村长有财慌里慌张地跑来，喊他去调解争水发生的纠纷。常明社正忙着，一时没反应过来。往年，也有争水的事发生，争执的双方都是边吵边来地头找常明社评理的。

常明社说，谁和谁呀，没见争水的人呀？

有财说："你得去现场处理，你现在是调解主任。"

常明社说："你还是村长哩。"

有财说："我算个啥？摆设！始原是赵志录说了算。你快去吧，张三和李四家为争水快打起来了，这是你分内的事。"

常明社放下自家的活，去处理张三和李四的争水纠纷。

常明社到张三和李四家地头一看，两家都没浇地，渠沟被挖开了道缺口，水往一个荒沟里白流着。张三和李四两人满身泥水，在渠边上推来推去，任水白流。

常明社一到，两人都争着要给他诉说。常明社不让他俩说，他心里清楚，这是两家分水不匀，赌气干脆谁也别想浇，让水自流。他抓过铁锹，跳进渠里去堵缺口。缺口太大，水流得急，不好堵。常明社对张三李四喊，先堵住水再说。张三去折些树枝过来，垫到缺口上，李四帮常明社填土，三人好不容易将水渠缺口堵住。常明社到两家分水口，将水分匀。张三李四才说，只要是明社哥分的水，肯定公平，也不争了，各自去浇地。

常明社想走，又怕水流一阵，分水口难免又出偏差，两家再闹起来，白浪费水不说，真干起架来，他这个调解主任可就失职了。他干脆不走了，在分水口站下，一会堵堵这边，一会又堵堵那边，把一渠水分匀。这样堵了半天，没回自家的地，晚上回家儿子埋怨他，他也不生气，他想他是尽自己应尽的职责。

第二天，却没这么简单。绪林和拴平家的地多少不等，绪林家地多，水应该分多点，拴平家的地少，水分少点。拴平硬要把水分匀浇地。这种季候，是抢苗保丰收的火候，谁的风格也没那么高。绪林和拴平为分水不公，在分水口争吵起来。

常明社赶到现场时，绪林和拴平已经动起手了。他非常生气，这种关头，还有时间打架，比平时严厉几分，说了几句气头话。没想到，得理不饶人的绪林竟较上了劲，他说你常明社当上了官，学会训斥人了？

常明社说："我是来调解的，也不是官，这不是训斥！"

绪林说："不叫训斥叫啥？你来调解也不问清楚是非黑白，上来就发火，算什么呀？"常明社更加生气："这种时候，不管谁对谁错，不好好浇地，只顾打架，你们都是错的。"

绪林说："打架还要选个时候？我的地多，分的水却少，还要受你的训斥？你是谁呀？"

"我是常明社！"

"大家都说你讲公道，"绪林气呼呼地说，"可如今当了调解主任，却不讲公道了。"

"我咋不讲公道？"

"你也不问问是谁的错，好坏不分，上来就骂，这也叫公道？"

"我肯定要问，"常明社说，"可你们俩在这打架，首先是不对的。"

绪林跳起来，吼道："我的地多，分的水少，还要受他拴平的气不成。"

常明社说："这个我知道，可你们不好好商量，打架就是不对！"

绪林骂道："商量他妈个 ×！"

拴平接上绪林的话，俩人又骂起来，并且又往一起凑，还要动手。

常明社冲上去，把两人隔开说："还有劲打！麦苗快叫沙子捂死了，你们俩真是……"

绪林和拴平在两边一边骂，一边推他们中间的常明社，推得常明社一肚子火，他跺着脚吼："够了！你们别吵了，把分给我的水给你们浇行了吧，你们还吵个×呀！"

常明社让步，却苦了自己，生一肚子气不说，自家地没浇完，儿子埋怨他当个破调解主任，竟然大公无私给别人让水。气得他差点动手打儿子。他想不通，往年这种事，只要他出面调解，都和和气气解决了。今年，自己当了调解主任，名正言顺，却调解不了。往年碰上这种事情，他也会埋怨双方，可今年咋一埋怨，绪林就跳了起来？是自己说的不对，还是当了调解主任就不该这样调解？

常明社没弄明白。他认为这个调解主任不好干。想着辞掉这个调解主任，他不愿让村人把他当作调解主任的角色来处理他们之间的矛盾。

常明社不想干调解主任的想法，还没给支书村长提出来，一件非得他出面的事情就找上门来了。

这是一桩很难以处理的"退婚案"：王继发的儿子王进军在部队当兵，突然提出要退掉他当兵前定的婚。女方是邻村甘子泉的程文莲，她坚决不同意退婚。

王继发来找常明社，想叫他从中做做工作。常明社不想管这件事，退婚的事很头疼。要放在以前，他会出面调理这事。可自从当上调解主任，特别是调解绪林拴平争水打架的事后，他认为调解别人的纠纷，是个出力不讨好的事，并且，他已经定下心，不再干调解主任。

王继发却苦苦地对常明社说："我是看在你的声望上，才来找你处理这件事，我就没把你当作调解主任。"

话说到这份上，常明社不好再推托，他问王继发，他儿子为什么要退婚？

王继发哭丧个脸说："我要知道这个狗东西退婚的原因，就不丢这份脸了，乡里乡亲的，我咋给甘子泉的人说呢？"

因为没有原因，这婚退得比较难。

常明社跟王继发到甘子泉程文莲家里时，人家已经草木皆兵。但一看王继发身后的常明社，人家还是给了面子，让座倒茶，他们得看常明社医生的面子。

程文莲的舅舅、姑夫来了一大堆，都板着个脸。在农村，女方叫男方退了婚，是很没面子的。不用说更多的话，程家等着王继发有个合理的退婚理由。

常明社开口就说："这事王家理亏，但是，程家愿不愿听我说一句话。"

程家的人听常明社这么说，脸上松活了一些，毕竟是人家先认了错，又是四邻八村有名的医生常明社开的口。

程家的人说："常医生你说吧，我们都知道你是个讲道理的人。"

常明社说："大道理不用讲，谁都懂，现在到这种地步，王家父母自知理亏，今天是来请罪的。可话说回来，是王进军提出退婚，他父母很为难，现在双方父母都在当面，还有这些舅舅、姑夫的长辈，你们说说，该咋样对待王家的父母？"

程家的父亲说："按理说孩子们的事，不能怨父母。可这不明不白的，说出去，叫我家文莲今后咋见人呢？"

常明社说："既然这样说，咱们两家父母就不要发生矛盾，这事好办。"

程家的人问："你说咋好办？"

常明社说："我想单独和咱家的文莲说几句话。"

程家的人互相望了望，本来要给王家父母一点颜色看的，这下也不好给了。又听常明社把自家闺女说成"咱家的文莲"，心里舒坦了不少。程家父亲说，那当然，我这就叫闺女过来。

唤来程文莲，常明社却不当着众人面，把程文莲叫到另一间房里说："你有啥想法，给叔说。"

程文莲不吭气，脸像个苦瓜，憋了半晌，才说："他说退就退，没这么便宜！"

常明社说："你说说看。"

程文莲气狠狠地骂了一通王进军，也没说出个所以然。

常明社等她骂够了，才说："你把王进军骂得一钱不值，那你还图他个啥呢？他出去当兵，心逛野了，咱还稀罕他啥呀？你是个明白人，他没良心，现在趁早断了，总比以后闹僵了要好。婚姻大事，人一旦不愿意了，你把他用绳子绑上，他也不会回心转意的。"

程文莲一听，低着头说："理是这个理，可我总觉得亏，如果他是在部队提了干，不要我，不就便宜他了？"

常明社说:"你吃啥亏了?他耽搁了你几年,可你没有吃一生的亏,不然,像他那种品德的人,今后就是在一起生活了,你才亏呢。另外,他提不提干,连他父母都不清楚,就是他提了干,部队上迟早也不会重用他的,自古以来,有歪心眼的人最终走不上正道。"

程文莲低头不语。

常明社接着说:"别以为他退了婚,你就没面子,其实没面子的是他,你又不是嫁不出去,离了他,世上的好男子多的是。要不,叔给你留意,有好的小伙子,给你介绍一个?"

"我又不是嫁不出去!"程文莲说。

常明社说:"这就对了,你是个聪明的闺女。"

常明社将程文莲同意退婚的意见给大家一说,程家的人不好再说什么。只是程文莲的舅舅说,咱文莲给他耽搁这么久,就没点说法了?

王继发明白程家不想退彩礼,就连忙摆摆手说:"是咱娃亏心,以前咱两家的事就不提了。"

常明社忙打圆场:"那点彩礼钱,老王也不能要了,算是给咱文莲买了些穿的用的。咱庄户人家闺女,都是好闺女啊。"

事情就这么结了。常明社为自己处理了这么一件"退婚案"而感到欣慰,他的心情好了起来。过去,他常常为自己能说服一些人,处理掉一些矛盾而高兴。可一想到自己所从事的医生职业,在村人心目中的位置,一直很好,现在却出现"调解主任"这个角色,他心里就没了往日的宁静。

他想,一定要辞掉这个调解主任。

三

常明社做梦也没想到,他会被村民们推选为村长候选人。

常明社去找支书赵志录,要辞掉调解主任时,支书赵志录说:"可以。你就等着当村委会主任吧,也就是村长。"

常明社说:"我啥也不当,就当我的医生。"

支书笑道:"到时正式投票选举后,乡上有了正式文件,你不当也得当,谁让你是中华人民共和国的公民呢?我知道,你是舍不得摸人家大姑娘屁股的机会。没关系，当了村长，你照样可以摸。在始原，这是你的专利。"

常明社一本正经地说："我是干不了，我只会给人看病。"

支书说："由不了你！群众推选你，上级一任命，你不干都不行。"

常明社的心里乱急了，好好地开着诊所，过着舒心散淡的日子，却要搅进当村干部的漩涡里。他对自己目前的生活还算满足，在整个始原，他是独一无二的医生，他的日子比别人过得殷实，他再无所求，四十多岁的人了，再过一年半载，给儿子建章成了亲，他就等着抱孙子。这是一个农民的生活方式，守着土地，生儿育女。

常明社这么想着，把推选他当村长的事当成了烦心事，给人看病时，难免出差错。给一个大男人把脉时，竟问人家几个月了，差点脱口说出怀着几个月的娃。大男人不明白他问什么几个月，他突然回过神来，脸上挂着尴尬的笑，忙改口问大男人不舒服有几个月了。大男人说，还敢几个月，肚子疼了这几天，已经够受了。常明社这才认真给病人诊断，在看病上，他从来不敢马虎。

几个来诊所闲聊的人，开起玩笑问常明社："等你当上村长，还给我们看不看病了？"

常明社坚定地说："我才不去当村长！"

有人说："哪有不愿当官的？有人都用钱买官当呢。"

常明社说："我就不愿当！"

"到时你当上了村长，可别像那些王八蛋胡日鬼就行了。"

常明社急了："你们到时不要投我的票，我真不愿当村长。"

三天后，始原村举行村民选举大会。选举结果，常明社票数最多。

常明社也参加了选举会，他望着会场前面的黑板上，自己名字后面的一长行"正"字，心里更乱了。

过了几天，乡上的文件下来，任命常明社为始原村副主任。原村主任张有财，继续被任命为主任。乡上的意见是，常明社没当过村干部，一下子任命当主任，有点不妥，就任命他当了副主任，仍然保留张有财的主任职务。

这些都是支书赵志录给常明社说的。常明社当时就说："不管是正的副的，我都不干！”赵志录说：“不干已经不行，红头文件都下了。”

常明社说：“支书你给乡上说一下，我的能力有限，换成别人吧！”

赵志录说：“说啥呢，这是小孩子过家家呀？不过，我劝你还是当吧，你的群众基础好，大家信任你。”随即，支书又压低嗓门说，“你看有财，大家都不投他的票。这次，肯定又是他捣了鬼，不然，咋会挤了你的村长，还让他干呢？有财这个人，深不可测呵！”往下，赵志录不说了。

常明社听着心里更烦，早就听说支书和村长尿不到一个壶里，没想到他们关系这么复杂。他更要推托，不愿当这个副村长。

赵志录长叹口气说：“别推了，推不了的！我本想着，你在村里威望高，咱俩伙着干村里这点事，给大家办点实事。可这世道，官场上……”

无奈之中，常明社进了官场。

他的儿子建章为老子当个副村长愤愤不平，扬言要找乡长理论，中国还算不算讲民主的国家。

常明社大骂了一通儿子，儿子还不服气。

女儿说：“老爹，你可不要当黑官，要不，得挨多少人的骂呀。”

常明社叹口气说：“这算什么官呀，放在过去，要算官，才算到县长。”

老婆用夫贵妻荣的口气说：“村长也管几千号人呢。”

常明社摇着头，内心的苦衷，只有他一个人知道，他就是再怎么解释，也没人信，只会说你得了好处，还要卖弄呢。在家人面前，他更没法说，家人对他当上副村长，都高兴呢。

只是常明社的老娘，卧在炕角里，自言自语道：“乱了，乱了，没章法了！”那只懒花猫，最近“念经”的时候越来越少，动不动会从梦中惊醒，一改往日迷糊的样子，眼睛明亮得吓人，也不见它去捉老鼠。每当这时候，一直微闭着双眼的老娘，会睁开眼睛，一巴掌过去，将花猫打回被窝里，不让它出去。花猫一到晚上趁人不注意会溜出去，站到房顶上，一声比一声凄厉地叫着。这是在叫春哩，它每年都要产下一窝猫崽。

四

始原村新的领导班子组成，照例要开个见面会。

常明社死活不愿去开这个会。支书打发会计叫了四次，最后，支书亲自上诊所来叫。常明社还是抛下两个字：不去！

　　支书做了让步，叫过一个来看病的村人，去村委会把村长会计几个人叫过来，在"明社诊所"里开了这个见面会。

　　会议内容很简单，支书郑重地宣布了一下新班子成员，说几句今后团结好好干的话后，新上任的干部得表个决心。新班子没啥变动，就常明社一个人是新成员，常明社得讲一下。

　　常明社不愿讲。支书说，扭捏啥呀？现在不愿讲，以后讲起来又刹不住了。

　　常明社说，我以后也不会讲。有啥讲的，大家都熟，我只挂个名，照样看我的病。

　　村长有财笑着说："你可得对得起这六十块钱，有句话好像叫'在其位，谋其政'，你得谋呀，不谋，光想挣钱可不行。"

　　常明社说："什么钱不钱的，这样一说好像做生意，不好听。"他本还想说一下谋其政的事，却咽下了话头，心想，你张有财就知道个谋呀，本来该是我的村长都叫你谋去了。心里这么想，觉得奇怪，自己怎么对这事也有了想法，本来很不在意的，张有财一个"谋"字，使他突然想到支书说的，张有财捣鬼，弄掉了本该是你常明社的位子。有财这么一提，自己反而来了气。他的脸色变了。

　　会计看情况不对，赶紧顺着话题开玩笑："你明社当然嫌钱难听了，当医生的，旱涝保丰收。现在又当了村长，拿双份。不行，我有意见哩，你今天得表示一下，请我们的客，不喝你的酒，我心里难受。"

　　常明社见话题变了，脸色缓和了一些，望着会计说："凭啥喝我的酒？"

　　支书说："喝你的没错，你当上了村长，连顿酒也不喝，不像话嘛。"

　　几个人三言两语闹将起来。常明社见推脱不掉，站起来要回家准备，被支书拦住，说就在村头小饭馆喝，你想省钱，没门。

　　到村头饭馆，点了一桌菜，喝了起来。常明社不怎么喝酒，他是医生，知道酒多伤身，硬叫会计他们灌了几碗，头都晕了。

　　吃饱喝足，常明社去结账，却被会计一把推开，说这里有村委会记账，签个字就行。

常明社硬要自己付账，支书红着脸过来说："咋能叫你掏酒钱，今后，你把村委会几个人的药费免了顶酒钱吧。"

几个人大笑，酒嗝打得一个比一个响。

村里事情不多，平时不用到村委会去，遇到乡上来人，或者催交公粮时，村委会几个人才凑到一起，接待乡上来人，或者到各小队去催交公粮的事。常明社本来对村上的事不闻不问，当上副村长后才发现村委会只是个摆设，就专心看病，每月到会计那里白领六十块钱，回家交给老婆，这钱是白捡的，干脆由老婆掌握这项财权，乐得老婆每月一到领工资，都合不拢嘴。农村妇女大多没有财权，又是自己老头当副村长的工资，她舍不得花一分钱，都叫女儿软磨去买了花裙子，在村里姑娘堆里显摆，说是她老爹的工资买的。

常明社在诊所看病的所有进项，只有他一人知道，给老婆也没交过底，老婆也不过问，常明社是当家的。在始原村，他家是独一无二的，收入像溪流似的，不急不缓，却源源不断，别人为生计，为油盐酱醋发愁，他却一次又一次地翻盖房子。他家的房子已经是一砖到顶，在始原是数得着的。可在农民心里，永远只有一个概念，一生都在不断地修建自己的安乐窝。

这年夏天，县教育系统给村里拨了一笔专项经费，重新修建村小学。始原村在这个暑假期间把校舍重新翻修起来。

同时，村支书赵志录也给自家盖起一座两层小洋楼。

始原村终于有了楼房。

村长张有财来找常明社时，诊所里只有一个病人。

常明社将病人处理完，问有财哪里不舒服？

有财龇牙咧嘴地说："上火了。"

常明社拿些牛黄解毒片，交给有财说这个败火。

有财说："药已经不起作用，这次上火，到心上了。"

常明社说："猛火攻心？干脆打两针吧。"

有财摇头，一副痛心疾首的样子，弄得常明社莫名其妙。常明社望着有财，心想，他肯定遇到什么堵心的事了。他不说，常明社也不问。多年来，常明社在他的诊所里已经养成一个习惯，绝不追问别人心里的事。一个人心里有事，会主动倾诉的，不追问，他也会说的。

果然，有财叹一阵气后，开口道："这年头，人心黑呵。"

常明社一副不知所以的样子。

"你还不知道吧？"有财神秘地说，"你我都被蒙在鼓里。明社，你不觉得赵志录给自己盖的洋楼有问题吗？"

"有啥问题？"

有财冷笑了两声："你没听到一些说法？"

常明社望着有财诡秘的眼神，他没有开口。他不能说没听到这方面的传言，他的诊所是全村传播信息的中心，但不能给有财说，他听到赵志录家盖楼用的是盖校舍的材料。这话如果从他嘴里说出来，别人会咬定是他常明社说的。

常明社在有财的催促下，只好说，那些都是流言。

"你不相信？"有财说，"明摆着的事嘛，谁都知道赵志录利用职权，贪污了学校的建筑材料，给自家盖洋楼。可没人给上面反映。"

常明社心里明白，有财是要他一起检举支书。他心里打了个忽悠，这是个头疼事，弄不好，自己会陷进他们的斗争之中，到那时，他恐怕就不会这么清闲了。

"我不参与这事！"常明社权衡了利害关系，直率地说。

有财一愣，不咸不淡地说："你别忘了，你现在是始原的副村长，对始原村负有一定的责任。"

常明社没有责任感地说："我不稀罕当这副村长！"

有财没话说了，吭哧半天，没找出能说服常明社的理由来。两人都不言语，刚好有个人来买感冒药，常明社给病人看病取药，打破了僵局。

病人一走，有财站起来，想走，又不甘心的样子。常明社打破沉寂，说："反正我不愿干这种事，啥事都放到桌面好，仅凭几句流言，还是不要信为好。"常明社表示了自己的态度。

有财说："你的意思是说，我干了见不得人的勾当？我知道，明社，你一直认为我占了你村长的位置，群众选举的是你，可任命的却是我。这件事，我早就想给你说一下了，可没机会。"

常明社急道："我不是这个意思。有财，你知道的，我可不愿干什么村长。"

有财眨巴着眼睛说："想不想当，是你的事。今天说起这事，我就实话告诉你吧，是支书赵志录不让你当村长，他要让你当副的，因为你群众基础好，威望太高，到时会不听他的话，他给乡上说你没当过干部，没经验，还让我继续干村长。因为我听他的话。"

常明社一听，心里"咯噔"一下，怎么又成了这样？到底谁是谁非，他本不注重这事，可没想到会这么复杂。他的心里很不是滋味。

有财又说："你以为赵志录是什么好东西！你还不检举他的行为，让他胡作非为，坑害群众？我给你说，明社，这次咱决不能放过他！"

见常明社不言不语，有财说："就这样吧，我走了。"

四天后，乡上来工作组，调查支书赵志录贪污小学校建筑材料给自家盖楼房的事。领头的是乡上的肖副书记，带着文教、纪检专干，还有财政所的人。他们一脸肃穆，大有惩治腐败、弘扬正气的势头。他们不听任何意见，一竿子插到底，对小学的建筑材料项目清理、查对、核算，对赵志录家的楼房也进行了成本核算。结果，没从小学的建筑材料中查出任何问题。把赵志录家楼房核算出结果，与赵志录说的价格相符，他们算得相当精确，两层楼房，各种费用加起来约五万块钱。纪检专干问赵志录，这五万块钱的来源。赵志录说，我可以不告诉你。

于是，紧绷的弦在一场大笑声中，松弛下来。

肖副书记还是找到常明社。他说是找常明社想看一下老毛病，可一开口说的却是，村级班子很关键，一定要搞好团结，别动不动就互相拆台，还怎么为群众办实事呢！

常明社不明白肖副书记的话。

过后，常明社才弄清楚，村长张有财检举支书贪污小学建筑费时，是以始原村正副村长的名义，代表着广大群众的。

在当时，常明社想把肖副书记话里的意思弄明白，可肖副书记不说了，他谈起自己的病。

肖副书记的病是腹泻，有五六个年头了。他一说起来很痛苦，什么药都用过，都没治好这个顽疾。常明社问了一些症状，说他的这种病是假性肠炎，其实是胆囊壁增厚，也可以说是胆囊炎，抑制肠道曲张，造成长期腹泻的炎症。

肖副书记说，他的确有胆囊炎，做 B 超做出来的，吃了不少利胆片和别的药，可腹泻照旧。

常明社给肖副书记开了些利胆片和甲硝唑片，并且告诉一个土方子：将大蒜用醋泡上，一周后开始食用，每顿饭吃四到六颗，坚持一月，准会见效。

肖副书记一听，不以为然地说，那就试试吧。他一边读着甲硝唑片上写的治滴虫病的用途，又说，我哪有滴虫呀。不置可否地笑笑，走了。

一个多月后，常明社到乡里开三级干部会，肖副书记笑呵呵地过来抓住常明社的双手摇个不停。原来肖副书记不在意常明社的土方子，给老婆随便说了一句，他老婆偏偏要试试，硬逼着他每顿饭吃醋泡的大蒜，竟然腹泻有了好转，现在基本上好了。肖副书记笑着说，还没吃那个治滴虫的什么甲的药呢，一定要吃，没想到你常明社还真有两下子。

会后，肖副书记又把常明社叫到他的办公室单独谈话，让常明社写个入党申请，先加入组织，对今后发展有利。

常明社讲了他不愿当干部的苦衷。肖副书记冷了脸说："这话只在我这说，不能出去说了，当干部是为人民服务，为群众办实事，不是个人的事。领导听这种话都会生气的，领导都希望每个干部不要把个人利益放在第一位，要以工作和群众的利益为重。"

说到这里，肖副书记又缓和了脸色说："听说你在村里威望高，群众基础好，这说明你是个群众拥戴的好干部，大家需要你来服务，你就不要再有别的想法了。先入党，今后好好干，凭你的能力，我相信，你会干出个样来。"

骑虎难下。常明社心想，那就好好干吧。

真叫常明社动了想好好干村长念头的，还有他妹妹的一件事，给他震动很大。

常明社的妹妹，早嫁到邻村，因夫家兄弟闹不到一起，分家后经常打打闹闹。为此，他妹想申请一个新住宅地，搬出去单独住，可就是申请不上，村上说什么也不给批，说是土地紧张。常明社的妹妹没办法只好找她哥想办法，常明社拒绝了，他又不是邻村的副村长。在那次三干会上，他碰到邻村的村长，突然想起妹妹的可怜处境，就贸然给邻村村长说了这事。

没想到邻村村长竟满口答应，还说咋早不说这层关系，咱都是村长，这个忙必须帮。末了，邻村村长还神秘地对常明社说："老常，看肖副书记对你的亲热劲，今后可别忘了咱兄弟，适当时给咱也美言几句啊。"他看到肖副书记拉着常明社摇手的情景。

没几天，常明社的妹妹来告诉他，村长给她家批了住宅地，是村里最好的位置。村长还说今后有啥事，直接给他村长讲，你哥我们都是熟人。

从这一刻起，常明社心想，自己当个副村长看来还是有点用处的，今后就当好这个副村长吧，按肖副书记的话说，为群众服务吧。具体怎么服务，常明社还摸不着头脑，只是愿意到村委会去了。突然间去村委会，会计觉得奇怪，就还不到发工资时间，你咋来得勤了？

常明社在诊所里，没病人时，脑子里思考村里的事。始原村地理位置一般，土地比较肥沃，不太缺水，但村民们除了种庄稼，没别的副业收入，农闲的时候多，要想增加收入，只有发展种植业。前几年，村里也想着种果树什么的，可村民大多都不愿意种，因为种果树要两三年后才能见到成效，村人嫌耽搁几季粮食。另外，还是投资问题，几年不见收益，先要投资，又不是个小数目，农人大多只顾眼前。常明社着，如果村里出面投资，技术由村委会负责，种植果树，再承包给村民，可能会行得通。他把自己的这个想法在村委会一说，支书赵志录笑呵呵地说，明社你不光会摸大姑娘的屁股，还有别的招数呀，这个提法很好，完了咱们议一议，具体怎么搞，得有个章法，比如说钱，村委会从哪里出，是个问题。

不管怎么说，第一次提个想法，得到支书的赞赏，这对常明社来说，是个欣慰的事。尽管会计后来给常明社说过，他的这个想法原来村委也提过，后来没人再管，都混日子呢，也就那么混过去了。常明社却认为，自己提出来就要当个事，把这件事做好，绝对是给村民办了件好事。

五

乡里的朱乡长给始原村出了个难题，要在始原村给他儿子找个对象。按说这是好事，乡长让给他的儿子找对象，是攀人家高枝呢。可朱乡长的儿子有点毛病，痴呆，还是先天性的。

赵志录把这事推个干净，说朱乡长是给村长有财说的，有财负责办理吧。气得有财在背地里骂赵志录不是个东西，关键时刻把他往火炕里推。会计在没人时给常明社说，支书躲这事是有道理的，因为支书的儿子德宝也有点傻乎乎的不太正常。

"他们呀，"会计说，"我是指乡长他们，平时坑害百姓，坏事干得太多，生个傻儿，报应啊，老天有眼哩。"

常明社一直认为支书的儿子德宝不算太傻，高高的个子，粗粗壮壮，看上去很健康。有次，德宝到诊所来看病，常明社说了句，就你这身体，还害感冒呀，这么高大，都把感冒吓跑了。"

德宝却说，长得高大了不好，我妈说我没用，我也觉得，长得高大，光费布，比别人做衣服买的布多！

当时，德宝的话把在场的人都惹笑了。常明社觉得这小子说话还挺有意思，可没想到，就支书这个费布的儿子，不久到村小学校去当教师了，专门给小学生上体育课，别的他也不会。就为支书的儿子到村小学去教体育，村长有财也把他女儿弄进小学当了教师。有财的女儿小学三年级没读完就回家了，现在倒给四年级教语文。村民意见很大，可没办法。

给朱乡长儿子找对象的事，愁坏了村长有财。为此，有财来找常明社，让他帮忙。

常明社说这事可帮不上

有财说："你上次不是帮王继发退了甘子泉的一个姑娘吗？"

常明社说："那姑娘可是个好姑娘。"

有财说："你人缘好，帮着说一下吧。"

常明社一口回绝："这种伤天害理的事，我不干！"

有财气得干瞪眼。

常明社对有财心里有气，上次检举支书赵志录，没经他同意，扯上了他，弄到后来，他倒成了影响团结的因素之一。虽然赵志录没说啥，可他心里明白，赵志录肯定对他有气。最后又没查出赵志录贪污小学建筑材料问题，表面上没说啥，可他能感觉到，赵志录用胜利者的目光已经扫过他无数遍。赵志录做事藏而不露，就说盖楼的事，绝对有问题，可查不出问题来，人家做得很干净，找不到一点证据。常明社心里明白，赵志录可不是一般的人。

常明社还是写了入党申请书，肖副书记都催问他好几次了。他把入党申请书交到村党支部。当时，赵志录接过他的入党申请书，一笑，说："明社，你终于觉醒了，这就好。"

私下，村长有财给常明社却说："你绝对入不了党。"

常明社问为啥。

有财神秘地一笑："赵志录咋会让你成为党员？"

常明社再问，有财只笑不说。

过了一阵，常明社又给赵志录交了一份入党申请。赵志录接过，说："没想到你对加入组织这么热切，好，组织就喜欢你这样的人。"

常明社总觉得有希望，他入党又没什么个人目的，不是肖副书记催，他还真不这么热切呢。回到家，将入党的事一说，儿子说："老爹你快点入上党吧，说不定还能混上个大支书干呢，到时候，也能给咱家办点实事。"

常明社问儿子想办啥实事。

儿子说："村上也没啥实惠，要不，你把我也办到小学吧，我去当教师，每月能领上一百多块钱呢，你也不会看我是个废物了。"

常明社说："你想得倒好，你没好好念书，还想教别人！"

儿子强辩道："我再不行，也上了两年初中，你看张有财的女儿，只上到小学三年级，现在教四年级的语文。还有哪个活宝德宝，整天领着一帮小学生在操场乱跑，跟疯子似的。"

常明社说："我可不能这么干，当干部整天叫群众背地里骂，丢先人脸哩。"

一说到先人，常明社望了一眼炕角上的老娘。老娘这回倒没说胡话，眯着眼睛，用手摸着花猫的肚子。花猫肚子很大，显然有了崽，整天只睡觉打呼噜，就是老娘说的念经。

这几年，水利工程抓得很紧，又开始搞改水工程，解决乡村吃水问题。县水利部门把农村饮用水试点放在了这个乡。乡上动手抓改水工程，要求各村要把饮用水都改成自来水。戈壁滩上打不出地下水，始原村有几个过去打的干井，没一滴水。这次改水，要全部统一实行自来水供水，只有把河水引来，抽到蓄水塔里，然后经管道供水。铺设管道的材料是上面水利部门免费送来的，各村自己负责工程。

这样，村委会工作量一下子增大。修建水塔，挖埋水管的渠沟，还得给不愿装自来水的人家做工作。不愿装自来水的人家，嫌今后吃水收钱，他愿吃免费蓄在水库里的水。

因为是上面的政策，村委们全部出动，工作不太难做，不到一个星期，全村人工作全做好，连管道沟都挖好了。

要往管道沟里下水管时，却有了不同意见。

始原村这地方，土壤碱性大，铁管埋下去，腐蚀太厉害，用不了几年，铁管就不能用了。这时，村长有财建议，把铁管换成塑料管子，塑料腐蚀性小些。

这是个长远的打算，是个好建议。

村委会几个人商量，将这事报给乡里，乡里同意，因地制宜，没有错。

有财负责带上装铁管子的车，去县城换回一车塑料管子，并且拿回两千块钱差价。塑料管子比铁管子便宜。

始原村很快装好了水管，修好水塔，吃上了自来水。

自来水里加有漂白粉，杀菌的，水质比以前好得多。但始原村吃惯了蓄水的人们，一下子接受不了自来水，一大部分人吃自来水后，开始拉肚子。

常明社的诊所里全是治拉肚子的人，专治拉肚子的几种药也卖完了，常明社照料病人，叫儿子去乡卫生院取药。这个一向不喜欢医药的儿子，在诊所混了几天，竟对他老子说，这医生也挺好当的，拉肚子都吃黄连素、泻立停，我也会给人看病了。

常明社瞪儿子一眼："就凭你不学无术的样子，干啥都干不好。"

儿子不服气："你别小瞧我，你让我当个官试试，我绝对干得不比你差。你当几天副村长，给自己儿子连个村小学教师都办不上，你这个官根本不称职。"

常明社很生气："你以为当官，都是为自己呀？"

儿子说："不为自己的官才不是好官，所以，你就当个副村长，正的当不上。"

半个月后，常明社却当上了始原村的正村长。

事情发来得很突然。在始原村人吃自来水拉肚子，抱怨自来水时，乡里来工作组调查村长有财贪污公款的事。说张有财贪污的款项，就是铁管子换塑料管子的差价。

乡上的工作组在村里调查了两天，没查出什么问题，就到县城去找换水管子的那家单位。结果发现，发票上做了手脚，铁管子换成塑料管子的差价应该是九千二百块钱。可有财只交给村里两千块钱。

张有财贪污了七千二百块钱。

乡上将张有财带走，说要进一步审查，还要追回贪污款。

赵志录对村委会的几个人说，一开始他就发现张有财在这件事上有问题。

"张有财把我们当猴耍呢，"支书说，"他还嫩了点。"

常明社心想，这次检举有财的人，肯定就是支书赵志录了。也只有他，才把这笔差价账算得这么清，也只有他，才能不动声色地让有财操办这事，最后，烂到这事上。

乡上文件下来，撤销张有财的村长职务，同时任命常明社为始原村代村长，等来年选举后再正式任命。

赵志录对常明社说："乡长早对有财有看法了，上次，乡长让给他儿子介绍对象的事，有财就没办，乡长很生气。"

常明社说："乡长的儿子也确实……"他没把话说完，突然意识到，支书的儿子也属于那一类人。

赵志录却说："乡长的儿子咋了，再咋样人家也是乡长的儿子，和别人不一样！"

常明社无话可说。他只在心里说，现在已走到这条道上了，就得接着往下走，前面的路什么样子，谁也不知道。只要自己认真去走，没有邪念，就是前面有悬崖，自己也会停住，不会轻易跳下去的。

六

常明社家的花猫在一个月黑风高夜，产下了一窝似猫非猫，似鼠非鼠的崽子。从这些小崽子的头部看，是猫的头，却是老鼠的嘴，是猫的身子，却是老鼠的尾巴。

这是一桩离奇古怪的事。常明社是医生，当然明白什么种类交配，就会产下什么后代，这是亘古不变的自然规律。难道，花猫产下这些崽，是和老鼠交配的结果？

常明社一家人很恐慌，当即将一堆非猫非鼠的怪物扔掉了。全家人还瞒着常明社的老娘，想着怎么处理这个花母猫。打死它，又不忍心，养了它三年，还是有点感情的。最后，家人一致决定，丢弃这只母猫。这个重任落在建章的肩上。建章把卧在奶奶身边"念经"的花猫抱上，丢到离村庄很远的戈壁滩。建章完成重任后，到村口的小卖部买包烟，说了几句闲话回到家里，他看到在他奶奶身边的炕上，花猫已经睡在那里"念经"了。他奶奶醒来摸摸花猫肚子，发现肚子已经瘪了，四处找猫崽，没有找到，她不停地念叨："乱了，全乱了，没有章法了！"

常建章没忘自己的重任，趁奶奶不注意，把花猫装进口袋，这回带到更远些的乡街上丢弃，认为这次花猫没看到路，肯定回不来。

第二早上打开门，花母猫已经等在了家门口。

不久，常明社经过选举，正式当上了村长。他可以理直气壮地为村里做些实事，又提出投资种植果树的事。赵志录很赞成，可村里没这么多资金。

常明社想，实在不行他自己搞投资，先开个头，反正，他开诊所，手头有些钱。可他舍不得自家的那几亩地，种果树要耽搁几年粮食，在这一点上，他和其他村人一样，心疼粮食，再说全家人也得吃饭呀。他把自己家先种果树的事给赵志录一说，赵志录很高兴，说，这个头带得好，全始原村，就你一家有这能力，村委会支持你先搞起来。

常明社把地的事也说了，他想承包几亩地。赵志录同意，还说包不包的，是给大家带好头的大好事，村上应该支持。当即决定把刚废弃不用的水库无偿三年给常明社种果树。别的地都种着庄稼，确实可惜，通自来水后，水库反正没用了。

除过不能动的老娘外，常明社带领老婆、儿女，去把水库里的水排干。库底干透后，翻一遍土晾晒，准备冬天种果树。

村人见村长要开垦水库种果树，并且是三年无偿使用，意见很大。都说水库是块好地，凭啥给村长无偿使用，别人为啥不能种？

常明社听后很生气。赵志录给他鼓劲："明社，干你的，这些鸟人不用管，他们见不得别人干正经事，尤其是村干部，犯有眼红病。"

常明社说："要不，我这三年给村上交点承包费。"

赵志录说："村委会研究过的，不交。咱也是一级组织，还能没个章法！"

常明社心想，反正他又不是贪污，他是带头给村里闯一条致富的路子。他想通了，要想别人不说闲话，就干脆啥也别干。从这件事上，常明社还是对村人有了看法，他常明社可以拍着胸口说，他对得起始原村所有的人。

挖好树坑，常明社带上儿子到县城去联系果树苗时，建章还没忘记自己的另一项重任，将自家的花猫用布袋子装了，带到县城附近丢弃掉。结果和以前一样，当他们在县城联系好树苗，耽搁了一天，回到家时，花猫已经卧在炕上"念经"了。常明社全家人惊诧不已，难道这个花母猫成精了不成？竟能先他们一步准确无误地返回家来，实在叫人难以置信。

一时间，花猫成了常明社家人的心病。

七

这年冬天，支书赵志录提议，免去原村长有财的女儿教师职务，原因是群众呼声太大。有财的女儿的确胜任不了教师工作。为下一代着想，村委们都同意这个提议。

很快，有财的女儿被通知停课，回家种地去了。

常明社未过门的儿媳妇，也就是建章的对象程英私下给建章说，她想去村小学当教师。程英是初中毕业生。

建章回家给他爸一说，常明社不加思索地一口回绝了，他不想自己当上村长，就让自己儿子的对象去顶这个缺，何况又是前村长女儿的缺。赵志录听说了这事，竟然同意建章的对象当小学教师。常明社坚决不同意，这个缺绝对不能让儿子的对象去顶，否则，他将落下一个骂名。

村里人还是知道了这事，尽管常明社没同意儿子的对象去当小学教师，可村里人还是把村长常明社看扁了。

"明社咋变成了这样？"

"明社当上村长，比有财更黑！"

流言使常明社非常恼火，他没想到，大家会这样看待他。儿子还生着他的气呢，儿子的对象程英见了他，当作不认识躲开走。弄得他里外不是人，一向注重自身形象，用医德换来的威望，在这件事上坍塌了，这使常明社非常痛心。多年来，他苦心经营，将心比心，他对得起始原的所有人，因为当了村长，最终却落了这样的结果，为此，他几天吃不下饭，睡不着觉。他苦苦想了几天，也没找到能够解释这种处境的理由。倒是他几天没去诊所，不断有人找到家里来看病，儿子建章将病人拒之门外，声称他爸病了，也想找医生看呢。并且，建章气恨恨地对哪些病人说，有病了知道找我爸，没病了就说我爸心黑，你们找不心黑的医生去吧。

常明社在里屋里听到儿子的话，心里有点感动，他感慨万分，像真得了一场大病似的，全身困乏，没有一点劲。经过这几天的思索，常明社对人有了新的认识。

从此，常明社改变了他做人的原则。

到乡里开会时，肖副书记再一次催促常明社入党的事，他从心底已经有了入党的愿望。可支书赵志录每次都是那句话，等支部召开党员大会时，得讨论通过。

党员大会迟迟不见开，不是这个不在，就是那个病了，总召集不到一起。赵志录说，这事不能急，得经过这些程序。当然也只是走过场，入党是好事，党不会把热爱他的人拒之门外的。

这话对常明社是个安慰。他没忘记有财给他说过关于入党的话，但他没把有财的话当回事。他心想，赵志录这样说，又有肖副书记督促着，加入党组织不会是啥难事。倒是他家的花猫成了一件难缠的事，这个产了一窝怪胎的花猫成了不祥之物，是家人的一大心病。在这期间，建章还将花猫托人带到二百公里以外的北屯丢弃。北屯是一个规模不小的城市，可花猫竟不留恋大城市，在四天之后回到家里。也不知道它是怎么回来的，它的超常举动，惊人地恋着这个家，给这个家蒙上了一层厚厚的阴影。

常明社也曾产生过宰杀这只猫的想法，可没人执行，连一向声称什么都不怕的儿子，也不敢动手。常明社的老婆更甚，说花母猫已经成精，绝对不敢动这个念头，只有再想办法丢弃它。

花猫搅得常明社心烦意乱，好长时间，他都没心思去诊所，来家里找他看病的人也慢慢地少了。女儿说，村里流传着父亲自当上村长后，不给人好好看病了，人一旦当上官，就不是他自己了。

常明社对这个流言，没当回事。他把心思放在种植果树上，现在不再谈给村民们带头，他只想干个具体的实事。

水库已经干了，用拖拉机又翻了一遍，常年淤积过水的土质肥得流油，在这种地里种上果树，过上三年，绝对不错的收益。

这年冬天，天出奇地暖和，没有下雪，土地也没冻结。常明社带着老婆独生子，成天活动在水库，平整这片肥沃的土地，很少再去诊所，倒把诊所荒废了。

八

有人通过各种途径，为自己多弄一块住宅地，已蔚然成风。村支书赵志录的大儿子连对象都没有，也划了一院住宅地，大家看着眼气，凡是有两个儿子的，都申请住宅地，大多数都想办法如愿以偿。反正土地是公家的，你能占，我也能占。

近来听说，从明年起，农村的住宅地要实行新政策，说是新批的住宅地要交地皮费，一个住宅地，最少要交三千多元钱。

有天，开完村委会，赵志录说："干脆，给你们每人也批一块住宅地，别到时收起地皮费，就划不来了。"

常明社说："我就一个儿子，要那么多地方干啥？"

赵志录说："你嫌地方大宽敞？"

会计说："你不要，别人也不会说你正派。反正，我要，我可没这么多钱等着交地皮费。"

常明社没吭声。

赵志录说："其实别的村在住宅地上，比咱村更放得开。有些人的孙子还没满月呢，住宅地都给弄好了。咱农村人住宽敞点还是好。"

常明社说："那——我想想吧。"

会计说："还想啥呀，过这村可就没这个店了。"

常明社回家把这事给家人一说，全家人都愿再弄块住宅地。儿子建章还说："不弄白不弄，你不弄，等以后不当村长，还不好弄了。反正，没人会说你是个清官。"

常明社写了封申请，没几天就批了，给他划了一院新住宅地。

村里的闲话自然免不了，但这样的情况多，又不是村长一人多占块住宅地。常明社心想，村长也是人，凭啥不能多占？

没想到，快年底时，上面突然发通知，要对土地进行一次全面性清理，为珍惜耕地，对个人多占的土地要追回。乡里专门给各村派了工作组，进行土地清理。

土地清理其实也没多严格，政策还是放得比较宽，对家有两个儿子和住宅确实紧张的，没收回多占的住宅地；对只有一个儿子，住宅还宽敞的，得收回多占的地。

按规定，常明社新划的住宅地得收回。他非常生气，刚划还不到两月，就要收回，他不肯交。赵志录有两个儿子，不用交回，没他的事，他却叫常明社和会计都占着，先不交。村委会的干部，有这个特权。清理土地的工作组也没硬收常明社和会计的住宅地，可他们回到乡里，却如实给乡领导汇报了情况。

常明社受到乡里的通报批评，并且明文规定必须交回多占的住宅地。

他没想到，会受到组织的通报批评，心里很慌乱。赵志录念完通报，等别的村委走了，对常明社说："这种通报，你不要当回事，又不是处理你，别担心，没事。"

常明社被通报弄得心里不舒服，支书这么说，他也没当回事，反正通报的又不是他一人。

乡里却不是这么想，通过这次土地清理，发现好多村干部私心太重，不坚持原则，还和上面顶着干。为此，乡里做出决定，新的一年开始后，第一件事就是整顿村级干部班子。

常明社到乡上开会时，听肖副书记对他说，要整顿村干部班子。肖副书记对常明社多占住宅地的态度，批评了两句，说这样不好，乡上对各村的干部通报批评，是严厉了点，可你不能硬顶，得注意点影响。

常明社心想，看来这事硬顶下去不好。

肖副书记又说："乡里没撤你们这几个村干部的职，放了一马，算是给面子了，可下次整顿，是对你们有想法的。不过，还是会讲民主的，到时还要通过选举，你常明社群众基础好，该有信心。对了，你入党的事，还得抓紧点，加入了组织，你就懂原则了。"

常明社想了想才说，这入党的事，他都写六份申请了。

肖副书记说："现在的基层党组织有些问题，不过，你还得走这个程序，只要支部上报，批的事，有我哩。"

常明社回去又写了第七份入党申请交给赵志录。他这回说，过了元旦，说啥也该开个党员大会，不能再等了。

刚过元旦，赵志录召集全村党员开会。有些党员没到，会却开了。

常明社不是党员，参加不上会，会后，他问赵志录。他说，会议内容可不能给你说，这是原则。但我可以给你说一点点，这次党员会是研究你们几个人入党的事，至于结果，就不能说了。

常明社心想，不说就不说吧，只要研究过，哪有通不过的，自己好歹也是个村长，赵志录以前不是说过，只要研究，哪有通不过的。

九

元旦过完不久，村委会按照上级通知精神，选举村干部。

始原村村长人选定了两个，一个是现任村长常明社，另一个是三小组的组长刘纪强。

选举前，赵志录对常明社说，刘纪强只是个陪衬，选举法规定，得走这个程序。

赵志录还说："村长还是你的，你先干着村长吧，等入了党，我也该退位了，到时，该你上了，始原村最终是你的。"

常明社连连摆手："我哪能当支书，当个村长已经力不从心。"

赵志录笑道："按照常规，都是支书退，村长上，还能叫我当一辈子支书？"

选举的结果，常明社落选。

他绝没想到，始原村的选民们会这么没良心。事实上，没良心的始原人，能把常明社推举成村长，也能把他拉下来。

这种结局，对常明社是一个沉重的打击。从不愿干村长，到现在他适应了，可这个门却向他关闭，把他拒之门外。更无情的是，常明社从村长位子跌下来不久，他儿子建章的对象程英却如愿进了村小学当上了教师。当然，程英和建章断了关系。程英认为，建章的父亲当村长时，她当不上教师，现在她能当上教师，没必要还和建章保持那种关系。

　　会计神秘地在常明社下台后，来告诉他，元旦那次开党员会，研究入党人选时，赵志录根本没提常明社的名字。会计痛心地说："明社，你还不懂啥叫政治，你不想想，赵志录怎么会叫你入党？你比他强，群众中威望高，对他是个威胁。我现在后悔入了党，不然，不会一直叫我当会计。我如果不入党，说不定，村长是我来当。"

　　常明社吃惊不小，回想起有财的结局，还有有财和其他人过去说的一些话，常明社相信会计说的是真的。可他闹不明白，如果这些明里暗里的事，归结到一起就叫政治的话，那也只是始原村的政治。真正的政治，肯定不是这样。

　　常明社像做了一场梦，陷入困惑之中。如果不接触始原村的政治，他是一个遵守医德的好医生。可现在，他落个什么下场？连一个受人尊敬的医生都不是了！从此以后，他再不会受村人敬重。当然，他也看清楚了这些村人，以前，他对村人还不完全了解。常明社的心里像一片废墟，一缕缕痛楚在他心里缭绕。他想干点什么，可他干啥呢？他甚至认为再去诊所行医，都没法面对病人了。在始原村，他已没一点脸面。全家人的心情都不好，尤其是建章，对象和他吹了，他的心情坏到了极点，谁都不敢和他说话，动不动他就发脾气。倒是常明社的老娘，却显得比过去平静，她竟清醒地说，祖上没积这个阴德，出不了当官的，硬要当，会乱章法的。她听说孙子的对象吹了，埋怨常明社，说他乱章法，伤天害理。

　　常明社把目光投到花猫身上，这个猫自产怪胎后，他竟遭到这么多不幸，都怪这个害人精。得想办法把它处理掉。

十

　　春节到了。

　　常明社发愁，这个年怎么过？一看见儿子建章的那副样子，常明社心里恨过年。可日子不管你的情绪如何，该来的一样会来。

　　常明社考虑，这样下去不行，一家人哭丧个脸，过的什么年？为缓解家里气氛，他叫儿子出去散散心，儿子有个舅舅在油田工作，建章一直想去。这会儿建章却没心思去，常明社逼他去，最后，建章同意去油田舅舅家。临走时，建章没忘记他的重任，带上了花猫，要丢掉这个害人精。

　　这回，花猫不会再回来了吧，始原距油田有五百多公里呢。

　　儿子不在，这个年过得很沉闷。常明社在家闷得慌，这天出门想在外面走走。一出家门，他担心碰上人，他现在怕见村上的任何人，想着干脆到诊所去看看。

　　路过村小学时，常明社竟碰上儿子以前的对象程英，她和支书赵志录的儿子德宝一起从小学出来。小学已经放假，显得很安静。常明社本要躲着人走，冷不丁碰上这两个人，自认倒霉，心里奇怪这俩人也能混在一起，肚里的气直往上涌，狠狠地看了他们几眼。

　　常明社的目光叫赵志录的儿子德宝看到了。德宝其实不算太傻，他粗着嗓门问常明社："你想做啥？那么狠，想吃了我俩？"

　　常明社一愣，想这娃咋能这么说话？没好气地说："你这娃，咋说这话？"

　　德宝说："这样说话咋了？你狠啥呢？你有啥权力？你已经不是村长了，我告诉你，程英是我媳妇，我爹让她当上教师，已经不是你儿子建章的媳妇了！"

　　常明社的血往头上涌，全身的肉都在颤抖，他想冲上去和德宝评个理，可他克制住，嘴唇哆嗦着，瞪着眼睛，却说不出一句话来。

　　程英红着脸要拉德宝走，德宝偏不走，气冲冲地说："你想干啥？还能抢了我媳妇不成？"

　　常明社气惛了，失去理智，冲上去要和蛮不讲理的德宝理论。

　　曾说过身高费布的体育教师德宝，只推了一把，就把常明社掀倒在冰冷的地上。

　　常明社当场气晕过去。

　　常明社被村人送到支书赵志录家。他躺在地上被过路的村人看到，大家要送他回家，他求村人把他背到支书家。他说他被支书的儿子打坏了，他要躺到赵志录家炕上。赵志录家的炕很暖和，常明社不理向他道歉的赵志录，转过身面向炕里，竟睡着了。不久，他被吵闹声吵醒，他的老婆女儿来到支书家，哭哭啼啼要赵志录有个说法，引来不少看热闹的村人。

常明社坐起来，赵志录过来问道："明社，你好点了吧。"

常明社开口大骂："好你妈的 ×！"

支书脸上挂不住，说："明社，看你咋这样？咱兄弟俩还有啥不好说的？"

"谁和你是兄弟，你这个黄鼠狼。"常明社只是骂，很解气。

旁边人劝说着，听上去不太真心。会计来了，有财也来了，都劝常明社，叫他别骂了，有理在，还是说理吧。

常明社依然骂道："到哪说理去？哪里还有个理呀？"

赵志录会做人，当场叫过儿子德宝，当着众人的面，打了几巴掌，才对常明社说："明社，你也是懂道理的人，咋和德宝一般见识？你还不知道，他脑子不够用。"

常明社说："你现在才承认你儿子脑子不够用？"

赵志录的脸上一阵红，一阵白，也生气了："明社，我知道，你对我有气，可我又没动手打你，你别冲着我来。我不管了，你看着办，想咋办就咋办。"

挨了巴掌的德宝哭着说："谁打他了，我推了他一下，他耍赖……"

赵志录回身又给儿子一巴掌，出门走了。

会计劝常明社："明社，差不多就收场吧，再往下，丢你的人哩。"

他的老婆女儿也劝。常明社又骂了一阵，算出了一口恶气，想着今后还得做人，就回了。

路上，有财对明社说："告他狗日的，纵子打人，没王法了。"

常明社没好气地望了有财一眼，说："我还傻呀！"

正月初十这天，常明社家的花母猫风尘仆仆地回来了。一回来，它像往常一样，跳上炕卧到常明社老娘身边。老太婆愤怒地将花猫一把拨到炕下，骂道："你这个妖精，还知道回来，我建章孙都没回来哩，你倒回来了，你把我孙带到哪去了？"

花猫在地上翻个身，又跳上炕。老太婆又将花猫拨到炕下，骂："你肚子的崽呢？你是个妖精，你肚子的崽咋不见了，你把我孙子带得不见影子，你还有脸回来？你走，我不要你了！"

大家望着全身肮脏的花猫，听着老人的话，都说不出话来。花猫这次能返回来，给大家带来的，不光是恐惧。

常明社恶狠狠地想，宰了这猫，实在没办法了。他心里都长刺了。他想着这次自己动手，可心里总是不敢，弄得他夜不能眠，食不甘味。他脑子里装不下别的事，只有花猫的影子晃来晃去。

常明社被折磨得痛苦不堪。

这天夜里，下着不小的雪。天上地上一片白，常明社抱着他家的花猫，来到村边的一眼枯井边，毫不犹豫地将折磨他半年之久的花猫丢进枯井里。

撕心裂肺的猫叫声，从枯井传出来，很响亮地缠绕在始原这个有雪的夜晚里。

猫的叫声整整吵了始原人九天。不明真相的人都骂，是谁狼心狗肺把猫丢到枯井里，可没人下去救猫，枯井边围了不少人，井太深，看不清，只听到猫叫，像小孩哭一样。

枯井边上的雪地，被村人踩得稀烂。

<h1 style="text-align:center">十一</h1>

开春时，常明社和以前一样，到他的诊所里看病了。

常明社脸上很平静，好像什么事都没发生。只是，常明社给大姑娘小媳妇打过针后，她们很私下地说，常明社手生了，打针没以前好，并且医药费比以前贵了。有人竟当面问他，药怎么比以前贵了，他笑着解释，这年头啥不涨价？一副不求别人的样子。病人们很生气，生气也得看病，还得上人家诊所。

赵志录的老婆病了，要打针，这回叫常明社打了一针，疼得龇着牙回到家，对丈夫说，常明社变了，狠了。

赵志录冷笑一声，没吭气。

常明社的诊所还是原来的样子，闲人慢慢又多起来，只是，再没人找他处理家庭矛盾纠纷了。大家私下都说常明社这人变坏了，对病人不像以前热情，药费还贵。始原就这么一家诊所，要到乡卫生院看病，路太远，收费更高，没看病就得先交五毛钱挂号费。大家还是找常明社看病，他的医术还不错，虽然现在欠他的医药费不像以前那样，可以长期拖欠，但常明社还是比医院好说话。

没想到，常明社还能出次大名。

邻乡有个老头，儿子在铁路上管货运，别人给他送了两箱"人参蜂王浆"，他扛回来给老爹喝。他老爹嫌小瓶喝起来不过瘾，几支倒在一起，喝糖水似的，没补成身体，却落下腹胀，茶饭不思，儿子带着他到省城大医院去治，花了近万块钱医疗费也没治好，回来后打听到常明社，来碰运气。常明社只给他开了几副泻药，他其实也没把握，心里没底，抱着试试看的态度。没想到老头吃了常明社的药，拉肚子拉得昏天黑地，十天后，腹胀竟然好了。老头的儿子特意做了"神医再世"的锦旗，外加两千块钱，声势浩大地送到始原。

常明社出了一次大风头，名声又好起来。来找他看病的人慢慢多了，而且大多都是外地慕名而来的。常明社诊所的生意又红火起来了。

有时，他一个人忙不过来，叫儿子过来帮忙。建章竟同意来诊所。常明社对儿子说，你还不愿学我的手艺，行医这行当，到啥时都是个好行当。

儿子不吭声，也没说从此要学医。

常明社对儿子说："我打算，过上两年，咱家把房拆了，盖个三层楼，始原第一。到时，给你在三楼收拾好新房，给你以后结婚用。

儿子平静地点点头。

这一刻，常明社才觉得儿子上路子了。

（刊发于《现代小说》2006 年第 2 期）

葵花向阳

晨雾还没有散尽，淡淡地裹在石榴山腰上，被刚爬上山顶的太阳一照，似轻纱一般微微移动着，朦胧而美丽。几个夹着教案准备上课的教师站在校园里，伸长脖子望着这朦胧的风景。

看得投入的就嘴里"啧啧"着："这景，画家看了，就是一幅完美的油画。"

"能比过来泰山日出、黄山晨曦？"有不以为然者反驳，"一个破山，有什么美的？咱乐安乡的人就是自以为家乡的穷山最好，才这么穷的。"

"一点欣赏能力都没有，美和穷是一回事吗？""穷得像鬼，还美呢，臭美吧！"

"要我看呀，石榴山有点看头的话，也不是什么美不美破不破的事。关键是它像一样东西。"一个教师说。

"像什么？"赞美的教师急问。

"像女人的那个，可惜只有一个。"

"像女人……哪个？""像你娘的奶头！"闻校长急匆匆地走过来，没好气地说，"一点正经都没有，还教育下一代呢。"几个教师正要反驳，闻校长又说："都别扯淡了，来，我们开个紧急会议。张老师你去通知一下各班，先上自习，所有教师都来开会。"

上课铃响过之后，教师会也就开始了。校长说："今早上我来校时，在乡政府门口碰上了金乡长，他说要把咱们学校的操场划出去搞经济开发区。"

"那我们就上不成体育课了?!"首先跳起来的是教体育的陈老师。"我给乡长说了，可乡长只说要以经济建设为中心，大势所趋。"校长说。

"百年大计，还教育为本呢！"张老师说。"我说了，哪块地不能用？偏要学校的，咱学校刚被定为全乡中心小学，建设得有点样子了，没有操场不行。我说这些话，乡长根本没听，他正在晨练，闭着眼睛打太极拳。"校长说。

"还德智体全面发展呢，这么看轻体育，官当的昏了。""反正这学校也没有他们乡长书记的子女，他们就随便折腾。""废话少说，"闻校长说，"大家合计一下，怎么办？现在关键不是操场，而是厕所，厕所在操场边上。"

"没有厕所不行！"厕所比操场更重要。张老师说："咱们找一下乡里，看能不能换个地方。"

闻校长说："我看希望不大。"

"那就想办法保住厕所，二三百人哩。"

"反正我是失业了。"教体育的陈老师说，"要不要厕所无所谓。"

闻校长火了："我看你还能不拉屎。大家回去都想想办法，看能不能挽救下厕所。操场，我们实在不行，就让！"

办法还没有想出来，第三节课刚上的时候，有两台推土机一路吼叫着开到了中心小学。推土机的噪音突然之间就冲破了寂静的校园，把本来很爽气的秋季搅得惶惶不安，一股烦躁在校园里激来荡去，使教师无法继续刚开始的教学内容，纷纷走出教室想制止噪音，学生们趁机趴在窗户上探着究竟。

推土机不但没熄火，反而更加疯狂地吼起来，比先前叫得更响，示威似的。

闻校长挥动着两个胳膊边跑边喊："别乱来！别乱来！还没商量好的事，这么快就来了。"推土机驾驶员钻出来说商量什么呀，我们只管推倒墙，平整场地。""也不能说推就推了呀！"闻校长看不惯驾驶员趾高气扬的样子，就准备摆开讲道理的架势。

"不这样推了，你还准备举行个仪式？""你……"闻校长气得没话可说了，停了一阵，他才说，"我不跟你理论，你等着，我去找乡长。"

驾驶员不愿意，说会误了他们的工时，说着跳上推土机，加大油门就要去推围墙。

闻校长一急，冲上去往推土机前面一站："要推墙，就先把我推了再说。"

几个教师也冲上去站在了闻校长的身边。驾驶员又加了几次油门，头伸出喊着让开，闻校长和教师们就是站着不动。僵持了一阵，驾驶员无奈地跳下来说："看在你们是教师的份上，我们就忍这一回，你们去找乡长吧，快点，不然我们的忍耐可是有限的。"

闻校长见驾驶员让步了，就吩咐几个教师一定要顶住，等他到乡里去理论了再说。

几个教师说反正这课也上不成了，我们坚持到你回来。

闻校长瞪了瞪驾驶员，才去学校食堂要上自行车骑上就往乡政府跑。到乡政府一看，静悄悄地没一个人，闻校长几乎敲遍了乡政府两层楼的每一个门，也没见个人出来，急得他满头大汗也顾不上擦，正准备敲会议室的门时，门却一下打开了，从满是烟雾的门里走出一个人来，一看是马秘书。

闻校长还没开口，马秘书就先说："是闻校长呀，你乱敲个啥？影响领导开会。"

"我有急事，"闻校长叫马秘书一说，脸红红的，心里急着，也就不管那么多了，就说，"我要找金乡长问个事，真急哩！"

马秘书满脸不高兴："金乡长哪有闲工夫，有啥事跟我说吧。"闻校长顿了顿，没法，就对马秘书说了一遍眼下最急的事。马秘书耐着性子听完，不耐烦地说这事还有什么问的，十几天前就定了的事，你们学校执行就是了。

闻校长一愣，十几天前定的事可他今天早上才知道，上午就来了推土机，这有点说不过去，就硬要见乡长。马秘书很生气，但又不好在会议室门口发火，就说了句"碰上鬼了"，要闻校长在一边等着，他去叫乡长，就钻进了会议室。

闻校长站在楼道里等了半个多小时，才见会议室的门开了，出来的却不是金乡长，而是管文教的肖副乡长。肖副乡长一见闻校长就说老闻你还真等着，就这么点事。闻校长一听，怎么能是这么点事？这么大的事都定下十几天了却不提前通知，弄得学校人心惶惶的，看能不能改改。肖副乡长就说，这不大家都忙得忘了给学校提前通知了，这事学校就不要再找乡里了，定下的变不了，乡里这么穷，再不发展经济他们这些父母官就真该下台了。

闻校长见操场保不住了，就提出保留厕所的事。肖副乡长摆摆手说，操场都让了，还在乎区区一个厕所？老闻你就不要再说了，配合点吧，厕所在操场边上，不可能把厕所留下的。

闻校长还要说，肖副乡长摆摆手说，别再说了，没有用。大家都很忙，就不要费时间了，你快回去吧，就厕所这么点小事，自己还解决不了？

闻校长见肖副乡长进了会议室，愣怔着在楼道里站了一阵，脑子里空白一片，想着还是回吧，全身却没一点劲，走了几步见楼梯边上的一间门上写着"厕所"两字，就生出一股火来，走上去端了一脚厕所的门，在心里骂了句"这帮狗日的"，就下楼了。刚下了三级台阶，又停下，只觉肚子有点不舒服，不知是一看到厕所就过敏还是气生的，就返身又上到楼上，进到厕所里，关上便池的门蹲下，却拉不出来，想想是不是学校的厕所保不住了，自己对厕所真过敏了？想起来走人可总觉肚子里不舒服想拉，就蹲着等。等了半天不见动静，却等来了人上厕所，像是两个人小解，站在小便池上一边做事一边"哈哈"笑着说话，说的什么"这回先给他老党一个下马威"，"让他坐不稳"，"乐安乡的天下"什么的。

闻校长没在意听，只从声音里辨出这两个人好像是金乡长和肖副乡长，就赶紧提裤子冲出来看能不能问两位乡长要点钱，在校园角上搭个简易厕所，没有厕所怎么行？

闻校长猛地一出来，把两个乡长吓得一惊，裤子都忘提了，一看是闻校长，两个脸就阴了。肖副乡长气恨恨地问："你怎么还没走？"

"我上厕所。"闻校长反而理直气壮地说。

肖副乡长愣了愣，脸上的表情很不自然，就说你上厕所就上厕所谁不让你上了？蹲在里面鬼似的，吓人一跳。

闻校长见肖副乡长脸上颜色有点缓和了，就连说了声对不起，抓紧时间对金乡长说起学校厕所的事。

金乡长连说，不行不行，要钱重新盖更不行，乡上财政紧张，你们教师的工资都是额外开支，哪有钱弄厕所，别一天围着厕所转了，这么忙，光管厕所的事，别的事还干不干了？

肖副乡长也说，就是就是，别为了厕所就找来找去的，这么点小事自己还解决不了？

怎么解决？闻校长问。一帮小学生还不好解决？肖副乡长冷笑着说，学校后面就是庄稼地，哪个地方不能解手？自己不想办法，一点点事就找政府，政府是解决小事的地方？

闻校长慢腾腾地骑车回到学校时，已经是快中午了。看他垂头丧气的样子，一直守在推土机前面的几个教师连问了几声怎么样，见校长都没有回答，就知道了结果，无精打采地走开了。

推土机驾驶员狠狠地丢掉烟头，骂了句脏话跳上去加大油门，狠狠地向围墙冲去。另一个推土机直接冲向厕所，只一下，厕所就塌了一大半。

教体育的陈老师气呼呼地说："推吧，推吧，干脆连教室也推平算了。"

闻校长回头看了看陈老师，欲言又止。他转身走了两步，又停住说："都去上课吧！"

有人问今后上厕所怎么办？闻校长扬了扬头，过了阵才说："那么多庄稼地，到处都可以解手，到处都是厕所。"

大家顺着校长扬头的地方看去，那是一片偌大的葵花地，正是秋季，葵花开得金黄一片，灿烂如锦毯般罩在那里，是一方美丽得有些过分的天地。

"真是个天然的好厕所，又省了乡亲们施肥。"

起初，老师们到葵花地里去解手都有些不好意思，为人师表，却和学生们在野地里方便，有失身份，野地里没有规则，钻进去谁碰不上谁？的确有伤大雅，并且学校人多，时间不长，近处的葵花地里布满了"地雷"，尴尬的事经常发生。老师们就建议校长，划分区域，按男生、女生、老师划成三大块，没有女老师，倒也省了一份，闻校长就将葵花地划给男生，女生划在葵花地右边的玉米地里，老师划在葵花地左边高粱地里。扩大面积，粪便覆盖面就扩散得开，尴尬的事就少些。但事情往往不是老师想象的那么好，玉米地远些，女生又天性爱花，愿意在葵花地里解手，一边可以赏花，葵花香味又大，不乏蝴蝶蜜蜂光临，还是有些情趣的，所以，解手问题又乱了章法，不过也都是小学生，也不会出什么事。偶尔有个女生到老师那告状说哪个男生不顾她正在解手，跑过去抓蝴蝶碰翻了她，老师就说女生应该是在右边的玉米地里的，女生也就不告状了。闻校长在全校师生大会上强调过几次男女分厕的事，具体实施起来，还是男女混用，闻校长不可能守在葵花地边分男分女，况且解手也不是什么大事。学生们还经常说在葵花地里解手比厕所好多了，空气好，风景美，老师们也有同感，似乎把没有厕所要解手的问题解决了。闻校长偶尔也想过一到秋收，葵花砍掉了，没有了遮拦物，厕所问题还会成为问题的。可是眼前已解决了，也只有到了秋收以后再说吧。活人还能叫尿憋死？

在葵花地上厕所，闻校长也觉心情不一般，除了有点担心在那里碰上学生外，蹲在葵花丛中，还是别有一番滋味在心头的。有一次，闻校长解完手碰上一个扎小辫的女学生边提裤子边跑过来对他说："校长，校长，我发现了一个秘密。"

闻校长一愣，急问是什么秘密。女学生说："我拉肚子，今天解了六次手，我发现，葵花的头一直在转动着，早上头偏向东，中午偏南，下午又偏西了，第二天我看到它头又偏东了。"

闻校长一听，舒了口气，才说："这算什么秘密呀，你知不知道葵花还叫向日葵？"

女生说她不知道，她才上一年级。闻校长就很耐心地给一年级女生解释葵花向着太阳的生物原理，比如地球绕着太阳转，阳光的辐射及植物的吸收功能等。讲了一大通，小女孩只明白了一点，就是葵花向着太阳，别的她听不懂。

闻校长就无奈地摇了摇头，像葵花一样摇得很机械。开发区的速度进展得比较快，没几天就圈起了围墙，不光是学校操场这一块，还圈了不少好地，但圈起来后却不见有人来投资办厂什么的，里面也不种东西，只是疯长着不少荒草。乐安只是一个山区乡，与突飞猛进的城市不同，经济开发区一直不能充分利用起来，上好的地空着，心疼的是农人。

于是就有一些农人找到乡里，要在开发区里划地皮开养猪场、养鸡场，这也算一项经济投资，乡里就同意了。开发区办成了养猪养鸡场。

养猪养鸡场动工那天，还举行了一个剪彩仪式，毕竟是经济开发区有经济投资了。金乡长、肖副乡长一行乡上领导到场剪彩，在鞭炮声中剪完彩后，金乡长还即兴给养猪养鸡场题了场名，马秘书早就把笔墨纸砚摆好了。

金乡长题完字，兴致很高，在大家的一片喝彩声中两手按在"将军肚"上笑呵呵的，笑够了，金乡长见鞭炮声引来了那么多看稀奇的小学生，就突然产生到小学去看看的想法。于是就带着一帮人来到了经济开发区隔壁的中心小学。

闻校长闻声赶紧出来相迎，他招呼教师赶紧疏散学生，给乡长让路。

乡长还是第一次光顾小学校的。

金乡长走到中心小学大门口却停下不走了，仔细端详着学校的大门。农村小学校大门也没有什么特别的建筑，两个砖混门柱子，两扇大铁杆门。金乡长看着看着就又笑了，笑完后在人堆里找马秘书，马秘书挤上前一看领导的脸就明白了，连喊闻校长，快搬张桌子来，乡长要给中心小学题写校名。肖副乡长也忙说怎么就没挂个校名牌呢？还是金乡长心细，对教育事业看得重。

闻校长忙叫人搬来桌子，在校门口，金乡长扯袖提腕，题写了"乐安乡中心小学"校名。

题完自赏了半天，在一帮人的赞扬声中没顾得进入校门就带着一大帮人回乡里了。

过了几天，闻校长在乡政府门口碰上了马秘书，马秘书问挂了吧？闻校长一愣问挂什么？马秘书就不高兴了，提醒说是乡长题的校名。闻校长就说回头叫谁模了挂上就是。

到学校，闻校长叫毛笔字写得好的张老师模题写的校名，张老师不干，说那几个字他用脚也写得了，用手嫌丢人。闻校长就说那你就用脚模一下吧。

刚好有村人找到学校，告学生在地里边解手边剥葵花籽吃，已吃得不成样子。闻校长刚想狡辩，几个村人就带着校长去葵花地当场抓住了几个学生。葵花籽已基本成熟了，花却落了，已是深秋季节。

你说怎么办吧？村人问闻校长。闻校长说了一通学校厕所的事，村人说他们不管，他们只管葵花籽。闻校长就说了一通好话，好不容易把村人劝走，就赶紧召开全校师生大会，强调解手吃葵花籽的事，他的话引得大家哄堂大笑，他却生了一肚子气。

过了几天，几个村人又到学校，这次态度比较强硬，说如果再不管制学生，他们就抓住偷吃葵花籽的学生不让回家了。

闻校长劝走村人，心里窝了一肚子火没处发，刚好乡上马秘书骑车来学校看校名牌，见学校没有动静，就很不满意。闻校长也生气地说弄块木板写上挂上不就得了。马秘书一听，更没好脸色，说乡长题的校名，弄块木板写上挂上就行了？

"那还不挂上就行了？"

"我说闻校长你是真不懂还是假不懂？"马秘书说，"你去隔壁看看，人家是怎么挂的？"

说完就拉上闻校长一起去看。闻校长一看猪场鸡场的招牌像大城市里的招牌一样，玻璃底子铜皮字，就吸了一口气说："怕要三四百块钱吧？"

"三四百？"马秘书哼了一声说，"给你看一下还差不多，最少三千五百块。"

"我们哪有钱？"闻校长吃惊不小。马秘书说："谁叫你掏钱了？猪场的也不是自己掏钱。回头你打个要钱报告给我，乡里财政上掏。"

"财政上能给？"

"只要金乡长批个字，他不敢不给。现在乐安乡是金乡长肖乡长的天下。"马秘书说到这，压低嗓门又补了一句，"那个书记老党已是秋后的……"

闻校长愣怔了一下，突然想起那次在乡政府厕所里听到金乡长和肖乡长的那几句话，心里明白了许多。当即，闻校长就以做学校招牌的名义打了个四千块钱的报告去找马秘书，事情出奇的顺当，不到半个小时，闻校长就拿上了四千块钱现金。

回到学校，闻校长立即召集教师开会。在全校教师会上，闻校长提出了一个不容别人反驳的设想。当时，有几个教师劝过闻校长，闻校长根本不听劝告。

一个星期后，乐安乡中心小学在校园墙角的一小块菜地里盖起了一座厕所，这座厕所虽然没有以前被推倒的那个大、结实，但中心小学却实实在在有了一座真正的厕所。

厕所建起来，里面的石灰味还没散尽，师生们就开始使用了。因为校园后面的葵花地已大变了样，葵花籽已经成熟了，村人已将葵花砍倒，正在收获籽盘，村人在收获时都说今年的葵花籽盘特别大，籽特别饱满。

这时候，气候有点冷了，雾气很重，浓雾缠裹在石榴山腰上经常是半上午都散不开，太阳升得晚了，雾就散得慢了。

在一个雾还没散尽的上午，中心小学的教师一直没见到闻校长露面，有人去宿舍找他，闻校长的铺是空的，在他的空铺上放着一张盖有大印章的文件。那是闻校长被停职检查的通知。

非典型爱情

一

保安小朱在春天的阳光下，倒背着手站在值班室门口的花圃前，花圃里正在开放的几株月季花，就像发廊门口的那些女人，浓妆艳抹地等待着男人的目光呢。小朱却一副不为所动的样子，目光越过妖艳得近乎色情的花朵，望着大楼那面被玉兰树掩挡住的地下室出口。从那个出口里，会走出来接小朱班的另一个保安小乔。小朱快下班了。小朱把右手从背后抽了出来，抬腕看了看表，时针快走到十一点了，从早上八点接上班，三个小时又熬过去了，小朱在心里舒了一口气。每到快下班的时候，小朱的心情都会轻松起来，他已经很厌烦保安工作了，工资太低，实行的是军事化管理，一点自由都没有。年初的时候，小朱就和柳眉儿商量，他想另找一份工作，可是他不会一门手艺，在北京想找个称心的工作实在不容易。小朱又不是个能吃苦的人，叫他到建筑工地去干体力活，显然是不可能的。刚开春时，柳眉儿就鼓动小朱，准备在那个小区开个小食杂店，里面支个活动床，只要办上正式执照，他们就能像夫妻一样住在一起了。小朱一想很有道理，他们连开这种夫妻店的钱都凑够了，可是跑了许多地方，却租不到合适的小店，小朱就还干着保安。他们正在四处打听着租房子时，SARS病毒入侵了北京。人们被这个突如其来的新病种袭击得惊慌了，政府的各种规定随即也出台了，为了控制病情扩大，首先要求所有人员不能随便流动，小朱只好暂时放弃了辞职，把开夫妻店的自由日子往后放了。小朱依然穿着黑灰色的保安服，腰带上别着对讲机，神情沮丧地干着这个工资低又枯燥无味的工作。

小朱在花圃前踱着步子，这回不背着手了，便于他不时地抬腕看表，时针快走到该下班的时间了，小乔马上就会从地下室上来接班。他们平时交接班都很准时的。可今天的交接班时间已经过了一分钟了，小朱停住了步子，看了看玉兰树后面的地下室出口方向，又一次抬腕看了看表。这时，值班室里的电话却响了，小朱跑进值班室去接电话。电话是他们的班长打来的，班长告诉小朱，他们刚开完会，小乔正在抓紧时间吃饭，一吃完饭马上就来接班，叫小朱多顶几分钟的班。小朱本来在电话里，还想用急着要上厕所的理由埋怨几句的，但班长的口气不容商量，并且说完就扣了电话，小朱有点生气地甩下了电话。要是小乔打电话说要他多顶几分钟，小朱一般是没有二话的，他和小乔俩人相处得还不错，谁还没有个什么事拖一下呢，他有时也会迟到几分钟的，可是这个班长给他打的电话，他就生气了，他就看不惯班长，同是从乡下来城里当保安的，不就当个破班长吗，还以为自己真是个啥了不起的官呢，说话的口气全带着命令，平时牛哄哄的，简直不知道自己是谁。

小朱快要下班的好心情，就这样叫班长的电话给搅乱了。小朱愣站了一会儿，正要走出值班室，这时，他从窗口里看到，一个穿着麦当劳工作服的外送员，手里提着一份外卖走进了大门，小朱像突然找到了出气口似的，冲出了值班室，大喊了一声：站住。

外送员站在了门口，一脸讨好地望着小朱，对小朱说，我是来给602室送外卖的。

小朱冷冷地瞪了外送员一眼：你没长眼啊，现在是啥时期？SARS你懂不懂？门口写得明明白白的，不准一切外来人员入内！

外送员尴尬地笑笑，我知道，我知道，可我刚量过体温，三十六度以下呢……

我不管你三十六度以下还是以上，外人就是不能进去。

外送员把手里的东西提起来说，我没有想着要送进楼去，我打个电话，叫602的人下楼来取……我在你的值班室打个电话，行不行？

小朱看到了外送员手里握着的手机，便摇了摇头，转过身不和他说话了。

外送员只好用自己的手机拨号，电话接通后，说了几句，他却把手机递给了小朱，哎，大哥，602的客人请您接电话呢。

小朱看了看外送员，接过手机。是一个女声。她在电话里对小朱说，她有点不舒服，不便下楼，想麻烦小朱帮她把外卖送上去。

小朱本来想用还在上班离不开为由，拒绝602的，但602已经说了，反正她不着急，可以等他下班了再送。小朱没法拒绝了，挂了电话，伸手从外送员手里接过外卖，说了句，先放在这里吧。

外送员无奈地点着头说，那我等SARS过去了，再来问602要钱吧。

小朱没有理他，手里提着外卖回值班室了。小朱做梦也没有想到，他从外送员手里接过这份麦当劳外卖的时候，他的好运竟降临了。

给小乔交完班后，小朱按规定戴上口罩，提着外卖进楼坐电梯到了六楼，按响了602室的门铃。602室的女人早就打开了门，她从卧室里传出话来，叫他进去。小朱略犹豫了一下，推开虚掩着的门，他对里面说道，我不进去了，要不我给你把东西放在你的门里吧。现在是非常时期，再说……我们也有……规定……

小朱的话还没有说完，女主人竟穿着一身粉红色的睡衣从卧室里走了出来，她微笑着对小朱说，怎么，不敢进来，是怕我有SARS会传染给你啊？

不是，不是！小朱的目光像被女人的睡衣烫伤了似的，赶紧移开。

不是，就请进来呀，看把你吓得，我的体温很正常呢。

小朱想着反正是主人邀请的，他只是进去把东西放下就离开，也没有什么的。他走了进去，把外卖递到602的手中。602却没有接，用手捂着嘴打了个哈欠，懒懒的对小朱说，我手都还没有洗呢，你给我放到茶几上吧，帮忙就帮到底，谢谢你了。对了，你姓什么？住这么久了，出出进进的，经常照面，却还不知道你姓什么呢？

就你那副样子，根本没有把我们保安当人，我们就跟一粒沙子一样不起眼，你咋能知道我姓什么呢。小朱这样愤愤地想着，却不敢多说什么，老老实实地回答道，我姓朱。

你姓猪？602稍微停顿了一下，随即大笑了起来，那你就是"猪娃子"了。

小朱的脸一下子红到了脖子根。602却笑得更凶，弯着腰笑得都快喘不过气来了，她身上的睡衣，还有睡衣里的肉都随着笑声乱抖着，小朱扫了一眼，心里就一颤一颤的，他透过睡衣下垂的地方，看到了602睡衣里面的一些风景，妖娆、性感。小朱十分费劲地挪开他黏稠的目光，他对这个女人取笑他的话有些气愤，他又瞅了瞅女人还在抖得厉害的样子，蛮劲就上来了，冲着602说，你觉得很可笑吗？

602似乎没有听出小朱的气愤，直到她认为笑够了，才抹着笑出来的眼泪说，看你这副认真的样子，蛮可爱的，我刚开始是笑你的名字，可现在就是笑你的模样了。我说猪娃子，你一点都不懂得幽默，看来还是个生瓜蛋子，大姐给你说，这SARS把人给闹得，都快成神经病了，我想和你说笑几句，轻松轻松，你都不懂呀？好了，好了，别红个脸了，一个大小伙子，还像个姑娘似的……来，别急着走，取下口罩，我知道你还没有吃饭呢，干脆坐下和我一起吃麦当劳吧，我一个人也吃不完这么多的……

小朱本来想给这个自以为是的女人回敬一句，就转身要走的，可他突然又不想走了，他心想着吃就吃吧，怕啥呢，他为她把外卖送上了楼，还要遭受她的嘲笑（他认为是嘲笑），吃她一顿又如何，不吃她的才傻呢。于是，小朱竟鬼使神差地坐了下来，与那个女人一起吃起了麦当劳。

小朱还是第一次吃麦当劳，以前，柳眉儿吵过几次要吃这个洋玩意，可他一直没有同意，他一个月才挣几个钱，吃一次麦当劳至少得几十块钱，几十块钱就买那么一点东西，给他一个人都吃不饱，何况还是两个人吃呢，哪里有吃上三四块钱的面条扎实。再说，他也怕吃不习惯，花了钱浪费了也很可惜。这下吃了，不是他想象的那么难吃，虽然吃得有点别扭，但小朱还是吃出了滋味。只是他的吃相，又引起了602一次又一次的笑声。吃到后来，小朱看着602毫无恶意的笑容也忍不住跟着笑了起来。

二

这个春天，北京城是近年来少有的一次好天气，没有沙尘暴，但却遭受了比沙尘暴严酷许多倍的SARS病毒的侵扰。一个非常难得的花红草绿的美好季节，就叫SARS给搅乱了，人们都戴着口罩出门，直奔目的地，没人有心情去欣赏这个难得温柔的春天，春天就这样满怀心思地寂寞着。

由于是非常时期，人心惶惶的，人们心情普遍都不太好。可602室的女人，她的心情非但没有叫可恶的SARS给搅乱，反而这段时间被困在家里，心情竟然慢慢就变得很平静了，她刚经历了一场感情危机。她的情人——那个对她信誓旦旦的男人，在她的威逼下，终于回上海去和他老婆最后交涉离婚的事了。她和男人已经斗争一年多了，男人给她买了房子，把她养上，把她的生活安排得是妥妥帖帖，却一直拖着不离婚，为此，她和男人大吵大闹过好多回，甚至拒绝和他上床，经常弄得男人很狼狈。春天刚开始的时候，无奈的男人终于没能斗过这个任性的女人，回上海去和他老婆做最后一轮的谈判了。可男人走后没多久，SARS就像一阵突如其来的狂风肆虐地冲击了北京城，把男人阻隔在上海回不来了。刚开始，602还心急火燎地每天给男人打手机，询问他那面的处理情况，男人一个劲地说快了快了，反正，SARS这么一闹，他一时半会是不可能回北京了，所以他好像并不着急。后来，602从男人的电话里，听出了他一年来，那种一贯的敷衍的口气，她的心就像被他用手扯着一样很疼，动不动拿着电话就大喊大叫，骂男人的同时，自己也伤心得痛哭流涕。随着SARS疫情的越拉越长，在根本看不到头的日子里，她的心里叫怨气给填满了，慢慢地却不生气了，后来竟平静了下来。这是无奈的平静，是无法把握目前命运的暂时的妥协，要放在平时，像她这样不甘寂寞的女人，是平静不下来的。

在保安小朱看来，602室的女人是一个无所事事的闲人，可能还不是一般的闲人，小朱不知道她是什么时候搬到这个公寓楼来的，反正他去年秋天到这里当保安时，她就已经在这里住着了，只是很少见到她下楼，就好像她是古时绣楼里的小姐，轻易是不会下楼的。小朱由此知道她不是上班一族，因为在上班和下班的高峰时期几乎见不到她，偶尔见到她一次，大多都是在半上午或者是半下午的时候，她出去购物或者办事，出进都挽着一个秃顶男人的胳膊。秃顶男人的实际年龄不好估计，可以说他三十岁，也可以说他五十岁，看上去他的形色总是有点匆匆，可女人却一点都不急的样子，吊在秃顶男人的胳膊上，不紧不慢地扭动着身子，从保安身边高傲地走过去，不像别的居民那样给保安点个头，致个意，她目不斜视，像开放的白玉兰似的，一副高傲冰冷的样子，谁也懒得理。但她与暴发户似的秃顶男人在一起走着，咋看着都不像是很登对的一对夫妻，叫人看着别别扭扭的，就好像把一个精心烧制出来的、色彩透亮的、精致的花瓶与一只烧过了火的土陶放在一起，那一目了然的差异是十分抢眼的。每次看到他们，小朱心里总会对这个女人产生一些鄙视，高傲啥呀，还不是秃顶男人用钱把你养出来的，有啥了不起！

这个楼里住的大多是有钱的人，从他们停在车场里的私车牌子上就能看出来，可那些有钱的人，大多都是平易近人的，尤其是那些怀里抱着小狗的女人，到门外面的超市买了水果啥的，路过门口时，总忘不了要塞给保安几个，一副亲切待人的样子，叫小朱心里很舒坦，时不时地还逗她们的狗玩呢。哪像 602 女人，小朱在这里当了大半年保安，和她连句话都没有说过。但是这次，小朱却坐在了 602 的家里，和 602 女人一起吃上了麦当劳。他们在笑声中，说着 SARS 病的一些传闻，也说着个人的一些情况，刚开始，是 602 问一句，小朱答一句。慢慢地，602 也说起了自己的一些身世。只是小朱弄不明白，她说的是真是假，她转换很快的表情有哪种是真，哪种是在作秀。

管他真假呢，小朱心想着，自从到了北京以后，他发现说真话的人很少了，所以，他对 602 回答的一些问话也是随口而来的，反正他和她是两个世界的人，他没有必要对她句句都是真的，真的于她无所谓，假的她也不会在意，他和她又没有啥关系。

吃完麦当劳后，小朱还和 602 各自抽了一支烟，交流了一下彼此对烟的看法，他才看看表，起身告辞了。

第二次送麦当劳到 602 室，小朱吃起来就比第一次自然多了。这次，他们不再仅仅是吃了麦当劳，在 602 的提议下，他们还喝了一瓶子长城干红，小朱明知道物业办规定，保安不准喝酒，可他还是喝了，反正他已经不想干这个保安了，如果不是 SARS，他早就走人了。

长城干红的味道真好，小朱以前也喝过红酒，但是是街上的劣质红酒，口味也粗劣，不像和 602 女人喝的长城干红，味醇。

小朱喝得有点晕乎乎的了，他不知道究竟是干红喝得多上了头，还是602 的笑容把他看得有点晕。总之，他是有些晕了。

三

都有一个多月了，小朱没有再见过柳眉儿的面，他们只通过几次电话，谈了一些等 SARS 过后，还要开夫妻店的设想。当然，柳眉儿也说了些想小朱的话。小朱也想柳眉儿，但他没有在嘴上说，全放在心里。他和柳眉儿是私奔出来的，他们是高中的同学，上学时就眉来眼去的好上了，可因为两家父母的关系不好，阻止了他们在一起的想法，但他们俩都不死心。柳眉儿的父母给她找了一家人家，就在柳眉儿在父母的诱逼下要和人家结婚的前一夜，小朱带上她私奔到了北京。原想着到了北京，他们就可以整天厮守在一起，像夫妻似的生活，他们先是在西郊租了一间民房，确实在一起同居了，可同居的时间并不长，北京的情况比他们想象的要复杂得多，经常会有警察到郊区检查外来居住的人员，他们本来就是非法的，又没有办暂住证，房东越想越后怕，为了减少自己的麻烦，就叫他们租住两间屋子，要不就叫他们搬走。他们下一步的生存都是个问题，哪还能租两间屋子呢，再说了，他们跑出来，就是为了两人能住在一起的，要是分开住，还有啥意思。最后，他们只有和房东闹翻，搬了出来。但是搬出来后的他们又一时半会找不着更好的房子，他们想尽了办法也达不到住在一起的愿望，只好给柳眉儿在学生公寓里租了个最便宜的床位，叫她去干钟点工，小朱就找了这个保安工作，搬到这个小区物业办来住了。这样一来，他们连见面的机会都很少，更别说想在一起了，柳眉儿有时偶尔能逮住个机会，趁同宿舍里的那些学生全去上课了，赶紧给小朱打个电话过来，如果小朱不当班，就请个假，骑上自行车，到柳眉儿那里去仓促亲热一次。这样的亲热都是担着风险的，每次都像打仗似的，有时候还没有进行到实质阶段，就碰上哪个学生突然又回来了，他们只好匆忙穿上衣服，尴尬地说句不着边际的话，弄得那些学生早就对他们有意见了。大多数时间，他们只有在马路边的树荫下，搂抱着亲会嘴，趁着行人稀少没人注意的时候，也会充分地发挥着手的功能，然后不舍地各走各的路，柳眉儿对这种生活早就抱怨上了。小朱也后悔当初不该太冲动跑出来，两人不能在一起，弄得饥一顿饱一顿的，没一点情调，但他又不能说反悔的话，只能怪自己没有本事。尤其是在这么多富人居住的小区里，小朱看着他们悠闲地生活着，想着人和人之间的区别怎么就这样大，这些人养一条狗都比他几个月的工资高，他却是连和自己的女朋友在一起的地方都找寻不到，心里十分不是滋味。

四

小朱和602室的女人，在她家里吃过两次麦当劳后，小朱发现这个女人的高傲都是装出来的，其实她心里很虚，也很脆弱。那天，她叫小朱一起喝长城干红时，小朱就看出来了。602喝多了酒后，就对小朱说了她感情上遇到的麻烦，也就是那个秃顶男人和她现在所处的尴尬关系。小朱听着，知道她说的这些可能是真的，因为他从第一次见到她和秃顶男人一起从门口经过时，就在心里怀疑过他们的真实关系了，像她这样天生丽质的女人，肯定会充分地利用自己的身体资源，傍一个有钱的男人过日子的，可他没有想到她和那个秃顶男人还是这种情况，就是说她和秃顶男人，像他和柳眉儿一样，还属于同居一族，看起来很新潮，其实心里一点都不踏实。小朱知道了602的真实情况后，心里也就平衡了点。

有一段时间，602没有再叫麦当劳了，小朱也就没有理由再到602家里去。也不见602下楼，她不像别人那样，在楼下散步，或者锻炼身体。见不到602的日子里，小朱突然觉得心里有点空荡荡的，以前也有心里空荡的时候，但不像现在这么强烈，好几天里小朱都打不起精神。特别无聊时，小朱给柳眉儿打过电话，因为SARS的原因，没有人再敢叫钟点工，柳眉儿也不敢出门，怕染上SARS，她就像一个失业的人，整天待在宿舍里，用开水泡方便面度着日子。柳眉儿也不敢叫小朱过去，公寓门口管得非常严，不让出不让进，和她同一宿舍的学生都不上课了，像她一样在宿舍里待着，吃方便面呢，小朱去了，他们连个说话的地方都没有。柳眉儿在电话里哭了，小朱心里挺不是滋味。

这是北京非常难得的一个春天，沙尘暴远离了，没有黄风，天空是少有的蓝天，太阳是少有的温暖，花儿是少有的鲜艳，可该死的SARS，却叫人们没法出门，去尽情地享受这个美好的春天。

沉默了一个多星期，小朱实在忍不住了，就在一个阳光明媚的午后，给602打了一个电话。他问602是不是病了，也不见她要吃的，她一个人待在楼上，吃什么呢？602接到小朱的电话，像知道小朱会给她打电话似的，一点都不惊奇，并且在电话里说，她确实是病了，躺在床上好几天了，还怪他怎么到现在才记起来给她打电话，他一点也不把她当成朋友。小朱一听"朋友"，心"呼"的一下热了，手握着话筒，听着她的埋怨，一点也不觉得她的埋怨对自己不公平，她是把他当作"朋友"呢，他到真的怪起了自己，有七八天了吧，这么久了，她不叫一点吃的东西，肯定是有问题了，他咋就没想着给她打电话问一下呢？小朱挂了电话，一点也没有犹豫，就自作主张地给麦当劳店里打过去电话，叫了一份外卖，等交班后，他提着外卖送到了602室。

602给小朱打开门后，目光柔柔地看了一眼小朱，然后又回到卧室躺到了床上，她躺在床上恹恹地叫小朱把麦当劳给她拿到卧室里来吃。小朱没有迟疑就拿进去了。602靠在床上，她指着床边示意小朱坐下来。小朱就坐在床边的梳妆镜前，他把外卖放在梳妆镜的座台上，打开来，两人就像个情人似的头靠着头吃了起来。602边吃边对小朱说，她感冒了，很严重，似乎还有点发烧，她不敢给谁说，怕别人把她当作SARS疑似病人送到医院，她知道自己一直没有出去过，不可能传染上SARS，就没敢下楼去购物，也没有叫吃的，她说她就一个人窝在家里，不开电视，不听歌，在寂静得有如地狱般的感觉中，她的心情灰极了，突然间连死的念头都有过。她说着，眼神却恍惚起来，空空洞洞地，小朱也不知道她在看着哪个地方。

小朱就木讷起来，迟迟钝钝地说他真得应该早点打个电话过来，这样，就知道她病了，就可以来陪她说说话，她也不会觉得寂寞了。

602愣怔地看着小朱。忽然她笑了起来，对小朱说，她吃了一些感冒药后，烧早就退了，感冒也快好了。

她说着还叫小朱摸她的额头，试试她的温度，是不是正常了。小朱稍微犹豫了一下，想着只是试试她的体温，便把手慢慢地伸去摸了，她好像也是不经意地就拉住小朱的手，按在自己的额头上。小朱的手在602温和的额头和手掌之间，却像受冻了似地发着抖。尤其是602压在他手背上的那只手，软软的，让他的心里也像多了个什么东西似的也变得软软的。小朱突然感到这个女人也很可怜，虽然是傍着一个有钱的男人，不愁吃穿，生活富裕，可是她一个人却是孤单的，没有人认同她的富有的生活，所以她没有朋友，她的感情其实是空的。一个空的家和一份空着的感情，这样的生活即使好又能好到哪里去呢。小朱一下子对602充满了同情，便安慰她说，其实，你可以养条狗呀猫呀啥的，像别的女人那样，有个伴，不然，一个人待着多冷清啊。

602狡黠地笑着说，我不喜欢那些动物，要养就养别的……比如猪……像你一样，你不是"猪娃子"吗……

小朱感觉到了脸上的灼热，想抽回手，602却把他的手抓紧了，并且用劲把他拉到了自己的身上。小朱没防备602手上一下子使出很大的劲，他的身子失去了重心，他手里的麦当劳掉在了602的身上，把她的粉红色睡衣弄脏了。602说，这件睡衣早就穿得脏了，她刚好也准备要洗的，现在正好可以换下了。她几下扯开睡衣，露出了里面像白玉兰花一样光洁嫩白的躯体。

小朱还是第一次在这么好的环境里，面对602玉兰花一样高贵的身体，他激动得全身颤抖，他也好长时间没有与柳眉儿亲近了，这时看见这样一具细白的身体，心里的欲火就像漫山遍野都燃烧的野火，想压也压不下去了。他像一个要征服敌人的英雄，勇猛地、毫不畏惧地发起了冲锋。602一点也不像一个感冒还没完全恢复的病人，倒想一头发怒的母老虎，突然跳了起来，翻身把小朱压在了身子底下。

但接下来发生的事情，他们俩谁也没有想到，等小朱卸尽了身上的障碍，拼尽了全身的力气，要大干一番的时候，可就是没法使自己坚硬起来，无法顺利进入602狂热的身体。

他们在床上的各种努力，最后均以失败告终。

602爬在小朱的身上，有气无力地抚摸着小朱说，你是不是第一次啊……不过……也没关系，这种事，第一次能做成功的很少……慢慢地，就好了……

小朱的心像暴晒在烈日下的草叶，慢慢地蜷缩了起来，沮丧地从床上爬起来，走了。

第二天午后，小朱快下班的时候，接到了602打来的电话，他按602的要求，下班后直接去了她家里。602已经放好了洗澡水，她牵着局促不安的小朱，走进卫生间，几下除去自己身上的衣服，并且替小朱脱掉衣服，拉着小朱一起走进了浴缸。在602缠绵的抚摸之下，小朱这回有了感觉，602就急不可待地给自己，也给小朱擦了几下身上的水，高兴地拉着小朱走进了卧室。可是一到床上，小朱又不行了。602把小朱抚弄了好长时间，也没有达到目的，最后，满含怨气地冲小朱道，你咋这么笨，给你把路都引到这份上了，你……你咋还上不了路啊……

小朱又以失败而告终。

五

接下来的日子，小朱的心情一直不好，还和关系一直不错的小乔为交接班的事吵了一架，他准备着还要和那个破班长吵一架的，可破班长最近一直没有找他的茬，他就没有机会吵这个架。但他总憋着这个火。他不再主动给602打电话，他也怕她给他打电话，幸好，有一个多星期了，602也没有给他打电话，像把他忘了似的。小朱的心里正在失落的时候，柳眉儿却给他打来了电话，叫他一定要过去一趟，她有很重要的话要对他说。小朱请了个假，骑着车子去找柳眉儿。

SARS传染的高峰期已经过去了，学生都陆续开了课，公寓这边管的也不太严了，小朱很顺利地到了柳眉儿的住处，柳眉儿急不可耐地扑进小朱的怀里，把他推倒在床上。

小朱心里却一直担忧着，自己恐怕会叫柳眉儿失望，可事情却出乎他的意料，他很顺利地进入了柳眉儿的身体，使柳眉儿兴奋地差点叫出声来。小朱感到非常惊奇，为什么和柳眉儿在一起，他又行了呢？事毕，小朱搂抱着像猫一样的柳眉儿，心里却结起了一个疙瘩，为什么和602在一起，自己就没有用呢？

小朱还是愿意和柳眉儿在一起，至少和柳眉儿在一起时，他是个真正勇猛的男人。

但是第二天，小朱就接到了602打来的电话。小朱本不想再去602家的，可是奇怪的是，他的心里却又舍不下602，他的脚不由自主地就迈到了602的门前。

小朱一进门就被602像猛虎一样扑倒在了地板上，而不是到卧室的床

温亚军中短篇小说选

上去，602疯了似的在小朱的身上动作了起来，小朱感觉到了自己的坚挺，他毫不费劲地就进入了602的身体，602的大呼小叫更使小朱前所未有地勇猛起来，602抱着小朱喘息着说，猪娃子，看来，你这种人就适合在地……地上，才能成事……

小朱没有把602的这句话当一回事，反正，他成功了。过后，小朱怎么也想不通自己和602怎么一下子就又行了呢，这次的顺利让小朱从以前的沮丧中一下子解脱了出来。一想到602女人在他的身子下疯狂的样子，他的心里就有了一种征服感。

日子过得平平淡淡，但是因为有了和602在一起的经历，小朱觉得这日子开始有一点滋味了。但没等他细细品味这滋味，就发现世界又变了回去，SARS疫情得到了控制，人们又回到了以前的生活状态。那天小朱正在上班，他还想着今天602会不会给他打电话来，忽然就看到了秃顶男人。

秃顶男人神采飞扬，他的胳膊被602室的女人跨着，他们亲密无间地向大门口走来。

小朱的心里忽悠了一下，冒出了酸水来。但小朱的心里还存在着一份自信，602对他是心存一丝感情的，她和秃顶男人在一起是装给别人看的。

602女人像以前一样高傲地走了过来。小朱站在值班室门口，紧盯着她，他想她总会看一眼他的，看一眼他心里也舒服啊。

但是602女人一直目不斜视，根本像是没有看到小朱似的，倒是秃顶男人，轻淡地冲着小朱这面点了点头。女人和秃顶男人从小朱面前走了过去。小朱闻到了从女人身上散发出来的淡淡的体香，但那体香，对他来说，是陌生的，是存在着距离的。

六

又过了一段日子，602在小朱的生活里已经淡了，SARS的阴影也烟消云散了，日子恢复了正常，人们早已开始了新的生活。小朱和柳眉儿也在一个小区里寻好了一个能开小店的房子，房子倒也不大，六、七平方米的样子，但他们却很高兴，终于可以在一起了，一起开店，一起居住，一起过他们向往的生活。

小朱已经收拾好了他所有的东西，只等着到了月底拿到工资，他就要离开了。在离开之前，小朱还像原来一样值着班。

　　这天，小朱快要下班时，他却接到了 602 的电话。602 的声音很轻，像一片浮在空中的柳絮似的。602 说她已经叫了麦当劳外卖，外卖到了叫小朱给她送上去……

　　小朱听着 602 的声音，沉默了一下，才对着电话里说，太太，SARS 疫情已经稳定了，只要进入的人经过我们的体温检查，没问题都可以进去。送外卖的人如果没有问题，他可以直接给你送到家里去的。

（刊发于《北大荒文化》2004 年第 4 期）

丙家父女

　　秋姑妈从小就是个爱管事的主，这都是她娘去世早的缘故。秋姑妈十三岁那年，她娘得怪病突然死了。女主人就是一个家庭的主心骨，秋姑妈的娘一死，这个家就塌了半边似的，屋里屋外像少了什么，显得空空荡荡、冷冷清清的。秋姑妈的爹，小孩子都叫他丙爷爷，他只是辈分高点，一点都不老，老婆去世时，他才四十出头，身体粗壮结实，平时粗心惯了，对家里的活少有插手，总以为那应该是女人的活，跟他这个大男人没有什么关系的。这老婆一去世，忽然间就不知所措了，理不了家务，连顿普通的饭菜都做不了。秋姑妈兄妹三个，她是老二，上面一个哥，下面一个弟弟，只有她一个是女的，好像女人天生就是做家务的，由得由不得，家里琐碎的家务自然而然地就落到了她的肩上。穷人的孩子早当家，秋姑妈也算是临危受命，心里是存了一份很重的责任，自然很快就进入了角色，操持起这个家来，把四口人的日常生活打理得还挺像回事，让这个消沉的家重又恢复了一些生气，赢得了不少人的赞誉，都说这个闺女懂事，将来是个持家的好手，谁要是娶了她，绝对是个贤惠的好媳妇。

　　就这样，秋姑妈在日常忙忙碌碌的操劳中，长成了一个水灵灵的大姑娘，要模样有模样，要主见有主见，但她的婚事却一点都不顺心，经历了不少挫折。这年，媒人给她说了一门亲事，小伙子叫姜上青，在宁夏当兵，想趁在部队还没有复员的机会，找个勤劳能干的媳妇，就托媒人拿着小伙子的照片来给秋姑妈提亲。丙爷爷一听是军人，再看到照片上的小伙子穿着军装的样子精干又神气，想着部队教育出来的人肯定可靠，就满口答应了。可秋姑妈却不这么轻率，她把照片反复看着，虽说从照片上看，她心里是有些愿意的，但她还是提出要见了本人再说。婚姻大事马虎不得，秋姑妈的这个要求也不过分，媒人就传话给男方家里，等姜上青探家回来时再说。

姜上青很快就请假回来，到秋姑妈家里来相亲了。姜上青人长得还算周正，就是眼睛小点，看人时总不知道他的眼神究竟是落在了哪儿。但穿着一身整齐的军装，看着也还是蛮威风的。姜上青一进秋姑妈家的门，见了谁进来，都"刷"地一下站起来，打个立正，敬个严肃的军礼，把村子里来看热闹的大人小孩都唬得连个大气都不敢出，呆呆地望着他，眼神里充满了敬畏。丙爷爷看着心里喜欢，他叫来了几个长辈，是来帮秋姑妈相人的，他们坐在屋子里抽着烟喝着茶，本来是要细细摸一下姜上青的底细的，接受了姜上青的军礼后，他们变得拘谨了，拿眼瞄着姜上青那一身翠绿的军装，一下子不知怎么开口了。倒是姜上青出去当了几年兵，在部队练就了演讲一般的口才，一番高谈阔论，把几个没有见过世面的老头听得一惊一乍的，除了耳朵和眼睛忙着，根本插不上嘴，只在心里感叹这小伙子将来肯定有出息，秋姑妈找上他，是她的福分。

姜上青一进门，秋姑妈就忙着烧茶做饭，还没有顾得上多看小伙子几眼。直到吃完晚饭，天快黑了，姜上青要走时，媒人才提出应该叫人家两个年轻人说说话，沟通沟通。丙爷爷这才想起他们自顾自地说了大半天，主角却还没有和小伙子说上一句话呢，就赶紧叫秋姑妈出去送送姜上青，顺便说几句话。秋姑妈送姜上青出门，刚出村子，姜上青就对秋姑妈说，等他将来混出名堂了，就把她接到城里去，叫她永远脱离农村。秋姑妈却很冷静，心想，八字还没见一撇呢，现在都没有说成什么事，就说将来，看来这个人沉不住气。果然，姜上青见秋姑妈没有吭气，以为她不相信自己的话，就急切地一把抓住秋姑妈的手说，怎么？你不信我的话呀？

感受着姜上青手上的湿热，秋姑妈脸红了，好在已经降临的暮色掩盖了她的羞怯，她轻轻地甩开他的手，说，我可没有这么说。

姜上青这才高兴了，说，你相信我就对了，实话告诉你吧，我本来就不是咱们这地方的人，我父母是北京来的插队知青，他们生下我后，就把我交给了现在的父母抚养，我的亲生父母返回北京后，还经常给我寄钱来呢。我一当兵，他们就给我来信说了，如果我在部队混不出啥名堂，就等我复员后，让我去北京，他们已经给我安排好工作了，到那时，我就是北京人了……

秋姑妈却警惕地问道，那你为啥不在北京找一个对象呢？

姜上青轻轻地笑道，我就知道你会这么问。我的亲生父母也有这个想法，可我却不想找北京的，听说北京城里的女人可厉害了，动不动就骂人，还啥也不会干，都是男人做饭洗衣服侍候女人。我才不要这样的女人呢，再说，我在咱们这生活了十几年，吃惯了咱们这儿的饭食，到了北京谁给我做呀？想来想去，还是觉得咱们这里的女人好，样样能干，又贤惠漂亮……就像你……

说着，姜上青又抓住了秋姑妈的手，还没等秋姑妈来得及摔开，他稍一用劲，就把不及提防的秋姑妈拉进了自己的怀里，紧紧地搂抱住了。

秋姑妈挣扎着往四周看了一下，冬天的暮色里除了寒冷的风在四处游荡外，不见一个人影，她就不挣扎了，涨红着脸扭过头看着别处，任凭姜上青搂抱着她。姜上青见秋姑妈顺从了，便腾出一只手来在她的身上迫不及待地乱摸了起来，边摸还边陶醉地说，看来我找上你，算是找对了，你就是我需要的那种女人。

秋姑妈一阵晕眩，干渴的少女之心一下子膨胀了，幸福地闭上了眼睛。但她还是抓住了姜上青放任的手，拒绝了他在她身上更进一步的探索。

姜上青用嘴拱着秋姑妈的脸，轻声说道，难道你还不信我吗？我是真的很喜欢你！

秋姑妈躲避着他的嘴，喃喃道，不，不是……我……你……

秋姑妈语无伦次地说着，身子却软绵绵的，这无疑给了姜上青一个信息，他不管不顾地又把手伸进了秋姑妈的衣服里面，他触摸到了一团柔软的、滚烫的、活蹦乱跳的东西，这使得他的全身一振，浑身的血液都像是燃着了一般。

秋姑妈身子僵硬了一下，突然回过神来，使出浑身的力气猛地一推，就推开了姜上青，转身跑走了。跑了几步，秋姑妈觉得这样不好，这样断然地推开人家，会让他以为自己是对他这个人不情不愿了，若是这样，可不就让人家断了这个心思了么？再说了，她是来送人家的，自己先走了，岂不是有失礼貌？秋姑妈这样乱七八糟地想着，给自己好歹找了些理由，就又站住，回过身来一看，姜上青像个树桩似的黑乎乎地竖在那里。她的心里动了一下，差点就要走回去，扑到那个黑影的怀里，但她还是忍住了，对姜上青说，你，快回去吧，天太晚了，你家里的人会担心的。

姜上青没有说话，也没有动。秋姑妈心软了，向他走近了两步，颤着声说，你还是回吧，过几天，咱们再见面。

姜上青这才说了句，那我再来看你。这才转身，慌忙走了。

秋姑妈看着姜上青远去的黑影，如释重负地长出了一口气，但脸上的滚烫却没有一点要褪却的意思，她怕黑暗看清她的脸似的，低着头慢慢地回家了。

秋姑妈恋爱了，她才知道恋爱竟是很煎熬人的，晚上躺在床上盼着天亮，天亮了又盼晚上的来临，整天都魂不守舍的样子。丙爷爷因为已经看上姜上青了，对女儿说话时，故意用上了"你女婿"这样的字眼，把秋姑妈羞得满脸通红，嘴上不接父亲的话茬，心里却甜蜜蜜的，一遍又一遍地回味着姜上青说过的话，做过的事，满心地盼着他来看她。

如果，不是姜上青突然捎话过来，说他接到了部队要他赶回去执行任务的电报，秋姑妈不去他家里送他，他们的事可能就成了。可是，秋姑妈去了姜上青家里一次，就看出了姜上青这个人有问题。因为她看到了姜上青的另外两个弟弟，他们的脸长得和姜上青简直一模一样，尤其是那对眼神落不到实处的小眼睛，要多像就有多像。当时，秋姑妈多长了个心眼，为了证实一下，趁没人的时候，她还问了姜上青，他的这两个弟弟是不是也是北京的知青生的。姜上青不以为然地说，这怎么可能呢，他们是我的养父养母生的，与他没有一点血缘关系。秋姑妈就说，那他们咋长得和你这么像呢？姜上青大概没想到秋姑妈会问这样的问题，愣了一下，嘴里支吾了半天，才含含糊糊地说，可能是在一起生活时间长了，感情密切了，就会变得像了吧，夫妻之间不就有生活时间长了有夫妻相这种说法嘛，兄弟之间大概也是这样的。秋姑妈一听这样牵强的说法，心里咯噔了一下，一下子就明白眼前的这个人嘴上没毛，一点都不可靠。送走姜上青后，她从别人那里打听了一下他的出身，倒是没有一个人听说过姜上青是当年知青生的这一说法。

姜上青把牛吹大了，秋姑妈对他有了看法，她并没有希望他有个好出身，或者他将来能混出个人模狗样，自己跟上沾光的想法，她又不是啥金枝玉叶，只求嫁个本分的人家，平平静静踏踏实实地过一辈子。如果说姜上青真的是喜欢她，但他却用这种方式欺骗她，完全没有必要嘛。她容忍不了这种欺骗，就不理会姜上青的来信，还打发走了姜上青家里来的人。并且，她提出了不再和姜上青交往了。

丙爷爷对女儿的不可理喻恼火透了，他认为姜上青这个小伙子是很不错的，年轻人吹几句牛皮，说一些给自己撑面子的话，满足一下虚荣心，没有啥了不起嘛。但是秋姑妈坚决拒绝这门亲事，丙爷爷拿出家长的派头，也没有使秋姑妈低头，弄得丙爷爷很没面子，又拿女儿没有办法，只好甩手不管了，声称今后再也不管女儿的事了。为此，丙爷爷和秋姑妈怄气，这一怄就是四年。四年中，秋姑妈心里也动荡过，是不是自己错过了一次机会，姜上青除过牛吹得没有边际外，可能没有别的让人无法忍受的毛病。后来，就听说姜上青又在邻村找了个对象，女的她认识，不论是从长相还是家里家外的活路上，根本没法跟她比，她心里觉得硌得慌。又过了一年半载，突然又传来消息说，姜上青在部队提干了，听说他的那个对象整天嘴里哼着小戏，在人面前憧憬将来随军进城的事呢。这个消息还没有进一步确证，丙爷爷就像吃了青柿子似的，脸上又涩又苦，整天指东骂西，动不动就摔碟子砸碗的，给秋姑妈脸色看。一家人在一个屋檐下出出进进，秋姑妈本来心里就不舒服，更受不了丙爷爷这样对她，便把自己匆匆嫁给了村里的小学民办教师杜志民了。

杜志民家徒四壁，炕上还躺着一个病老娘，别说有人上门提亲了，那些媒人躲都躲不及呢。秋姑妈却主动提出要嫁给杜志民，她是和丙爷爷赌气，故意做给他看的。丙爷爷没想到秋姑妈会拿一生来和他赌气，气得与女儿大吵了一顿。秋姑妈声称再也不踏进娘家的门，丙爷爷气得那阵子气都喘不匀了，后来去医院检查，说是患上了哮喘，从此，他的气就没有顺过。

直到四年后，姜上青蹬掉了这个农村的对象，找了一个城里媳妇，秋姑妈心里这才安稳了一些，当初看穿了姜上青这个人，拒绝了他，看来她的选择还是对的。可是眼下，她匆忙嫁给了杜志民，看来却还真是个错误。

这个家就像缺了耳朵的破罐子，根本提不起来。秋姑妈不怕穷，也不怕苦，她有一双勤劳的手，更有一颗有主见的心，可嫁到了杜志民家，真正生活起来，她才发现她的这些优点在这个家似乎都没有用。杜志民的心事根本不在过日子上，他整天就知道抱本书看来看去，像个晒蔫的黄瓜，一点火性都没有，还有，他妈半个身子瘫痪了，脾气却没有瘫，动不动就发脾气，以前只对儿子一个人发，现在秋姑妈嫁过来了，就放过了儿子，把不顺的气都冲着了秋姑妈，好像秋姑妈嫁过来就是为了让她撒气的。秋姑妈经常被骂得狗血喷头，可她的丈夫除了讪讪地看着她，却连个安慰的话都不会说，她只有一个人默默流泪的份。只有这时候，秋姑妈心里才后悔死了，当初不应该和丙爷爷赌这么大气，把自己一生的幸福都当成了赌本赌了进去，结果弄得血本无归。过了两年，秋姑妈生了个儿子，儿子身子弱，动不动就生病，看病得花钱，杜志民是民办教师，他那点工资根本靠不住，从庄稼地里又出不来几个钱，秋姑妈就常去找她哥借钱给孩子看病。时间一长，哥嫂看她是个无底洞，填进去了能不能收回成本都不知道，便不肯再给她借钱了。有时见到秋姑妈抱着生病的孩子，哭得跟泪人似的，丙爷爷于心不忍，有心想给女儿贴补点医药费，想着女儿以前给他赌的气，拉不下面子，就偷偷地叫小儿子送些钱过去。秋姑妈的这些苦衷，没有人可以诉说，她不像别的女人，受了什么委屈可以回娘家去哭诉，她不能，她只能一个人默默地忍受。

人的命运是千变万化的，怹是谁也无法看出一个人不同时期的不同命运。像蔫黄瓜似的杜志民，没有人会觉着他能出息，可就像石头里蹦出来的孙悟空一样让人不可思议的是，他却出息了。先是考上了公办教师，拿上了固定的工资。过了两年，他又赶上了新政策，他的知识和文化让他成了第三梯队的人，他告别了教师队伍，进入了政界，一跃成为乡上的副乡长，分管文教卫生。秋姑妈做梦都没有想到，自己的命运会发生这样天翻地覆的变化，一夜之间她居然就成了让人眼羡的乡长夫人。她牵着爱生病的儿子，再去乡医院的时候，面对的就不再是冷漠的医生漫不经心开出的药方了，连院长都惊动了，院长亲自披挂上阵，给主管副乡长的儿子做了精心的、细致的全面检查，查出孩子其实并没有什么大毛病，只是内湿气虚，用中药调理一下就可以痊愈了。但即使如此，院长也没有轻易给副乡

温亚军中短篇小说选

长的儿子开药诊治，而是叫来了车，亲自送到了县城医院，一直陪护着把孩子的病治疗彻底，才算完事。

秋姑妈从儿子治病这件事上，才真正感受到，属于自己的好日子终于开始了，从此以后，那段苦难的甚至是有些屈辱的日子是不会再有的了。她看上去很平静，一点声色也没有，就好像这所有的一切，其实她早已料定了似的。而她内心里却是波涛汹涌，惊涛拍浪，许久都无法平静。她胜利了，不论是和她父亲之间，还是与命运的争斗，最后的胜利都是属于她。隔了这么多年，她终于以一个胜利者的身份，回了一次娘家。一进家门，她主动地却是故意高声大气地叫了父亲一声"爹"，那一份亲近好似她和她父亲一直就是这么亲热，他们之间从来都没有过隔阂，没有过芥蒂。事实上也算是给了父亲一个台阶。

丙爷爷想好了是要和闺女和好的。闺女终于等来好日子了，他心里也高兴，毕竟是自己的闺女啊，她现在生活好了，他能有什么理由不为她高兴？可他听到闺女那亲热的叫声，心里却不舒服，有必要这么高声大气吗？这是给做父亲的脚下垫石头吗？咋听着像是扔过来的一块石头，有点你爱踩不踩的意思。丙爷爷心里咯噔了一下，知道了闺女这是以表面的让步来炫耀她当初与他对抗的胜利。想到了这个，丙爷爷满心都是不舒服了，也不掩饰一脸的不高兴，顺手拉过外孙，话里有话地对外孙说，乖孙子，你这下可要过好日子了，爷爷以前对你不好，是爷爷无能啊。其实爷爷又何尝不希望你们生活得好呢。

秋姑妈听着丙爷爷的这句话，心里头那横亘了许久的坚硬的东西一下子就变得柔软了，她的眼泪猛地就涌出来了。她扶着门框，呜呜地痛哭了起来，是啊，不管她和父亲之间曾经发生过什么，但父亲那一颗希望儿女幸福的心却是什么也改变不了的。丙爷爷一句劝说的话都没有说。秋姑妈就在痛哭之中在心里原谅了父亲。

现在不同于以前，秋姑妈说话做事的方式也不同于以前了。人总会变的嘛，何况是她的境遇越变越好，她再也不需要躲躲闪闪地看别人的脸色了。杜志民当了两年副乡长，就当上了正乡长，再到乡党委书记，一点也看不出来他当初那蔫不拉几的样子了，他已经成了一个能说会道的领导，而且还有了脾气，动不动就发火，弄得很多人都怕他。不过，他不敢对秋姑妈发火。秋姑妈的脾气一直就比她丈夫大，即使她丈夫现在是乡里的书记。秋姑妈爱管事，病瘫的婆婆去世前，杜乡长给自己的母亲找了个保姆，秋姑妈在保姆面前练会了管事和管人。后来，婆婆去世，保姆辞退了，秋姑妈的乡长丈夫整天在乡里忙碌，家里就她和儿子两个人，儿子一去了学校，她就没有人和事可管了，可是她那种要管点事的心却是闲不住的，慢慢地，她就把心思又用在了娘家这边。

过上一阵子，秋姑妈就会回娘家一次，来看望已近垂暮之年的丙爷爷，顺便把家里的大大小小事情安排一下。秋姑妈现在是乡党委书记的老婆，这样的身份给秋姑妈极大的自信。何况，秋姑妈在她母亲去世以后，就独自料理着家务，现在这样的身份使她相信她在这个家里的地位和作用。她给自己的兄弟和媳妇们定了不少协议，这些协议其实都是为了丙爷爷好，但是这些协议并没有使丙爷爷和整个家庭关系融洽起来，反尔，使全家人的关系变得异常紧张，像个单位似的。时间一长，丙爷爷就有了想法，一点都不喜欢秋姑妈来看他了。秋姑妈每来一次，这个家就得闹一次别扭，就像地震过一样，什么都变得乱七八糟的，因为秋姑妈看什么都不顺眼，嫌兄弟和媳妇们没有把老父亲照顾好，埋怨这个埋怨那个，弄得大家对她都很反感。自家兄弟还好说点，可媳妇们就嫌秋姑妈多事了，尤其是和丙爷爷一个锅里搅稀稠的三媳妇，认为这个乡长夫人除了自以为是以外，并没有给她带来啥好处，每次一来，只会说三道四，本来对公公她也是尽了心的，可偏偏总是落不下个好，被埋怨得一无是处，心里有气，她就没有好脸色给秋姑妈看。秋姑妈是个聪明人，把三媳妇对她的脸色看在眼里，火气却冲着三弟猛发一通，一副不和三媳妇一般见识的样子。三弟在秋姑妈面前像个小学生，低着头挨秋姑妈的训，别说顶撞秋姑妈了，大气都不敢喘。三弟是秋姑妈拉扯大的，连媳妇都是秋姑妈给拾掇的，他不敢顶撞这个母亲一样的姐姐，可这口窝囊气还是要出的，只有夜里在炕上揪住自己媳妇揍上一顿发泄发泄。三媳妇挨了揍，一点都不长记性，下次秋姑妈来了，照样给秋姑妈脸色看。有一次，秋姑妈真来气了，当着全家人的面说，老丙家如今可是有头有脸的人家，绝不容许一个没有修养的媳妇败坏老丙家的名声。秋姑妈说这句话时，根本不顾丙爷爷埋怨她的目光，她只盯着三弟，把三弟盯得浑身痒了起来，冲过去照着媳妇的脸上就甩了一巴掌，骂了句，就你那能耐，不是秋姐，你还能嫁到我丙家来过日子？滚一边去。三媳妇挨了打，当着大家的面哭了起来。秋姑妈一看，气更大了，对三弟说，老三，你咋连个女人都调教不顺当，白养活你了，知道你这么窝囊，当初还不如把你喂了狼呢，省得现在给我找气受！三弟被秋姑妈又呛了一下，气得上去又要打哭着的媳妇。这时，丙爷爷再也忍不住了，他把颤巍巍的手猛地拍在了桌子上，大吼了一句，你们要闹，到外面闹去，我还没死呢。三弟就讪讪地收回了已高高举起的手，飘忽的眼神一会落在父的脸上，一会儿又落在秋姑妈的脸上。三媳妇也不敢再哭了，抹着眼泪躲到一边去了。秋姑妈见丙爷爷生气了，就赔上笑脸对老父亲说，爹，您老生的哪门子气啊，这样没有教养的媳妇，对我都这样，要是背着我，对您这个老祖宗还不知道会咋样呢……

丙爷爷瞪了秋姑妈一眼，气恨恨地说，三媳妇对我咋样，我心里有底。我能吃饱睡好，求个平平静静。我是活一天少一天的人了，给他们添嫌已是难为他们了，偏你还有那么多的事，给他们定那么多的规矩。你看你回来一次把安安静静的家都搅成啥样子了？怨这个说那个，弄得鬼哭狼嚎、鸡飞狗跳的，我哪里还能安安稳稳？你走了后好几天大家都不对劲，我都不知道，你这是让我好啊还是非把我整个寿终正寝？

秋姑妈脸色一变，她没想到自己这样一心一意地想要大家待丙爷爷好，丙爷爷反倒责怪起她来了。她脸上挂不住，讪讪地笑了笑，对丙爷爷说，你咋这样说呢？我们这样闹，还不都是为了您老过得舒心？你看老三这个窝囊劲，连个女人都调教不好，咋能把你侍候好呢。不把您侍候好，我也不安心呀。

哼，你一口一个为了我，我看是为了你的虚荣才对。你不要仗着你是乡长的老婆，凡事别人都得听你的摆布。你要是真为我着想，要我安心多活上几天，就别再瞎闹了。丙爷爷耷拉着脸说，秋姑，你也老大不小，儿子都快成小伙子了，咱这家里也没啥大事，你就不用整天挂着这边操心了。你还是好好忙乎你自己的家吧，今后要是没啥事，就少回来点。

秋姑妈好心没有得到好报，气得脸红耳赤地跺了跺脚，甩上门走了。秋姑妈走得灰溜溜的，连三媳妇都觉得很难为情，站在角落里转着眼睛看着公公和丈夫，大半天没敢吭声。三弟愣了片刻，还是追出了门去送秋姑妈，不一会就又冷着脸回来了。三媳妇更不敢说话，提心吊胆的到厨房里去做饭了。

秋姑妈这回真生气了，这一走，半年多没有回来，连过年时都是秋姑父一个人来给丙爷爷拜的年。又过了大半年，秋姑妈忍不住还是回来了，她可能是忘记了一年前的教训，依然喋喋不休，看啥都不顺眼，和三媳妇过不去，一个劲地训斥三弟，三弟忍到晚上再收拾媳妇。媳妇挨了打，没地方出气，做饭时就故意把盆碗摔得乱响，时不时地还给丙爷爷脸色看。丙爷爷不好说儿媳妇，他也知道秋姑妈是狗改不了吃屎，本性难移了，也不再发火了，只是再看到秋姑妈，就像看到一团空气似的，空气愿意在身边就在身边好了，他该干啥还干啥。后来竟发展到和秋姑妈不说一句话的地步，不论秋姑妈说啥，他都不作应答，哪怕是坐在太阳底下看着不知哪个地方发愣。

但秋姑妈一点都不觉得难为情，隔上一阵，就回来敲打一下自己的兄弟和媳妇，好像这个家没有她敲打，就会蹋了似的。

丙爷爷拿秋姑妈没法，也不愿再看儿媳妇的脸色，于一天早上，他像往常似的，倒背着手，慢悠悠地走出了家门，但他这次走得没有目的，也就没有个结果……

（刊发于《大家》2009 年第 1 期，有改动）

小锅饭

　　女知青魏玲当上大队小学教师后，我开始把她叫姑姑了。这是父亲让我叫的，父亲说他已经把魏玲认成了干妹子，我理所当然得叫她姑姑。这学期开学时，我就不用去学校财务室门口排大半天队交学费，这一切魏玲姑姑都给我办好了，她连新书都给我提前领了出来，并且用旧画报包上了封皮，把同学们羡慕得涎水都流了下来。有个当老师的姑姑真好，我从心里感叹道。我以前从没有享受过这种待遇，虽然父亲是塔尔拉大队的支部副书记、大队长，在塔尔拉算是真正的高干了，可做高干的父亲最反对搞特殊化，我们一家人不但没有沾上父亲的一点光，而且在什么事情上都得做出高姿态来，弄得我在学校一点高干子女的优势都没有，相反还得夹着尾巴做人，倒不如那些个父亲什么都不是的同学了。这下好了，我有了一个当老师的姑姑，有姑姑给我撑腰，以后看谁还敢不拿我当高干子弟看待。

　　我的底气足了，可学习一点都不见长，这是我以前最发愁的事了，学习不好考试成绩上不去，父亲的巴掌都摩擦得亮亮的等着我呢。现在，我就不用发愁了，有魏玲姑姑在，我的考试从单元测验，到期中期末成绩都上了新台阶，出现了前所未有的上升趋势。这都得感谢魏玲姑姑，每到考试前，她都要给我辅导一下功课。别人都不知道，魏玲姑姑不愧是当老师的，她真有本事，每次辅导的课程都与考试题有关，到考试时，我做起试题来比以前得心应手多了。父亲看到我成绩单上的数字上升幅度这么大，便对我有了笑脸，这叫我很得意。要知道，父亲除过对大队支书和公社领导会有笑脸外，对其他人（包括我妈在内）从来就没有个好脸色，他严肃得挺吓人的。我妈说父亲是大队的干部，不这样严肃就没有了官威，也就镇不住别人。事实也确是这样，父亲在群众中威信很高，谁见了他都毕恭毕敬，连魏玲姑姑都不例外。我都见过几次了，考试前，魏玲姑姑到我家里来给我辅导功课时，一见父亲回来，就赶紧站起来叫李书记。父亲却很严肃地挥挥手对姑姑说，都给你说过多少次了，别人叫我书记，你就不要叫了，你得叫我哥才对，是不是？你现在就叫我一声哥吧。魏玲姑姑这时候显得很不好意思，她迅速扫了一眼在场的我，把头低到胸前，轻轻地叫了父亲一声哥。这一声"哥"叫得父亲的脸上春暖花开，他对魏玲姑姑终于露出了我难得一见的笑脸，和蔼地对魏玲姑姑问这问那，叫我听来却都是很弱智的问题，什么天气凉了，得注意多穿衣服别感冒了，吃饭时一定要多吃蔬菜补充维生素什么的，父亲还挺内行地说多吃蔬菜才能保持女人的美丽嘛。在父亲那里，魏玲姑姑不但能享受到公社领导才能享受到的笑脸，而且还能得到父亲的关心和呵护，尽管父亲关心魏玲姑姑的样子，就像对待学龄前儿童，可那是当领导的父亲在关心啊，多不容易。父亲对我这个小学三年级的学生，从来是不屑这么关心的，或者他觉得和魏玲姑姑相比，我才是个成年人。

更叫我不可理喻的是，只要不是开会，父亲平时话很少，可他只要见到魏玲姑姑，就有永远也说不完的话，例行的问候之后，父亲还会严肃起来，从当前国际国内的形势，到抓革命促生产，再到大队支部的建设、规划，一条一条地讲，有板有眼绝不遗漏下一个微小的话题。每当这时，我总发现，就差一个麦克风了，不然，父亲说话的神态、语气、手势，就跟开全大队的社员大会一样。可惜的是只有魏玲姑姑一个虔诚的听众，我是绝对不爱听的，我的心思全在怎样打断父亲，尽快叫魏玲姑姑给我辅导完功课，我就可以出去疯玩一阵。但父亲通常是不容易被打断的，在魏玲姑姑面前，他是一定要把话讲足了，直到要重复第三遍的时候，我才能怯生生地对魏玲姑姑说，姑姑给我补课吧。这时候父亲才停了下来，偏着头冷着脸看我，好久才摆摆头说，算了算了，今天就讲到这里，你们补课吧。

我说了这么多，还没有真正说到魏玲姑姑呢，全大队的人都知道，魏玲姑姑是我们农村生养不出来的，我们那里穷山恶水，长不出她这么水灵的姑娘。也就是说，魏玲姑姑下乡到我们大队，是把美丽带到了我们这里，她有一双水汪汪的大眼睛，看谁谁高兴。当然，谁都想多看她一眼，多看她心里就舒坦。

就拿我们学校刚分来的高老师来说吧，他是地区师范学院音乐系毕业的，响当当领工资的教师，要知道，连我们的校长都还是民办教师呢。这个高老师戴着眼镜，梳个大分头，身上始终穿着四个兜的蓝色干部服，脚上是一双擦得发亮的三接头皮鞋，走起路来把腰板挺得笔直，目不斜视，把谁都没有放在眼里，牛气得很。可他一看到魏玲姑姑，那种走路的架势就端不住了，眼神随即变得不那么正了，他没想到在这么个穷乡僻壤的小学里，竟有这么亮丽动人的佳人。趾高气扬的高老师扶着眼镜多看了魏玲姑姑几眼，他明显地踞下了腰，不再像刚进校门时那么牛气冲天了。

高老师是那种端着公办教师的架子，不屑与那些民办教师为伍的老师，他给我们上音乐课时，也净讲些我们听不懂的这个谱那个曲子，我们都一脸茫然地看着他，他就十分不屑地说我们没有乐感，将来都是跟在牛屁股后面扶犁种地的主。每当这时，高老师都有种恨铁不成钢的惋惜，干脆丢下他的本职工作，不好好教我们唱歌，却给我们历数农村的种种不是。高老师声讨农村的样子很激愤，以至于我们不得不从另外一个方面去理解他的意思，那就是，要让我们认清农村的落后，要我们从心理和意识上和农村划清界线，这也是他为了鞭策我们，为了我们进步的另一种教学方法吧。

高老师对农村人是没有一点好感的，可他唯独对魏玲姑姑另眼相看。按他的说法，魏玲姑姑虽也是民办教师，可她毕竟是从城里来的知青，她的骨子里没有农村人的陋习。在这个土腥、粪臭、人黑、狗瘦的乡村，高老师能碰到魏玲姑姑这样的同事，算是遇到了知音。

高老师有个习惯，动不动就吊嗓子，连唰牙漱口时都会"啊—啊—啊"个不停，我们认为他是在显摆他的与众不同，他越是这样，我们就越不欣赏他。可魏玲姑姑却很欣赏高老师，认为他有音乐细胞，是个音乐天才，很快主动和人家搭腔，一口一个高老师的叫着，说是要拜人家为师，跟他学乐理，学练声，还要学乐器。高老师当然高兴了，这可是求之不得的事呢，他一点都不知道谦让一下，就收下了这个女学生。

从此以后，我们的校园里就响起了两个吊嗓子的声音，一男一女，一粗一细，他们还把学校唯一的那个破风琴弹得鬼哭狼嚎，叫人听着受罪。可谁也拿人家没办法，人家又没有影响工作，该上的课都按时上着，该唱的都唱着，谁也不能阻止人家，风琴本来也就是人弹的，说他们碍着人了却又谁都碍不着，连校长也只好睁一只眼闭一只眼，装作没听见，别人又岂会多事儿。

魏玲姑姑要吊嗓子，还要学各种乐器，她把业余时间大多都花在了这种在我们看来是不务正业的事情上了，最惨的其实还是我，魏玲姑姑不能像以前那样，及时地来我家里给我辅导功课，我的考试成绩明显下降，幸亏父亲对我的成绩不像以前那么关心，否则我可又要吃他的巴掌了。但我还是提心吊胆，心里一点都不踏实，生怕他老人家哪天一时心血来潮，对我又关心起来，那我可不就惨透了！我心里不停地祷告着，希望魏玲姑姑能清醒过来，务一下正业，她既然当了我的姑姑，就得多顾一下我才对。

我把我的这个想法告诉了母亲，母亲连正眼都没看我一下，她看着别处很漠然地说，你还真把这个姑姑当一回事呀，人家要不是看着你父亲手里有权，能把她弄成民办教师，不用下地干农活，才懒得和你扯这个犊呢！

我的心凉了，我承认我父亲有权这个事实，可我并不认为母亲的话就有道理，魏玲姑姑不是母亲说的那种人，她现在只是来辅导我的时候少了，但还是来的，她这时对音乐感兴趣，就像我们对某种事物有了兴趣便恨不得一头扎进去一样，等她和我们对上学一样感到厌烦或者是学会了唱歌后，肯定会收了心的，那时她肯定就会想到我，会顾及我的。我抱着这样的侥幸心理，等待着魏玲姑姑迷途知返，还像以前一样经常来我家里辅导我的功课，哪怕她来听我父亲开会一样的讲话也成啊。

我想得太简单了。魏玲姑姑已经好久没有到我家里来了，有一天，我专门在她的办公室门口等到她，告诉她快期中考试了，要她到家里来辅导我功课。魏玲姑姑嘴里哼着歌抚摸了一下我的头，笑着答应了。可是，一直到期中考试结束，她都没有到我家里来，致使我的这次期中考试成绩糟糕透顶。我心里充满了对魏玲姑姑的不满情绪，回到家里，我诚惶诚恐，生怕父亲问起这次考试成绩。幸亏父亲这段时间顾不上我，他只是问我，怎么好长时间没有见魏玲姑姑来了，叫我抽空去看看，她是不是有什么事，要不咋恁长时间不来家里呢。

我是得去找一下魏玲姑姑了，她上次答应过要辅导我，却没有来，我得问一下她是不是真像母亲说的那样，并没有真正把我当侄子看待，我可是真心实意地把她当成了我的亲姑姑呢。

这天放学后，我拖延了一下时间，等其他同学都走完了，才跑到魏玲姑姑的宿舍里找她。我推开她的门进去一看，高老师也在她那里，两人围着一个电炉子忙乎着在做小锅饭。我们学校有一个教师食堂，伙食好不到哪里去，家在本大队的教师都回家吃饭，平时在食堂吃饭的只剩下魏玲姑姑和高老师几个家不是本地的，他们有时做个小锅饭也很正常。我的突然出现，可能是吓着了高老师了，他的样子非常气愤，站起来狠狠地瞪了我一眼道，你这个学生真不懂礼貌，进老师宿舍连个报告都不打，最次你也得敲个门呀，你叫什么名字，是哪个班的，啊？

见此情景，魏玲姑姑忙站起来，神情慌乱地忙着和我打招呼，虎子，你怎么还没回家啊？

我歪着头看了一眼冲我发火的高老师，得意地叫了魏玲一声姑姑，才说，姑姑，你咋这么久不去给我辅导功课了？

高老师奇怪地看了看我，又看着魏玲姑姑说，他叫你——姑姑，你怎么会有这个……

魏玲姑姑没有回答高老师的问题，却对我说，虎子，姑姑这阵子有点忙没有时间，你先回去吧，过几天我就去给你辅导功课，啊。

又是过几天，魏玲姑姑显然又是在糊弄我呢。可我又不能指责她，只好点了点头，还不屑地看了高老师一眼，才走了。

直到第四单元测验完，一个学期都过去大半了，我也没有等来魏玲姑姑。这下，我真的生气了，因为我的测验成绩非常糟糕，连我自己都觉得有些不堪入目。我怪罪魏玲姑姑没来辅导我，才使我考的这么差，过后，魏玲姑姑竟连一句安慰我的话都没有，我越想越气愤，她说忙没时间，却有时间和高老师在一起做小锅饭，看来她把和高老师在一起做小锅饭看得比给我辅导功课重要得多。一想起魏玲姑姑和高老师在一起亲亲热热做小锅饭的情景，我就来气，凭什么他们俩在一起吃小锅饭？他们又不是夫妻，孤男寡女的，这很不正常。

魏玲姑姑对我的漠视态度，让我心里非常不舒服，我更讨厌她和那个自以为了不得的高老师在一起。为了发泄我对魏玲姑姑的不满，我便把魏玲姑姑和高老师一起吃小锅饭的秘密（我认为这是秘密）告诉了我们班的二柱。

我没有想到，事情后来演变得非常复杂，复杂到我的思维无法想象的地步。在我们学校厕所里面的墙上，有人用粉笔写下了这么一行字：魏玲和高海年在一起吃小锅饭。

我听说了这事，飞跑到厕所去验证了后，把二柱叫到了教室外面。我还没有开口问二柱，他就举着手连连向我保证，不是他干的，他可以向毛主席保证。

我拿着二柱的作业本，和他一起去厕所对了笔迹，经过仔细辨认验证，最后确定不是他干的。可我非要他交代，这个秘密都告诉过谁。二柱躲避着我的目光，支支吾吾地回答不上来。我严厉地给二柱限了一天时间，他必须说出来他都告诉过哪些人，然后才放他走了。

一天时间太长了，在这一天里，发生了好多事情。第三节课刚下，我就被班长叫到音乐办公室去了。高老师在那里正等着我呢，他目露凶光，手指着桌子上的黑板和粉笔，恶狠狠地对我说了一个字：写。

我心里当时很清楚，他要做的其实和我要做的是同一件事，我要二柱的笔迹，他却要我的笔迹，都是为了和厕所里的字迹作对照。我明知道那不是我写的字，可这事毕竟跟我有关，面对高老师凶狠的目光，我浑身紧张得都在颤抖了，手握着粉笔，不知写什么字好，又不敢问，就愣愣地看着黑板发呆。

这时，又进来了几个同学，还有女同学，听说女厕所的墙上也写了那几个字。这样，我虽然是高老师眼里的第一嫌疑人，但因为心里有底，加上又陆陆续续地进来了几个嫌疑人陪着，我紧张的心里才缓解了一些。

你们就给我写厕所里的那几个字。好好写。高老师咬着牙，给我们下达了命令。

我很认真地在黑板上写下了那几个字，高老师第一个拿起我的黑板去厕所做了认真的对照，结果与我无关。可这并不表明，我就脱了干系。晚上一回到家里，父亲早就严阵以待地等着我了，他要我原原本本地把魏玲姑姑和高老师在一起吃小锅饭的事复述给他。我做梦都想不到，这事还传到了我父亲耳朵里，要知道会弄得这么复杂，打死我也不会为了泄心里的不满，向二柱透露那个秘密了。我看着父亲的脸色很难看，知道是隐瞒不过去，就把那天见到的情景讲了一遍。我刚讲完，父亲就一脚把饭桌踢翻了。父亲前阵子已经升为大队正支书了，他的脾气显然也随之升了一级，吓得我和母亲都不敢吭气。

魏玲姑姑到我家里来了，她脸色很不好看，见了我她还勉强地笑了一下，却没有说一个字。我自知理亏，便轻声地叫了声姑姑，就低下了头。她声音很细地答应了我一声，像个小学生似的，怯怯地叫了父亲一声哥，站着就不敢动了。

父亲瞪了魏玲姑姑一眼，恼怒地说，你还知道叫我哥？现在记起来我是你干哥了？

魏玲姑姑用手指捻着辫子，像个做错了事的学生，等候老师的批评。

父亲的语调降了下来说，你看看你，都干了些啥事？全塔尔拉的人都知道了，影响多不好。我知道，这事肯定不怪你，你一个姑娘家，长得又漂亮，肯定是那个姓高的想倒腾点啥事……

我看到魏玲姑姑用眼瞄了瞄我父亲说，我……也想和他在一起做小锅饭……

住嘴！这样的话你都说得出口？你是想替他说话是不是。父亲呼地一下站了起来，他耸耸肩，挑在肩头上的衣服抖动了一下，还在肩上原样挑着。父亲自从当上大队支书后，就开始把外衣挑在肩上了，原来是副支书时他还不敢挑，听母亲说，只有一把手才能把衣服挑在肩上，别的副职之类是不能挑的，上面是有文件规定的。我不知道是不是真的有文件这样规定过，但我看到父亲这样挑着衣服的时候，真的是更加的威风了。

父亲给魏玲姑姑做思想工作时，还说了些什么，我就不知道了，因为父亲把我赶了出来。我就一直候在院子里，听着父亲在屋子里忽高忽低的声音，却听不清他说的是什么话，后来，我就听到了魏玲姑姑的哭声，她一直是嘤嘤的小声哭着。

我在外面替魏玲姑姑难过，我恨自己给她制造了这么大的麻烦，很想冲进去替她向父亲解释、辩解，但我不敢。我烦躁地在院子里走来走去，感觉过了很久、很久，魏玲姑姑才从屋子里出来了，我迎上去叫了声姑姑，她却没有答应，连看都没有看我一眼，就阴着脸跑走了。

后来，我偶尔从父亲那里有一句没一句地听到一些消息，他说高老师在塔尔拉小学一直不安心工作，并且工作能力也不行，除过会唱几句歌、弹几下琴外，语文数学都不会，还像个孔雀似的高傲得不行。父亲以塔尔拉大队支书的名义，给公社管文教的副书记提出，塔尔拉小学坚决不要这种能力不行且不务正业的教师。不久，高老师就被调走了，听说调到条件比较差的大队小学去了。他调过去不到一年，那个大队小学也不要他了，公社给他又换了一个地方，还是不行，后来，没办法安排，因为他是正式工职，只好把他放到公社一点都不重要的岗位——林业办公室，叫他当林业干事。这都是后话了。

在处理高老师的事情上，魏玲姑姑曾求过父亲，但父亲没有答应，还把魏玲姑姑狠狠地批评了一顿。不知是父亲把话说绝了，还是魏玲姑姑和父亲较上劲了，反正，魏玲姑姑再也没到我家里来过。不久，她就不当教师了，又回到第四生产队去干农活了。听说，这是她自己提出辞去教师职务的，父亲说什么都不同意，但她执意要这么做，最后，她自己卷起铺盖搬到四队去了。父亲拿她没有办法，就生气地对我说，今后不允许我再叫魏玲姑姑了，她已经是一个普通社员，与我们家没有一点关系了。

我一点都弄不明白，为什么魏玲姑姑成了普通社员，就不能成为我的姑姑了！

补记：后来，政策变了，知青社员魏玲返回了喀什城里，她被分配到市油脂化工厂工作，由于她长相出众，不久就嫁给了车间的团支部书记。她的团支部书记丈夫很聪明，一心想谋上车间主任的位置，便干起了投机钻营的勾当，聪明反被聪明误，最后不但没当上车间主任，连团支部书记都给撸了，伤了元气后，他从此一蹶不振，破罐子破摔，还沾染上了赌博，与魏玲的关系也越来越紧张。后来，那个厂子也不行了，两口子都下了岗，日子过得很艰难，两口子经常打打闹闹，但没有听到他们离婚的消息。

至于高老师高海年，他和我父亲还有点来往。他在公社（后来改成了乡）的林业办公室当了几年的干事，后来赶上了乡镇班子要补充一批年轻化、知识化的干部，他顺理成章地当上了副乡长。之后又调到另一个镇去当副镇长、镇长，直到县监察局局长。他还记着当年的事，很感谢父亲把他从教师队伍里清理了出去，不然他就不会走上仕途。前些年高局长下来检查工作时，碰上父亲，还会说些感谢的话呢。只是，这几年听父亲说，高海年当久了监察局局长，有官架子了，见人握个手，伸给你的是左手。我问父亲，他的右手是不是有问题，不太灵便了。父亲说，哪里呀，他的右手好着呢，是专门留给领导握的。

（刊发于《星火》2006年第10期）

谁说我有病

上 篇

　　整座城市覆盖在大雪之中，马路上的积雪被车轮碾轧成一道道凌乱的雪坎，豪华"林肯"走在上面，却感觉不到一点颠簸。从上车那一刻，麦医生就感觉到，像走进了一间舒适的房间，柔软的坐垫、宽畅的空间，根本不像在一个轿车里。如果不是看到窗外的楼房、车辆、道路，还有行色匆匆的行人，都是一闪而过，麦医生不相信车已行走在路上，听不到一丝嘈杂，感觉不到一点慌乱，闻不到诊所的药味，简直妙不可言。

　　麦医生头靠在软垫上，微闭双目，享受了一阵恬静的舒适，不由在心里骂了一句：这就叫活着。

　　从接到那个不愿告诉他姓名的电话开始，麦医生就觉着这次出诊不同于一般，自从麦医生从市医院出来，自己开诊所后，这样请他上门出诊的机会并不少，可从来没有像今天这般让他出乎意料的。

　　麦医生在电话上问对方，总得告诉我是什么病吧？

　　对方说，你来就知道了。

　　可我得准备一砦药品和器械呀。麦医生用医生的口吻说。

　　不用。对方说，什么都给你准备好了，只要你本人来就行。

　　在什么地方？

　　马上有人去接。你等着吧，十分钟后车就到了。

果然，十分钟后，一辆"林肯"停在麦医生的诊所门口。

车穿过市区，在一个麦医生完全陌生的地方停下。麦医生被引下车，带进一所有院子的两层楼里，他这才明白，这可能就是人们常说的幸福花园的别墅区了，搞得这么神秘，还不就是有钱的人病了，有啥大不了的。

有钱的人就是和没钱的人不一样。麦医生一踏进公寓的门，就有保姆样的人走过来，替他脱下大衣，帮他换上拖鞋，然后把一个手机交到麦医生手里，说是有他的电话。

麦医生狐疑地望了望接他来的大个子男人，那个男人不苟言笑，只是点了点头，从保姆手里接过电话，双手送到麦医生面前。

麦医生把手机放到耳边一听，是那个往他诊所打电话的男中音："到了，麦医生，辛苦你了。"

麦医生"嗯"了一声，他对有钱的人向来很冷淡，虽然他现在也算有些钱人了，自从辞去公职，他的收入突飞猛进，但他对有钱人的派头向来不屑一顾，你再有钱，生了病，还是个病人，有啥了不起的，还得求医生。

"麦医生，你要看的这个病人，有些特别，所以我提前给你讲一声，免得你误会，你就放心治病吧，无论好坏，我都不会亏待你的。"男中音在电话上说道。

"先让我给病人诊断一下再说吧。"麦医生冷冷地说了一句，挂断了电话，请大个子男人带他去看病人。

踩着柔软的红地毯，上到二楼，来到一间宽大的卧室。

病人是一位年轻的少妇，脸皮白净，头发蓬松，有一双特别大的眼睛，静静地望着麦医生。她躺在床上，被子拥到下巴，躺得非常舒服，脸上的表情也很自然，完全没有病人的痛苦，看不出她是一个多么特别的病人。

大个子男人恭敬地走上前，给少妇说："太太，麦医生来了。"

"我没有病！"少妇突然大叫了一声，声音很尖利，震得麦医生的耳膜乱响。

"太太……"

"我有什么病？"少妇瞪着两眼，完全是在生麦医生的气，"我不管你是什么麦医生、郎医生，你们都说我有病，我就有病了？"说完，她"忽"地从床上坐起来，一点也不在乎自己裸露的肩膀，盯着麦医生说，"你说我有什么病？"

　　麦医生静静望着少妇，说了句："只有我诊断了才能确定。"

　　"那就诊断吧。"过了会儿，少妇无奈地叹口气，仰头躺下，从被子里伸出一条雪白的胳膊。

　　麦医生走过去，在床前的凳子上坐下，把右手食指和中指搭在少妇手腕上，把起了脉。脉搏跳动起初有些快，慢慢地就正常了，麦医生明白，她刚才的激动导致开始的脉搏跳速加快了，一旦平静下来，她很正常。

　　麦医生问道："你哪里感到不舒服？"

　　"没有！"

　　"有听诊器吗？"麦医生问一旁的大个子男人。他说声有，出去叫保姆拿来一个听诊器，还有血压计等医疗器械。

　　准备得挺齐全。麦医生在心里说了一句，拿起听诊器挂在耳朵上，将另一端捏住伸进被窝里。少妇只穿了一件薄薄的丝绸睡衣，身上柔软而温热，麦医生的手能感觉到她身上的滑润，虽然隔着一层睡衣，他还是触摸到了少妇细腻的肌肤。

　　麦医生的手抖了一下，还是将听诊器准确地扣在了女人的心脏部位。这对麦医生来说，实在不足为奇，他摸过不知有多少女人，可他从没摸过一个说自己没病的陌生女人。看来她早已习惯让大夫给她看病，从她迎合的胸部上，麦医生感觉到这个女人的些许无奈。

　　心跳正常。

　　麦医生收起听诊器，想说什么，又没说，他看到少妇正用两只大眼睛望着他，目光里是期待得到正确答案的恳求。麦医生的心抽动了一下，慌乱地跳了起来，他把目光移开，想了想，又伸手摸了摸她光洁的额头。他的手在那双大眼睛上停住，挡住了少妇的目光，他的心里才平静下来，他没有多想，随手翻开少妇的眼皮看了看，眼皮里红润光滑，没有斑点或者白质，瞳仁黑亮晶莹，眼角有一丝细微的雾状，只是睡眠过多，并无大碍。

　　少妇一切正常。

　　但麦医生却说："你是不是夜里常做噩梦，睡不踏实，白天又犯困？"

　　少妇脸上一惊："这也是病？"

　　麦医生说："我只是说你的睡眠倒置。"

少妇脸上一喜："那你是说，我根本没有病？"

"是这样。"麦医生说，"从你的脉搏、心脏跳速，和瞳仁来看，你身体机能正常，没有病症。"

少妇从床上一跃而起，被子滑落下来，裸露出她半截雪白的胸脯和粉红色丝绸睡衣，她激动地说："我没有病？!"

"但是，"麦医生说，"你需要调养，睡眠倒置致使你经常失眠，虽无大碍，可影响了你的生物钟正常运转，给你的神经带来紊乱，我得给你开些调养的药物，你吃后慢慢就会正常。"

"你是说我没有其他的病？"少妇显然很激动，声音都在颤抖。

"是的。"麦医生作为一个医生，尤其是自己开了诊所后，查出病人没有病症，也要推销些药品，这是医生的一贯作风，不然怎么叫医生。可麦医生还是个较重医德的大夫，喜欢实话实说，所以他在大医院混不下去。自己开诊所了，慢慢才有所转变，几乎没放过送钱上门的病人，这也是他能够很快发迹的秘诀。

"你是第一个说我没有病的医生。"少妇流出激动的泪水，一双美丽的大眼睛扑闪着，感激地望着麦医生。那种神情像听到自己被误诊为癌症真相大白之后，那种激动之情溢于言表。

麦医生被豪华"林肯"又送回自己的诊所，他给那个少妇开了一大堆补药，交给送他回来的那个大个子男人。

大个子男人一直没吭气，抱着一大抱补药，说了句："你要为你的诊断负责。"

麦医生挣了一笔钱，心情很好，笑了笑，说："她是没什么大病！这个责任我负得起。"

大个子男人意味深长地望了望麦医生，走了。

麦医生望着大个子男人的背影，心想，这些有钱人都叫钱烧得昏了头，有钱没地方花，就怀疑自己有病。

麦医生的诊所设在并不繁华的幸福路口，门面并不大，只有一个普通套间房，外面坐诊，里面放着药柜，还有一个用来输液的木床，他只雇了一个刚从护士学校毕业的自费生小吕，取药打针由小吕一个人忙活。开始小吕似有怨言，麦医生就不断给小吕加薪金，慢慢也就没话说了，和她一起毕业的同学，分到大医院的，谁能拿到每月两千八块钱工资呢？

　　诊所生意很红火，开诊所又不用到门外去拉生意，坐等着别人上门给你送钱。麦医生什么病都看，现在社会上除各种名人太多外，就是病人多了，不说医院里整天排着长队，就是麦医的小小诊所，也常常拥满病人。在这里，不用挂号，不用上楼下楼地划价、交费，看公职医生的脸色，搭配的药又少，病人都愿上小诊所来看病。麦医生的收入颇丰，又治好了不少病人的顽疾，名声也打出去了。刚开张那阵，工商、卫生部门常来检查，说他这里不行，那里不符合规定，把他折腾得够呛。偶尔有一次，工商局的钟副局长来诊所检查，随口说起他的肠胃有毛病，一喝酒就拉肚子，平时酒局又多，他很痛苦，进了不少医院，吃了不少药，都没治好。麦医生一听，看着钟副局长的大肚子说："你这是富贵病，做过 B 超没有？"

　　钟副局长说："做过不下十遍。"

　　"胆囊壁是不是增厚了？"

　　"是，有些医生这么说过，也吃了不少药。"

　　麦医生说："你喝酒拉肚子不在肠胃上，而在胆囊，这个病好治。"

　　"你有办法？"钟副局长眼睛发亮。

　　麦医生说："你回去用醋泡些大蒜，泡一周后再吃，每顿饭都要吃，吃上一个月，保你不再拉肚子。"

　　钟副局长一听，脸上的颜色暗了："我还以为是啥妙方呢。"

　　麦医生说："你试试看，我再给你开些药吃。"他给开了些很普通的利胆片和甲硝唑片，免费给钟副局长。

　　钟副局长没拿麦医生的话当回事，有次给老婆说闲话时说起，他老婆就当真了，立马泡上大蒜，逼钟副局长吃了一个多月，他拉肚子的毛病竟然好了。钟副局长专门来给麦医生说太神了，感谢麦医生治好了他多年的肚子，他现在可以随便吃喝，当场保证以后不再让人找麦医生诊所的麻烦，并且还做起宣传，给卫生局通气，麦医生的诊所减少了检查，一切都符合了规定。

　　麦医生的诊所生意越来越火。行医不像别的，抢不了别人的生意，病人都是自愿上门，没人硬拉他来，他少了不少纷争，钱没少赚，心情也好，他经常想，自己走这条路算是走对了。

自从上次到幸福花园出诊后，麦医生心里有了新的想法，人有钱了，就得享受，不然就白活了。他看到公寓楼的豪华、舒适，想着有一天自己也该做做这个梦了。

梦刚开始，麦医生就遇到了麻烦。

前两天麦医生接待了一个病人，是一个瘦瘦的老头，他说有半年多感觉腹胀，吃不下饭，去了不少大医院，也花了不少钱，并不见好，而且越来越严重。

麦医生问他半年前吃过什么特别的食物，可能是吃伤了，影响到消化系统。

瘦老头想不起来，说他没吃什么特别食物，突然间就成了这样。

麦医生让他好好想想。

瘦老头想半天，支支吾吾地说，记得几年前他吃过刚上市的柿子，一下吃了八个柿子。

麦医生想了想，摸摸他的胃部，说，就是柿子把你吃坏了，柿子性凉，爽口，可你脾胃功能衰竭，不利于消化，积食了，时间一长，柿子被胃液包住，形成了网膜，一直消化不了。

瘦老头问还有没有治？

麦医生说，这很好治。开了些泻药，加了少量芒硝。芒硝可以杀破胃液包层，泻药起了利泻作用。瘦老头回去把药吃了，随即拉出一大摊稀柿子，他的肚子倒不胀了，胃却穿了孔，疼得死去活来，家人找上门来。

麦医生大吃一惊，忙查处方，芒硝只开了两钱，不至于把胃烧穿，问取药的小吕是不是搞错了。小吕一脸惊慌，说是按处方抓的药。麦医生慌了，给人家赔礼道歉，愿给人家掏所有的医疗费。瘦老头的儿子这才消了些气，声称如果治不好老人的胃，就上法院告他。

麦医生诚惶诚恐，胃穿孔不是几天能治好的，又是老人，这次麻烦肯定大了。

出了这种医疗事故，虽没造成人命，卫生局听到消息上门来检查。麦医生倒不怕检查，让卫生局的人查就是了。

偏偏查出麦医生刚进的药品是假的，麦医生目瞪口呆，怎么会是假的呢？

卫生局的人说，他们早就怀疑麦医生的诊所有问题了。

"你们咋能这样说呢？"麦医生很生气。

"最近一直有人举报你的诊所，只是没抓住把柄而已，这下看你还有啥话说。"

麦医生呆若木鸡，没法给自己辩护。诊所被查封了。

这个打击对麦医生太大，冬夜漫漫，难以入眠。麦医生躺在凌乱的床上，口中苦涩，双眼酸胀，太阳穴隐隐作痛，有时连他本人也不明白到底发生了什么。头脑中的一切消失得无影无踪，仅存的是如何度过即将来临的又一天。从来不抽烟的他开始一根接一根地抽烟，什么养生之道、危害健康都成了空洞的词语，他在满是烟雾的房子走来走去，像一头困兽。老婆开始埋怨他想钱想疯了，没有了铁饭碗，现在又砸了自己的锅。他心里更烦乱，他所做的一切不都是为这个了家，为家人过上好日子？现在出事了，老婆不安慰他反而只会埋怨，却不记他开诊所后生活起居发生的巨大变化，家里的电器都换成了最高档的，如果他还一直在那个医院里当医生，这辈子就别指望了。现在，一切又破灭了，他一点思想准备都没有，从来没意识到会有这一天，会落到如此下场。他的人生路程才走了一半，才刚刚有了起色，他的梦想才开始。他就跌倒了，并且跌得很惨。他曾下决心去找过那个工商局的钟副局长，想请求他帮忙，只要不查封诊所，他会从头再来，会弥补一切。钟副局长对他说，全国都在打假，尤其是医疗药品，你就别想了吧，你又出了医疗事故，认倒霉吧。

麦医生绝望忘了，但他想不通，思前想后，把出的两件事联想到他雇的小吕身上，他不信小吕会做出昧良心的事，他待她不薄，她该不会加大芒硝的量，致使瘦老头胃穿孔吧？她一个小丫头肯定不敢。可那批假药是怎么进来的？那几天他被瘦老头一家人搅得心烦意乱，进药时他没在意，和平时没啥区别，是他打电话订的药，小吕取回来的，这里面会有什么差错呢？他想不出头绪来，头脑里没法理清，他连痛恨自己的理由都找不到，他只有一个劲地抽烟，麻木自己的神经。

正当麦医生痛苦不堪时，这天，他接到一个电话。打电话的人声音他曾记起什么时候听过，却一时想不起来。他问对方有什么事。

对方说，这应该问你才对。

"问我？"麦医生奇怪地问，"问我什么？"

"你应该记得半个月前到幸福公寓出过一次诊吧。"

"你是……"

"不用多说,"对方用男中音说道:"你应该再出一次诊。不,不是一次,今后无数次。"

"为什么?"

"因为那个女人有病,你弄错了,说她没病,所以,你才落到今天的下场。"

麦医生握着话筒,说不出话来。

中 篇

安妮脸色苍白,拿着听筒的手像秋风中的枯叶,发出嘶啦嘶啦的抖动声,她觉得周围一切都在旋转,眼前漆黑一片,无情的寒冬将她团团裹住,展现在她眼前的已是漫漫冬夜,黑暗无边。

要不是手里扯着电话线,安妮差点跌倒在地,她扯着话筒,慢慢在沙发上坐下,竭力摆脱这突如其来的信息,但刚才电话里的声音却死死纠缠她,在她的脑子里盘旋:

"安妮,你的时光已经过去了,厄运已经降在你身上,你的丈夫终于做出了新的选择,他已经使一个叫马丽的姑娘怀上了儿子,他要抛弃你。这是对你最好的报应,是你应得的下场!"

这一天终于降临了,来得这么突然,使安妮措手不及,真不知该怎么面对,她没有一点思想准备,被突如其来的事实击得六神无主。

眼前的情景,和三年前吕勇抛弃前妻杨雯艳的情景如出一辙,那个女人怀抱着刚出生的女婴,接受被抛弃的痛苦,也是六神无主,呆坐着发愣,没有抗争的能力。而导致那个女人被抛弃的祸首——安妮,在三年后的今天,也尝到了那种惨痛的滋味。

当年,作为一个胜者,安妮像一个备受折磨而终于得胜的将士,雄赳赳地踏进幸福花园的九号公寓,成了吕勇名正言顺的太太。

可眼下,一个叫马丽的女人将取代她,成为吕勇的新太太,这在一年前,安妮已经预感到了,却没想到来得这么快。

三天后，安妮和丈夫终于有机会面谈一次。这是她坐等了半夜，才等来的机会。

安妮跟着丈夫走进书房，丈夫回过身来，望着她，还笑了笑，说道："咋还没睡？"

"我睡得着吗？"安妮的语气很冲。

吕勇愣了一下，随即又笑了笑，说："刚好，我有话要对你说。"

"不就是说离婚的事吗！"安妮说。

"你怎么了？"吕勇说，"咋这样说话呀？"

"这不就是你要说的话吗？"

"我知道，这一年多来，你对我有怨气，可不能这样说呀。"

安妮紧紧攥起拳头，深深地吸一口气，闭上眼睛，使自己镇静了下来："那你想说什么？"

吕勇说道："我觉得我们应该有个孩子了。"

安妮的眼泪流下来，她何尝不想，结婚三年，她不用出去工作，就整天待在家里做太太，虽然日常生活不用她操心，可她很空虚、无聊。如果有个孩子，就会多份乐趣，也不至于这样荒度日月。可安妮三年来却没有怀上孕，渐渐地，她知道自己缺乏生育能力。这是她最痛苦的。

这会儿，安妮对丈夫说："你可以和别人生一个，我来抚养，我不会计较。"一旦丈夫把话说成这样，安妮想着事情没有那个女人在电话上说得那么坏，也许是那个女人故意中伤她，找她报仇的。她也就宽了心，把话说得大度些。

"看你说的，"丈夫走过来，搂住安妮的肩膀说，"我会找最好的医生给你治病，以前去的那些医院，都是骗人的，这种病，也许一些江湖游医可以治好。我想要我们自己的孩子。"

安妮的眼泪又涌了出来，她被丈夫的话感动了，内心里为自己曾听信别人的谣言痛恨丈夫而自责，她很内疚，竟哭出了声。

丈夫抱着她，在她耳边轻轻地说："我知道，我一年多来冷落了你，陪你的时间少了，可你应该明白，商场的事马虎不得，我还不是为了多赚些钱，为了你，为了这个家。"

安妮点着头，依偎在丈夫怀里，多少委屈都被丈夫温热的胸膛和甜蜜的话语冲淡了。

"今后，我会多抽时间陪你，最少每个星期回家和你吃一顿饭。"丈夫说。

丈夫是搞房地产生意的，虽然只是小打小闹，可也算一个不小的款，他整天在商场上奔波，按现在的情况，每星期能抽时间和她吃一顿饭，算是很难得了。

"太好了。"安妮又沉入梦里一般，迷醉了。

这样过了一月，丈夫竟然有个星期二晚上没回来吃饭，她打手机过去，关着机。安妮没有胃口吃晚饭，一个人呆呆地坐在餐桌前，坐了半夜，想了很多，虽然很伤心，可心里还是为丈夫开脱，他可能有很重要的事要办呢。

这样的事发生了几次，安妮就有了想法，是不是丈夫在应付自己呢？

后来，丈夫就开始请医生上门，来给她看病了。

第一次上门的是一个老中医，姓夏。夏医生一来没有问安妮有什么病，只是仔细地检查。

安妮满怀希望能治好自己的不孕症，可夏医生检查的结果，是她患有先天性心脏病。

"这怎么可能呢？"安妮一脸的不高兴。

夏医生却说："你的心脏搏动伴有二级杂音，这是凭我多年经验判断的，不会错。"

"这不可能。"安妮说，"你来看病，也不问我有什么病，就妄下结论，你到底是不是医生？"

夏医生很不高兴："夫人，你怎么能这样说话呢？真正的医生，不需要问病人，就可以判断病人的病，只有小儿科的医生才问病人哪里有病，如果有病的人知道自己患什么病，还要我们医生干什么？"

安妮无话可说。吃了十几服中药，也不知道她的先天性心脏病是否还有杂音。

第二个医生就上门了。是个姓马的医生，查出安妮有慢性胃炎，又是十几服药汤。

安妮质问过丈大，叫这些医生来看病，到底告诉他们真正的病因没有？丈夫说，医生都是医术高明的人，他们慢慢会查出你的病，不要急。

安妮忍气吞声接受着那些医生的检查。直到有一个牛医生查出她患有神经性损伤分裂症状时，她终于忍不住，大骂那个牛医生一顿，把他轰了出去。

气消后，她静下心想了想，叫医生上门给她治病，是不是丈夫玩的什么把戏呢？一想到这，她的心颤抖了一下，为什么这些医生都不直奔主题，却给查出了不少的病症，除了癌症，别的病种都有了，这是要干什么？从丈夫越来越不重视每周星期二的晚餐，她觉察到了什么，他到底要干什么呢？联想到那个女人给她打的电话，她的心凉了。

安妮开始整夜整夜地失眠了，漫长的冬夜对她来说像在地狱里一样难熬。直到有一次，她质问他到底安的什么心，她和丈大大吵了一顿，从他的语气和愤怒的程度上，她预感到丈夫给她治病是一种阴谋。

实质上，她有什么办法和吕勇斗下去呢？她的一切都在吕勇的控制下，她在这个城市里再没有其他亲人，父母早过世了，只有一个哥在远离这个城市的一个小县城里当中学教师，她曾给她的哥哥打过电话，想得到他的帮助，她哥哥说她过上了好日子，别不知好歹，如今有钱的男人哪个不在外面有好几个女人，在乎啥呀？

她扣了电话，任眼泪一个劲地流。当年，她靠着自己的天生丽质和敢闯的劲头，在这个城市的师范大学毕业后，为了不回小县城当教师，开始打天下，直到认识吕勇这个大老板，一路走到幸福花园九号公寓的主人，她是个胜利者。她怎会沦落到今天的地步？

她问自己，这到底是为什么？慢慢地，她都觉得自己神经真有点问题了。照眼前的情形发展下去，不成神经病才怪呢。

医生来了一个又一个，安妮像个机器人似的任凭摆布，她每次都对医生说她没有病，可那些医生才不管那么多，不给你查出点病来，他们怎么挣钱？

吕勇都把医疗器械置齐全了，一整套的程序都叫吕勇派来的那个大个子男人给操办着，一连几个月，吕勇的面都见不上，偶尔打个电话过来，不是给医生就是给大个子男人或者保姆，根本没有话和她说。她也不主动给他打电话，还有什么可说的？都到这种地步了，她只有忍耐和仇恨了。

她整天卧在床上，如果不是感觉很饿，连饭也懒得去吃，有时叫保姆送点吃的她连床都不下。她也曾产生过轻生的念头，这种日子生不如死，结局是明摆着的，不会好的。可她又打消了这个念头，自己为什么要死？让吕勇这种人解脱了，自己死得毫无意义。就是拖也要拖住他，不能让他轻松地蹬掉自己，跟那个马丽过好日子。可自己又有什么办法呢？她的泪早已流干了，她的悲痛早已麻木，她就这样一天一天地耗着？

直到那次麦医生来，他证实自己没病，没有那些狗屁医生们检查出来的症状，她的心才从麻木中清醒，她终于得到了一点慰藉，可又有什么用呢？麦医生的一句话又不能把她从困境中解脱出来，她依然受着痛苦的折磨。

但她还是在心里很感激麦医生。

麦医生坐在豪华"林肯"里，表情木讷，内心充满了痛恨，轿车里的舒适环境让他这次产生深深的厌恶感。他别过头，一直望着窗外。雪已消融，凝结成冰，似一层坚硬的冰壳罩在城市的街道、天桥上，背阴处没有消化的积雪，被车辆排出的废气染成灰黑色，城市的面孔堆满了污垢，行色匆匆的行人却穿着鲜艳的冬服，在肮脏的人行道上奔走，一脸生活在城市里满足的表情，他们对别人都不屑一顾，可他们在麦医生的眼里，却像一群在垃圾堆里舞蹈的小丑，他在心里替他们悲哀。

车速很慢，但还是到了幸福花园。麦医生又一次走进那个九号公寓的大门。

安妮对麦医生的再次出现很惊奇，她从床上坐起来，礼貌地说："是你，麦医生。"

麦医生冷着脸，没有正视安妮的问候，走过去，准备他这次昧良心的诊断。

安妮对判若两人的麦医生有了警惕，猛地抽回自己的手，愤怒道："你不是已经检查过，我没病吗？"

麦医生一声不吭，去抓安妮的手臂，要给她做例行把脉。安妮瞪圆双眼，大声叫道："你到底要干什么？"

麦医生还是没吭气。

一边的大个子男人说："太太，上次麦医生误诊，这次他重新给您出诊。"

"放你娘的狗屁！"安妮破口大骂大个子男人，"你娘才有病呢，你们三番五次折腾我，以为我不知道你们的阴谋吗？"

"太太，吕老板……"大个子男人满脸通红。

"滚！"安妮打断大个子男人的辩解，骂道，"都是走狗，你给我滚出去！"

"还有你，"安妮指着麦医生，"你是医生，不说有无医德，你还有没有良心？难道你的良心也叫这帮狗吃了？"

麦医生全身颤抖，他还从没有受过如此侮辱，但他紧咬着牙，努力克制住，不能叫自己失控。诊所的惨败教训使他不得不忍辱负重，他知道，他得罪不起这帮衣冠禽兽。

"太太，"大个子男人又说，"请您不要这样无理取闹好不好？"

"无理的是你们这帮畜生，"安妮骂道，"你倒来教训我了，狗，你只是吕勇养的一条狗！"

"太太……"

"滚！"安妮抓过枕头，砸在大个子男人身上，"你给我滚出去！"

大个子男人站着不动。

安妮歇斯底里地叫道："滚，都给我滚出去！"

大个子男人无奈地退了出去。

"还有你，"安妮又指着麦医生，"你们都不是什么好东西，被几个臭钱蒙蔽了眼睛，昧了良心，猪狗不如。"

麦医生忍受着。

安妮哭了起来，大骂不止。

过了一阵，等安妮稍稍稳定了些，麦医生才说："你骂够没有？骂够了就把脉吧。"

"滚，滚出去！"

"你以为我愿意来呀，你们这些有钱人才猪狗不如，干尽了缺德事，把我往死里逼。"麦医生从牙缝哩挤出这句话，把牙咬得格嘣响，眼泪也不由自主地涌出来。

安妮停止咆哮，看着发怒的麦医生，过了好一阵，才说："可我真的没有病呀！"

麦医生抹把泪："你没有病，是我有病！你知道不知道，我被你害惨了，一切都被你们这些猪狗毁了，就怪我说你没病，才落得今天这种下场。"

几天来的仇恨和痛苦喷涌而出，无辜的麦医生忍受不了这个女人的侮辱。

安妮静了下来，面对这个曾让她感动过的医生。他可是唯一说她没病的医生呀。

"可我真的没病呀，"安妮说，"麦医生，你知道的，他们硬说我有病，是要害我，我是无辜的。"

"你无辜？"麦医生盯着安妮说，"就因为我说你没病，才害得我的诊所被查封，我的病人受到伤害，成为我的医疗事故，我为了什么呀?!"

安妮眼睛瞪大，她没想到眼前的医生遭此大劫，她惊愕吕勇竟这么狠毒，竟然做出这种事来，这些都因为她才弄成这样的。

"我不信，怎么会弄成这样呢？"她痛苦地说。

"你当然不信了，可我的下场是他们打电话告诉我的。要不，我咋还会再来给你看病。"

安妮痛悔地低下头，她的脑子里很乱，这一刻，她为自己不明真相痛骂这个无辜的医生而难过，她为吕勇的心狠手辣而产生了强烈的憎恨。看来，吕勇这次下了血本，硬把她往死路上逼，他不单单是抛弃她，还要把她治成神经病，而不担抛弃的罪名，他的这一招真够狠毒的，为达此目的，什么办法都用上了。她虽有所觉察吕勇的丑恶行径，可她没想到，他竟这么狠毒，去害一个无辜的医生。

一想到这儿，安妮反而冷静了，看来这是一场恶仗，她得有所防备，具体应该怎么迎战，她还理不出个头绪，待她好好地想想。眼下，她得帮一把这个不幸的医生，不管怎么说，他是为自己才落到如此的下场。

"对不起，"安妮对麦医生说，"是我害了你，这里面潜藏着一个重大阴谋，你应该猜到了，他要抛弃我。他已经和另一个女人怀上了野种，他想把我逼疯，却把你也扯上了。"

麦医生暗吃一惊，他没想到会这么复杂，自己陷入这个困境，要拔出来，也只有靠这个女人。这是一个不幸的女人，遇上禽兽不如的丈夫，他还有什么理由跟着那个禽兽害她呢？麦医生心里有点可怜这个女人了。

"这样吧，"安妮从床上下来，无所顾忌地在麦医生面前穿上外套，说，"你就说我有病吧，免得他再害你。"

麦医生没吭气，他望着眼前这个漂亮的女人，心里不是滋味。

"这样，你就可以给我治病，也可以得到一点安静，我也想办法，争取补偿你，不能让你受害。你要明白，他，就是我的丈夫什么事都能做出来，你要当心。现在，你给我开药吧。"

一连几天几夜，安妮不吃不睡，一个人关在卧室里，一个劲地抽烟，她原来是不抽烟的。突然间，她也能体恤那个小保姆了，她有什么错？只是一个服侍她的保姆而已，每次到吃饭时间，保姆来轻轻地敲门叫她吃饭，她也不那么凶了，只说自己不想吃，叫保姆自己去吃。有次，她还让保姆进到卧室，交代她多买些好吃的、贵重的食品自己吃。

"看你都瘦成了啥？今年有十七岁了吧。"安妮对小保姆说道。

保姆习惯了主人的凶暴，一下子难以接受安妮的慈善，竟诚惶诚恐地不敢说话。

安妮是三天后来找的吕勇。她直接来到公司，把丈夫堵在他的办公室里。当时，除吕勇外，还有两个人，安妮不知道那两个人是客人还是公司的员工。

"你为什么这么做？"安妮直截了当地问吕勇。

吕勇一脸怒容，当着另两个人的面，不好发作，只是说："我做什么了？"

安妮正色说道："你把麦医生坑害得那么惨，是不是嫌他没说我是精神病？你要把我当成精神病治疗，就不要害人家麦医生！"

吕勇脸色大变，沉住气问安妮："你在说些什么？"

"说什么你能不懂？你这个衣冠禽兽，要整治我，就直接对我好了，别扯上别人……"

"啪"的一声脆响，吕勇的巴掌落在了安妮的脸上。她的后半截话被巴掌打住了。

顿时，安妮白皙的左脸上像爬了四条红色的毛毛虫，似火一样烧烤着她的脸，也烧灼了她的心。她大叫一声，扑过去，要抓吕勇的脸。

那两个人冲过来，拦住了安妮。

安妮大声骂着，没流一滴泪。

吕勇正了正领带，指着愤怒的安妮，大声对另两个人说："你们都看到了吧，她的精神分裂越来越严最了。"

安妮被拖出经理室，塞到车里送回了家。一进家门，安妮扑到床上，号啕大哭起来。

哭了一通之后，她的喉咙发干，全身乏力，才停下不，趴在床上瞪大两眼，像一个真精神病患者一样，发起了呆。

当夜，吕勇回到家里，直上二楼，到卧室没说一句话，抓起床上的安妮，狠揍了一顿，之后，他扬长而去，只给小保姆留下一句话："她神经有毛病，你得看紧点。"

吓得小保姆连门都忘关了。

安妮被丈夫打了一顿，自始至终，只发出几声挨打的呻吟，她咬着牙，没再哭一声。

从这天开始，安妮拉上厚厚的窗帘，沿着从窗帘缝隙里漏进的一束光在窗前走不走去，环视着房间里一切，突然有种陌生感，自杀的念头顽固地悄悄地从心头浮起，眼泪无声地涌出眼睛。她没有了放声大哭的欲望，抓过窗帘一角，使劲地揉着。

自杀的念头非常强烈时，她走出卧室，只穿一身睡衣，来到楼下客厅。

保姆还坐在过厅的沙发上打盹，突然惊醒站起来，怯怯地叫声"太太"。

安妮像没听到似地，快步穿过过厅，来到厨房。保姆跟着过来，怯怯地问太太想吃什么尽管吩咐。

这回，安妮开口说话了，她说我只想吃药。自己拿只杯子，去自来水龙头上接了一杯凉水。

"太太，凉水不能吃药。"保姆惊叫一声，抢安妮的杯子。她一躲，杯子掉在地上摔碎了，凉水溅湿了她的双脚。

麦医生来给安妮治"病"，是那个男中音在电话上又一次叫他来的。

"你每个星期去给她看一次病，到时，我自然会让你的诊所重新开业，并且赔偿你的所有损失。"

为了诊所，麦医生每周到幸福花园九号公寓出诊。

没有病可看，每次例行公事似的问些废话，安妮却愿和这个不幸的麦医生说些别的。

"我现在能休息好，但每晚都吃安定，一觉睡到天亮。"

"安定不能连续吃，不太好。"麦医生站在医生的角度，告诫她。

她却说："对于一个精神不正常的人，无所谓好不好。"

和麦医生的谈话，使安妮想通了许多，她从内心里把麦医生当做同样不幸的人，每次和麦医生说上一次话，她都能得到些许安慰。

在安妮和麦医生谈话的后面，又开始了一项新的内容：吕勇又回来把她痛打一顿。

这次吕勇痛打安妮的说法是，她和麦医生有勾搭，还是她主动勾引的他。她也不解释，也不反抗，任他拳脚相加，她默默忍受了，心里还是打消不了下次再和麦医生谈话的念头。只是在她内心深处，对吕勇增加了更多的仇恨和厌恶，她不多考虑自己的处境，却时时同情麦医生的遭遇。

"我曾想过自杀，了结算了。"她对麦医生说，"可强烈的念头一过，就看得淡了，人的一生也就那么回事。"

麦医生不说话，只是每次走出九号公寓时，心里总想，幸福花园真能使人幸福吗？这个冬天的遭遇使麦医生痛苦万分，也使他清醒了不少。

下 篇

安妮把麦医生送出门外，看着他上了"林肯"，直到看不见轿车的影子了，她才回到屋里。她在屋子里转了几圈，然后叫保姆准备一顿丰盛的晚餐。保姆看麦医生走了，心惊胆战地问安妮，准备这么丰盛的晚餐干啥？

她笑了："今天是星期二呀，我想和他吃最后一次晚餐。"

保姆说："太太，他……"

"去准备吧，他今天肯定会回来的。"

安妮上到楼上，在卧室里走来走去，最后把卧室整理了一下，然后收拾自己的衣物。衣物很多，她只整理出几件时下要穿的，把一些给保姆装了个包。许多东都舍弃了，她一一抚摸了一遍，心里想着买这些东西时的情景，眼泪湿了她的眼眶。好长时间都没流泪了，这回，心里很酸，就趴在床上，痛快地哭起来，哭声尽量压抑住，她怕惊动保姆。

保姆还是觉察到了，上楼来给她送条热毛巾，她抱住保姆，两人哭成一团。

哭过，她去给吕勇打了个电话，电话打通后，她说想和他最后吃一顿饭，然后她就走。

餐桌已经准备停当，两副盘碟放在餐桌的两头，两张椅子已经放在相应的位置，餐巾也铺在餐具旁边。

安妮想着多摆一副餐具，给保姆红梅用，但红梅不肯，她没再勉强，不扯上保姆也好，免得吕勇又跟保姆过不去。她叫红梅做的菜都是吕勇最爱吃的，有虾饼、辣子鸡、酸菜鱼，也给自己做几样爱吃的鸭血汤、鱿鱼卷。

一切都准备好后，她坐在过厅的沙发上，竭力控制住自己的情绪，等待着吕勇的归来。仿佛回到了从前，忧伤涌上心头，她控制着不让眼泪涌出来，但泪还是不由自主地涌了出来。她瘫坐在沙发上，用手绢捂着眼睛，手支着头，耳朵听着外断的动静。

过了今天，九号公寓将不再属于她，一个叫马丽的女人会取代她，今后她怎么办，她没有多想，想了也没用，谁能预测以后呢，先迈出这步再说吧。迈出去了就收不回来了，但不迈出去，又能怎么样呢？一切都遵照命运的安排吧。

快八点时，大门响动了，院子里有了脚步声。保姆忙去开门，却被安妮制止住，她说了声"我来"就过去打开门。

吕勇站在门外，看到开门的是安妮，脸上的表情木了一下，看到化过妆的她，略微有些吃惊，随即又平静了，没话找话地说："怎么你来开门，保姆呢？"

安妮说："我还以为你忘了回来呢。"

"怎么会！"吕勇把头转过去，不看她的目光。

进屋后，两人直接去餐厅，坐定后，都没话说，他们都有些不太自然。

还是安妮先开了口，说喝点什么吧，也没征求对方的意见，唤保姆拿酒来，要"五粮液"。

保姆叫了声太太。安妮知道保姆的心思，淡淡地笑了一下，说没关系，就喝"五粮液"，拿吧。

保姆取出酒，给每人倒了一杯，安妮端起酒杯，对吕勇说："喝！"仰头先喝了。

"说吧，有什么条件？"吕勇也喝了酒，说道。

安妮却叫保姆倒些茶来，她嘴里很辣。喝口茶，她也不吃菜，又端起酒杯，说声"来，喝"。

又一杯酒下肚后，安妮头有点晕，喉咙里着了火一般，她不停地喝着茶水，待刺鼻的酒味淡了些，她开口说话，讲的却是自己前几天做的那个怪梦，花猫抱着白兔，后来老猫变成了老虎，她吓跑了老虎。

这时，从屋外传来寒风的声音，有一扇窗子随风摇晃，铁挂钩发出咯吱咯吱的响声。安妮侧耳认真地听了一阵，说了句哪个窗户没有关紧，会打破玻璃的。保姆说去看看，她叫住保姆，说算了吧，风好像不大，一时还打不破玻璃。随即又劝吕勇喝酒。

时间过得很慢，吕勇终于受不了，端起酒杯，一连喝了三杯，说："别磨了，说说条件吧。"

安妮望着已经不能安宁的吕勇，过了一阵才说："你放过麦医生吧，他是无辜的。"

一提到麦医生，吕勇脸上的肌肉开始抽动，他斜了一眼安妮，她正盯着自己，就赶紧把目光移开，摇了摇头，突然"忽"地站起，右手狠狠地拍了一下餐桌，惊出一片杂音。

"到现在你还提什么麦医生，我就知道你没安好心。"吕勇很气愤，他的发怒惊得站在一旁的保姆张大了嘴，紧张地望着安妮。

安妮嘴角动了动，挤出一丝冷笑："别演戏啦，我已厌倦了。"吕勇像一只斗败的公鸡，跌坐在椅子上，抓过酒杯，一饮而尽，又去拿茶杯喝了一口，"噗"地又把茶吐到地下，茶杯重重量地甩到桌子上，大声训斥保姆："你想死呀，给我敢喝凉茶！"

保姆心惊胆战地拿上茶杯走了。

安妮看着吕勇恼羞成怒的样子，突然爆发出一阵笑声。她不能控制自己的笑，直到笑出一串串清泪。肚子里的酒一个劲地往上涌，她感到全身困乏，头晕得有点支撑不住身子，就哈哈笑着，趴在餐桌上，慢慢地什么都不知道了。

吕勇是保姆第二天早上发现死了的。他歪在卧房的床上，脸上很平静，看不出有什么痛苦。保姆去问吕勇是否吃早餐，发现他已经死了。保姆吓得腿软了，好不容易去安妮的卧室叫她。安妮从床上跌下来，躺在她吐的秽物上迷迷瞪瞪的，根本叫不醒。

安妮醒来时，发现自己躺在一个她不熟悉的床上，她嘴里发干、发苦，脑子里空荡荡的，全身僵硬，动一动都很困难。待她完全清醒后，才知道自己在医院里，一个医生告诉她，她酒精中毒，现在没事了。

她被几个人架着出了医院，弄上一辆车，到了另一个地方，她才知道吕勇死了。这时，她已经到了公安局的审讯室。

"我没有害他。"安妮明白是怎么回事后，惊恐万分。

警察告诉她，吕勇是不是她害的，很快会有结果，但在结果出来之前，她不能离开这里。

"你们要干什么？"安妮一脸惊慌，"想把我怎么样？"

警察说："现在想让你把你丈夫的情况说一下，别的等结果出来，再说吧。"

安妮没好气地说："我没什么好说的，他已不是我的丈夫，他要抛弃我，把我当作精神病来治，我受不了，就答应他离婚，我可没有害他。"

麦医生是从家里被警察带走的。他被警察塞进警车里，带到城外的看守所里，关进一间狭小的牢房里，准备接受审讯。

自始至终，麦医生都没见过死者吕勇。他却被当作暗害死者的帮凶，被逮捕了。

"我根本就不认识什么吕勇，也没有帮谁杀害他，你们凭什么抓我？"

警察根本不理麦医生的争辩，把他带走了。当时惊动了不少人来围观，麦医生的老婆吓得大哭，边哭边骂他勾引了别的女人，还毒害了那个女人的丈夫。她从警察简单的解释中明白丈夫被逮捕的原因。

麦医生躺卧在牢房的黑地上，他一直在拍打唯一的小铁门，已经累得没劲了，躺在地上呼哧呼哧地喘粗气。他悲愤到了极点，不明不白地成了杀人帮凶，进了看守所，这一切是怎么造成的，他都不知道。这哪跟哪呀，无缘无故陷入了一个可怕的漩涡，先是不明不白地被人陷害，出了医疗事故，又以假药的名义被查封了诊所，后来他得到一点消息，是他雇的那个护士小吕被人收买，害了他，小吕已经被人安排去了一家大公司当保健医生，他恨得咬牙切齿，却无法反击。这下，他又成了杀人帮凶，陷入了一个更大的漩涡里。这次，恐怕难以自拔。这是一个大阴谋，从一开始，他就被人算计上了。是那个给他打电话的男中音。是他，一定是他！是他把他推入了这个深渊之中。他痛苦万分，嘴里念叨着"帮凶，帮凶"，心想着自己也成了帮助他人杀人的凶手，这世间的事真是难分清白，自己被人暗害，还成了害别人的帮凶。

这样想时，他突然会无奈地哈哈大笑，像一个精神病患者那样难以自控，他的脑子里一片浑浊，有时又很清醒。清醒时，他想到他的"罪行"：他勾引了那个有钱的女人，为达到谋财的目的，帮她杀死了她的丈夫。

一定是她！他想道，她的丈夫想抛弃她，把她当精神病人来治，她仇恨丈夫灭绝人性，用药毒死了丈夫，可这与我何干？她却把我也扯了进去。

这个狠毒的女人，已把他害得够惨了，还叫他背上了通奸杀夫的罪名。

此时，麦医生最想干的事就是找到那个女人，当面质问她，为什么她要害他，把他逼上绝路？

他拍着打铁门，喊叫着，要见那个女人，要诉说自己的清白。可没人理他，他把自己折磨得筋疲力尽，也没有理他。他不吃不睡，监室里也没有烟抽，他愤怒、迷惘，就撕扯自己的头发，抓自己的胸口。

三天后，牢门打开，麦医生被提审。

他听法官罗列他的罪状，他听一句跳起来大喊一句："我没有！我没有！"

可没人理他的辩解，他喊得凶了，被呵斥着重重地按倒在凳子上。

提审完后，他的心凉透了，因为被害人尸体解剖结果，是服用大量的安眠药致死的。作为医生，他应该懂得过量的安眠药会置人于死地。

回监号时，他在审讯室门口看到了那个他一直想找的女人。她披头散发，脸色苍白，一双美丽的大眼睛已经没有一点光泽。但麦医生一眼就认出了她，他向她扑去，被两名警察拉住了。他挣扎着向她扑着，歇斯底里地喊道："为什么要害我？为什么要害我！"

那个女人用失神的目光望着麦医生，无动于衷。

他被架回牢房，他彻底绝望了。他的罪状已经定型，只等审判了。他还能说什么？

尾 声

半个月后的一天下午，麦医生的牢房门被打开，一个警察和蔼地对他说："麦医生，你被释放了。"

麦医生失神地从小床上坐起来，狐疑地望着这个警察。

警察走进来扶住麦医生说："麦医生，你是冤枉的，现在案情已经真相大白，你没事了。"

"这怎么可能？"他竟这么说。

"是这样，"警察说，"被害者家里的保姆来自首了，被害者服用的安眠药是她放的，与你和被害者的妻子都无关。"

"是那个保姆，她为什么要这样做？"麦医生不解。

警察说："其实，保姆也无心害人，只是想叫他尽快睡眠过去，别再发怒再毒打女主人。保姆说每次被害者发怒后，就会狠狠地打他的妻子。不知你知不知道，她说只要每次你去给女主人看过病，被害者就说他妻子与你有奸情，就往死里打妻子。被害者死的那天，刚好你去过他家，女主人和被害者要离婚了，两人发生争执，可能都喝了洒，保姆为了女主人免受痛打，在被害者茶里放了安眠药，药放过了量。"

麦医生惊得目瞪口呆，一时连路都走不动，警察把他扶出监号，送出看守所大门。

下午的阳光很好，快到春天了，外面的雪快化完了。麦医生发现，连背阴处黑灰色的雪也消融了，地上很潮湿，像他的心一样。

（刊发于《章回小说》2006 年第 9 期）

塔城之塔

塔城没有塔。

塔城是一座偏远的边城。

在白迟的最初印象里，塔城不是他想象中的偏远和闭塞。只是塔城没有一座叫作塔的建筑物，这是白迟在塔城市几乎转遍了大街小巷之后，最不能接受的现实。即使白迟是一个颇有建树的诗人，他的目光跳跃性很大，他的思维跨度超越了历史，但他没能够把塔城吟诵为一个群塔林立的城市。

走在塔城还算繁华的街道上，因了长途颠簸用了六天的行程才到达目的地，却见不到这次来塔城要见的人，白迟就走得很郁闷。似在来塔城的路上经过的庙尔沟里曲里拐弯一般，思绪紊乱，打不起一点精神。庙尔沟里没庙。就像塔城没有塔一样，名称和实质本来就模糊，根本讲不出个道理来。

白迟一到塔城，就找到了王军所在的边防团，却没有见到王军，甚至被他询问的黑脸军官几乎冷漠地要说根本没有王军这个人了，白迟才停止了更进一步的询问。黑脸军官才不管你是不是事先在信中约好不约好呢，他没有给白迟一点好脸色。

"如果你知道王军在哪里，我还想请你告诉我呢。"黑脸军官说，"有两个礼拜了。"

白迟怔怔地望着黑脸军官。

"都知道来找王军，他的黑锅算是背定了。"黑脸军官没好气地说完，就走了。

白迟心里一片空白，顷刻间对自己的塔城之行充满了疑惑。不远万里，来到遥远的塔城，白迟不只是为了找到王军，仅仅作为一次探望或者听听他的声音，这样简单的事情，诗人白迟是不会做的。但白迟也不是抱有另外的目的：同病相怜，相互倾诉被一个叫林雯的女人不同程度的像诗歌一样跳跃性地抛弃的悲哀，未必能达成共识。王军可不是个诗人，他对幻想的现实从不抱什么希望。不像白迟以前一直生活在一个童话般的排列有序的文字里，一旦回到现实之中，林雯肚子里已经怀上了别人的孩子，和他这个名誉丈夫办了个手续，就到法国去定居，给一个长着大胡子的她爹一样的老外当填房了。诗人的世界应该是凌驾于现实之上的，超脱了世俗的美丽空间，可一接触到实质，白迟就感到身心在遭受着尘世的磨损，就是很有才能的诗人也不例外，纷繁的尘世一旦压迫着他，他就连气也喘不过来了。白迟只是听别人说，他的前妻林雯曾经到边疆塔城，找过王军，想让王军帮忙给她老公(称丈夫为老公是先进的称呼)弄成一次免检入境物资，促成一笔大生意，给王军提成多少多少万的事，被王军拒绝了。据说林雯对王军施展了女性独有的才能，想使八年前的情人(已经不叫对象了)就范，没想到当了军官后的王军已经不是八年前那个失恋的小伙子了。

林雯大败而归，干脆随她老公离开了国土，她觉得中国人真是没劲，可以指多方面的。

白迟就给昔日的情敌写了封信，诉说自己的不幸，那种八年前夺得丽人的忘形和诗人高雅气质丢得不见了踪影。倒是王军开导了煎熬在痛苦中的白迟，可白迟实在摆脱不了林雯留给他巨大耻辱的阴影。王军就劝白迟出来走一走，可能的话，到塔城走一遭，塔城有他绝对想不到的独特之处，说不定会有新的发现，寻找到新的感觉呢。

白迟就来了。

王军却不见了。

白迟和王军，还有林雯，在一所学校里供读，王军因为功课好，最先赢得了林雯的芳心。中学里的学生在朦胧中产生情爱，第一个目标一般都是功课和长相。王军无疑是佼佼者。林雯最先瞄准王军主要是王军的功课，她经常爱和王军对照习题的演算答案。后来，林雯才觉得诗人白迟更不同凡响，单一个诗人的桂冠特别是在纯色的校园里就令许多青春少女倾倒在浪漫的诗行之中。那时候的白迟可不是一般的得意，能战胜才貌兼备的王军，白迟相信自己的魅力绝对不同于一般，他也知道诗歌的力量在那个时代真是不可估量。随着时间的推移，后来的事实证明，诗歌有时也是很能捉弄人的。

王军在失落中填上了军事院校的志愿，一举考中，毕业分配到边疆塔城。那时候，塔城的巴可图口岸刚刚开放，边防检查部队需要一定年轻有为的军官。王军就做了边防口岸的军方边检员。

找不到王军。白迟的情绪低到了极点。他的心情本来就不太好，和林雯离婚快一年了，怎么着他也没法把林雯和那些傍老外、嫁富商的女人联系在一起，他还是沉浸在诗歌的氛围里，看待世事的变化和人类对诗歌这么神圣的东西都冷落到讽刺的地步，他只觉得一切真是不可思议。林雯只是埋怨过没有钱的日子，却没有嘲弄过诗歌，他以为林雯一直视诗歌为神圣的洁品，却没想到林雯把他这个诗人当作傻子一样给涮了，一次又一次地打掉了诗人的后代，却偷偷地怀上了一个老外的种，这是他怎么也接受不了的事实。

王军到哪里去了呢？部队上的人只给白迟说，王军突然就不见了，正在到处寻找。因为这是边境地区，一个军官的消失关系重大。王军工作性质的不同，找他的人也特别多，好多传闻说王军给许多人提供了走私便利，还说不清呢。这下可好，连王军的人都不见了，各种传言就都有了，难怪黑脸军官对白迟没一点好脸色。

按照王军信上提供的一些资料，还有白迟原来在一本杂志上隐隐约约看到过的介绍，白迟一到塔城就注意到了塔城市西北方向的那座山了。

那座山确实很像一个伟人躺在那里的形体，如果远看，那座被当地人称作伟人的山，的确非同一般。

这座山的原名叫塔尔巴哈台山。

白迟没找到王军，便在塔城找了一家不大的旅馆住了下来。因为找不到王军，白迟的心情糟透了。在塔城他就像个陌生的苍蝇，到处乱撞。在塔城没有发现塔后，他突然想起，应该好好地观赏一下那座山，用诗人的目光和思维，那应该是意象中非常神秘的山，就像当地人突然发现山的形状酷似一代伟人躺在那里的形状，而叫它伟人山一样。很多事物在人类的意象中变得更加贴近实际，更趋于大众化。

白迟的想法不同于他人，因为他是诗人，他就在塔城住了下来。等着王军的出现。他坚信，奇迹总会在等待中出现的，可这需要时间。时间对白迟来说，已经成为模糊的概念，不用它来衡量人类的起居规律，它只是一个抽象的存在，是煎熬人类的工具。

于是，白迟选择了最佳角度，仔细地观赏那座山。

这座山真是一大奇迹。

山的棱角在天幕的衬托下，形状起伏不定，确实像平躺着一位伟人，连眉毛、下巴、鼻梁、嘴唇的轮廓，甚至脚上的圆头皮鞋，恰当而逼真，让人一下子对这座山会产生出一种神圣感来。

白迟看得痴了，他显然看到的是一尊在山体上平躺着栩栩如生的伟人，真是天造地设的圣物。大自然真是神秘而伟大，造就了这般神奇的山，真不可思议。

白迟听别人说这座山因为像伟人躺在那里，当年的"霸王国"才没能侵占我国领土。这种说法，叫人找不出别的话来辩驳。

身临其境，白迟的目光里尽是诗的成分，一下子生出了许多感慨。正是初冬，山上已落了新雪，雪不太多，斑斑驳驳的铺在山上，有云飘来，像边疆草原上的羊群一般。似乎有风，一朵朵的云块像雪一样散乱地向四面八方飘去，下面拖着大片的影子，顷刻间就停留在山体上，将其缠裹住。然后又慢慢散开，露出没有一草一木的山峦。山的绝顶就是伟人的躯体，然后山体才缓慢地落了下去，延长到远处，妙到了极致。

白迟的诗兴大发，倘若不是一阵寒风突然冲来，推得他几乎站不住脚，他已经到了忘情地步了，真可以随口吟出一首绝妙的诗句来。寒风把白迟一下惊醒了，回到现实中，白迟的诗兴被那股寒风掠走了，站在那里，他像痴呆的傻子一样。

一切都是白迟没有预料到的。白迟接连几次去王军所在的部队打听王军的下落，他听部队的人说，王军的突然消失，大有文章可做。

就是说，王军有出境的嫌疑。因为这是边疆。这种嫌疑不无道理，一步之遥，实在是太容易了。

但王军是边防军官，他为什么要出境呢？对面并不是多么诱人的国家，而且王军在这里待了五年，早不出晚不出，偏偏这个时候出去，有什么动机呢？当然这只是个猜疑，部队上绝不信会出这事，可总有人说不能排除这种可能。

"王军是怎样消失的呢？"白迟还用这种话问黑脸军官。

"我说的是他被发现不见了之前，他在干什么？"白迟望着黑脸军官的脸色，又补充了一句。

黑脸军官本来是要恼怒的，但还是克制了，他没有正面回答白迟的问题，他只是说，只有鬼才肯信王军会出境呢，别的不说，就对面他们的穷酸相，前几年政变解体后，只有他们的人到我们这面来寻饭吃，哪有咱们的人过去？就是愿过去的，过去了他们会马上送回来的，他们最怕多一个吃饭的。

"我也想着王军不会那么做。"白迟说。

"想有什么用？"黑脸军官却说，"现在连人都找不到，说什么的也就会有的，这几年王军干的这职业，找他的人多，这下人不见了，真不好说。"

白迟心想黑脸军官和王军的关系肯定不一般，不然他怎么一直为王军说话呢。白迟就觉着应该和黑脸军官谈一谈，不光是谈王军失踪的事。白迟就给黑脸军官讲了他和王军的个人关系，以及他现在的婚姻遭遇，当然也提到了诗，可黑脸军官对诗并不感兴趣。

"这狗日的王军，会不会犯傻呢？"黑脸军官听了白迟的一番话后，说。

"你是说？"白迟不解。

"为那个林什么雯的，他会不会一时傻了呢？"

白迟的心里起毛了，隐隐地慌了起来。

"王军是很有理智的，"黑脸军官又说。

"他没有帮昔日的情人办违纪的事，难道他会为她出境？"

王军一直未娶，败在白迟手下后，这几年不会为林雯吧？白迟心想。王军可不是诗人，他的情感不会紊乱吧，为了林雯。他会不顾一切后果的话，当年就不会去上军校到边疆了，早和他白迟争个你死我活的。

"为这样的女人，也不值呀，"黑脸军官说，"再说，对面离法国多远？这根本靠不上边。"

黑脸军官和白迟谈了很多，说了许多关于王军的话题。两人谈得很投机。当天晚上，黑脸军官还邀请白迟吃了一顿饭，使白迟在塔城被冷落的心初次有了温暖的感觉。

黑脸军官把白迟当久别重逢的老朋友一般，很丰盛地招待了白迟。白迟吃不惯羊肉。还是吃了，两人喝了不少的酒，直喝得白迟头都觉得大了，醉得吐了一地，醒来后想起别人说的什么"李白斗酒诗百篇"，看来是扯淡的话。

白迟第二天睡了一天，头都是木的，昏昏沉沉的，他从来没有这样喝过酒，酒喝多了难受的滋味算是领教了，但有一点，白迟觉得难受了后就想通了不难受时想不通的事。

第三天上午，白迟睡着还没起床。黑脸军官却到旅馆来找他了。

黑脸军官说，王军失踪的事有点眉目了。

白迟一跃而起："他在哪里？"

"你跟我走！"黑脸军官说。

白迟就跟上黑脸军官走，一路上也问不出个名堂，黑脸军官黑着个脸，只顾赶路。白迟就不吭气了。

黑脸军官把白迟带到了有哈萨克白毡房和羊群的地方。白迟才发现来到了塔城西北方向的一座山跟前，说是跟前其实还很远。

看山走死马。

白迟心情复杂地停住脚，抬头望了望近在眼前的山，就问黑脸军官，这是什么山，我们要到哪里去？

黑脸军官说："我们哪里也不去，就到这里。这座山就叫伟人山。"

黑脸军官说得很平淡，目光迷离而散落，似荒野一般空旷而平静，根本不在乎白迟的一番叹息。

白迟的目光变得疑惑而茫然，他望着这座山，感觉没有见到的事物，想象存在于遥远的东西，已远离今天的现实，他感到自己的灵魂同另一个存在的灵魂之间有了一条无法逾越的鸿沟。在他获得王军失踪下落的信息之前，与现在判若两人，就像这山一样，远看是个景，一旦站在跟前，逼真的迹象就有了遥远的距离，他的内心里一片空白，就像这无风的旷野，寂寞而空洞。白迟的灵魂被一种无名的恐惧攫住。汗湿了他的思绪，使他在寒冷的气候里，闷热而躁动。

黑脸军官没理会白迟脸上的变化，转身钻进一座毡房里，过了一会，同一位红脸膛黑胡须的哈萨克族老人走了出来。

黑脸军官给白迟介绍道："这是哈孜太老爹，我们跟上他走。"

哈孜太抓住白迟的手，紧紧地不愿放开。白迟感觉到了老人的手微微颤抖着，他的心也颤悠悠地抖动着。

到了一座纯粹用石头堆起来的有房子那么高的石堆跟前，白迟才明白，哈孜太老人的手为什么颤抖了。白迟的心就突地吊了起来，头大得不像是自己的了，像酒喝多了一样。

过了好久，白迟还是搞不明白这到底是怎么了，他没法在心里留住这样的一个现实：就是王军那结实的身躯和那不屈不挠的灵魂像其他许多虚弱的躯体和柔顺的灵魂一样，与这堆石头有着特别真实的关系。

石头堆砌得很整齐，像一个圆形的柱子，矗立在寂寞的旷野上。

白迟被黑脸军官推摇了半天，才做梦一般醒来。黑脸军官冷静地对白迟说："这里面不是王军，只有他的帽子，也就是说，王军快有下落了。"

白迟舒出一口憋闷了很久的气，却轻松不起来。

白迟看着哈孜太蹲下身，很小心地在石堆上取开一个小洞，手伸进去，拿出了一顶棉军帽。

白迟接过军帽，在黑脸军官的摆弄下，白迟看到帽子里面印着一个红颜色的表格，表格明明写着"王军"两个字，证明是王军的军帽无疑，可王军在哪里呢？

后来白迟才得知，王军那天在口岸交班后，回营房时，刮着暴风，暴风卷着沙尘铺天盖地冲来，一片昏黄，这种暴风在塔城的冬天不是怪事。王军用手捏着帽子怕被风刮走，一路跑着往回赶。口岸离部队驻地有一段不太近的距离，有一大片荒滩，在这片荒滩上，王军碰上了哈孜太家暴了圈的羊群，近千只羊被暴风轰赶着乱得一塌糊涂，哈孜太一家人疯了似的在疯着吼叫着却拢不起羊群。王军就是这个时候跑上去帮忙的，羊不懂界规，一旦越境，就不好办了。王军在羊群中左冲右突，暴风刮得人根本睁不开眼睛。

等风暴过后，哈孜太家丢掉了上百只羊，他伤心地哭了，哭过后在羊群里捡到了王军的军帽，却找不到帮助过他的王军，哈孜太就更加悲伤，以为王军遇难了，就悲痛欲绝地葬了这顶军帽。

王军的失踪有了根本性的转机，部队派出了许多兵力，全力寻找王军的下落。

白迟对这种寻找没抱多大的希望，他主要指的是王军的命运。凭着诗人敏感的直觉，白迟预感到王军的下落不是一个好的结局，不然就不会这么多天了，没一点讯息。

塔城是一个奇怪的地方。白迟有种可怕的预感，却一时说不清这种预感的确切含义，像诗一样，有不同的感受，诗是诗人写给自己的，读者读不出诗人的感受来。

白迟去了哈孜太的毡房，见哈孜太精神恍惚，为王军不明的下落一个劲地喝酒，并且叫白迟也喝。白迟毫不犹豫地就喝了，他总觉得此时的神经麻木着比清醒着要好些，因为王军，因为预感，因为他来塔城的无目的的流动。

那是一种自制的马奶子酒，甜而绵，后劲很大。白迟喝了，心跳加剧，焦躁不安。他见哈孜太那种被痛苦折磨得发红的双眼，白迟心里一酸，端起酒碗，一阵猛灌，最后竟糊里糊涂地走出了毡房，走到了埋有王军帽子的石堆跟前，他蹲下去，掏出王军的帽子，像抱着王军的躯体一般沉重辨不清东西南北地在荒滩上乱撞着。

不知不觉间，白迟就走到了一座山跟前，诗人白迟的记忆就是不同于一般，他在醉态中也分辨出这座山不是伟人山，只是伟人山下的一座小山。不知出于什么目的，是什么促使着他，白迟向山上爬去，他只是想爬上山，从这个小山上爬到远处更高的伟人山上去。伟人山又高又大，他只想上到高处去，那样他就可以看到一切，甚至伟人逼真的躯体。

白迟费了很大的劲，上到小山半腰上，就迈不动步子了。山看起来小，可也是山，爬起来费劲，他就瘫在了山腰上，抬头望望山顶，没有了爬上去的力气，就往远处看，可以看到远处的塔城市，近在眼前一般。前方和脚下，崎岖的山谷冲开重峦，开拓出的似一条不规则的通道，顺着它望下去。看到冬季的荒滩。荒滩上几座自得闪光的毡房，毡房比山体上的斑斑积雪耀眼得多，晃得白迟迷醉的眼睛朦朦胧胧。就是在这个时候，白迟突然看到了哈孜太老人埋着王军帽子的石堆，那石堆像房子那么高，塔似的立在荒滩上。一个塔的意象一产生，白迟的眼睛就亮了一下，他几乎欢欣地叫起来，他找到塔了，在遥远的塔城，一个没有塔却叫塔城的地方。

白迟似乎听到了自己激动的心搏，他望着那个塔似的石堆后面，像是审视一个即将消失的画面，一切都由于幻想中产生了现实，又从现实中期待启迪的降临，他急促的叹息代替了狂乱的呼吸，他的心在他的躯体里游荡，似乎要寻找一个新的栖息地……

马奶子酒的后劲，使白迟醉瘫在半山腰上。

王军的尸体被部队派出的人从山沟里找到时，白迟还醉卧在小山腰上。他被边防军人们背下了山，还一直没醒来。

一听到找到了王军的尸体，白迟才醒了。他得知王军已经死了，似乎并不奇怪，对王军的死因他好像早已知道了似的，很漠然地听着。白迟的这种态度使王军的几位战友很反感，既然是王军的朋友，这么远来找王军的，却对王军的死一点都不关心，这算什么朋友？

有人说，看这个家伙的样子，不像是来找王军的，倒像一个图谋不轨的叛逃者。

黑脸军官就说，他是个诗人，诗人大多都不太正常，前几年有个叫顾什么城的，砍死了自己的妻子，他也自杀了。

黑 洞

　　这座城市经常给人称作鸟市，这是那些没法进入这个城市的人故意这样叫的。大都市的生活不光诱惑了不少人，也伤了不少人的心，即便是已经享受了现代化都市风光的人中，也有一部分并不见得就很如意。但只要成为这座城市中的人，就是资本。我进入这个城市，纯属偶然，因为我饮酒如水，就像我拥有了一门纯熟的技艺似的。能喝酒也成了我进入一直向往中大都市生活的资本。所以我的偶然就成了必然，按照调我的公司经理的说法，我是金子样的人才，应该到大地方去发光。这样，我调进了这座城市，并且有份很适合的工作：不用干任何体力活，也用不了多少脑子，只是喝酒。

　　我做梦也没敢想过，当酒桶也算个职业，可喝酒却成了我的职业。在此之前，我算是个有些思想的诗人，可能是因了"李白斗酒诗百篇"的诱惑，我对酒情有独钟。但斗酒的结果，却没有吟出什么"绝句"之类来，就是写出的一大堆诗歌，按某些编辑的话说，都是儿歌，有些还不如儿歌念起来顺口。

　　时下的人们包括编辑都不怎么懂诗，所以我找不到知音，很苦恼，苦恼的结果是我酒量大增，一时间，竟成了我的专长，没想到还成了我进入大都市的资本。有人对我说，我的酒量比起我的诗来，真是天上地下。

　　所以我也要自豪，毕竟在好多时候，是以"煮酒论英雄"的，在那种场合，你要提起诗来，肯定会被认为弱智。特别是顾城用斧子砍死他老婆又自杀之后，有好多人劝过我，千万别再提诗字，不然会被人们像轰叫花子一样，嫌影响市容，破坏精神文明呢。

在这座城市里，我除过认识洪力外，几乎是举目无亲。洪力应该是个画家，虽然我没见他画过一幅画，可他一谈起画来，真叫人大开眼界。因了一句"诗画"的说法，认识洪力就是很自然的事了。前几年，洪力到我原来居住的小城去采风，以艺术相通的桥梁，我无条件地接待了画家洪力。洪力应该是个画家，这个念头在我第一次见到洪力时就产生了。他的派头和其他画家一样，一个模子似的留着披肩长发，由于常年不洗头，头发像黑毡似的发着油亮的光。他还戴一副宽边眼镜，用条金属链挂在脖子上，不管近视与否，望一件物体的神态，绝对专注而长久，一看就是一位热爱生活的艺术家。当然，一脸的大胡子绝对没漏掉，据说没有这种大胡子，艺术界不承认你是艺术家。所以洪力的胡子给他增色不少，并且他还有一个宽大而光洁的额头，时而用手摸着胡须沉思一番之后，定会拍拍大额头，他的灵感就来了，情不自禁时，他总会感叹"艺术呀这个东西"，深奥无比，连我这个能写儿歌的诗人，也领悟不到艺术的穿透力，到底有多么强大。

进入这座城市后，第一件事，是去拜访画家洪力。这是很自然的事，今后要和洪力在一个城市生活，得先去告知这个熟人，今后好有个照应。还有，就是洪力在几年前我们相识那次，他曾提出要些当地的手工土陶罐，一直没机会给他带来，这次，我为带这些易碎的土陶，把衣服全都塞在箱子的空档里，充当土陶的防震物，害得我的衣物都成了抹布，不能穿了。但为了友情，特别是为了"诗画"相通的艺术，我认为值得给他把土陶罐送去。

洪力对我的到来，表现出了极大惊讶，也特别的热情，如果不是当时他的办公室里还有几个人，从他冲过来的劲头，肯定会拥抱我的。他的派头叫人一看就是个容易激动的人，他拍着我的肩膀，那种节奏，只有艺术家才有，叫人能感觉到既有温暖，更有一种无法比拟的热情。

在我还没来得及告诉洪力，我已调到这座城市之前，我给他捧上土陶罐时，他惊呆了。他摸把胡须，问这是什么东西？

我打开包装，给他取出土陶罐。他竟然"哇"地叫了一声，抓住土陶罐就亲吻，像见了久别的情人似的。不愧是个懂艺术的画家。

洪力在一番赞叹之后，兴奋地问我，怎么想起给他带这么珍贵的东西，大老远的，真难得。

我告诉他，是他几年前要我给他带的。洪力拍起了脑门，一边说忘了忘了，难得，难得呀！

我算是遇上了知己。洪力对土陶罐的爱不释手，使我忘记了我那堆像抹布一样的衣服。"人生难得一知己啊"，这是洪力的感慨。

一番感慨之后，洪力竟吞吞吐吐地对我说，几年不见，见一面真不易，难忘你的那次盛情款待，但这次很不好意思，我不能请你吃饭，因为我老婆不在家，我又不会弄菜。

我对此不以为然，真正的友情不在饭菜，而在感情。何况我现在的境地，哪还缺一顿饭菜呢。我告诉洪力，我调到这个城市工作了。

洪力表现出来的惊讶比刚才见到我更厉害，他扶了一下跌到鼻梁上的眼镜，虽然没问一声"真的"，但从他的表情上，可以看出他不相信的程度。

我告诉他调动的经过，他慌慌地答着"是吗"，我问他的近况。我看出他尽力掩饰，但仍然显出了窘态，他讲话不似刚才那么自然和充满自信，显然在说些搪塞的话，实际上他心事重重，不想说出来。在他那双眼镜片后面的小眼睛里，流露出一丝遭到不快的阴影，也夹杂了一种能觉察出的不安。

洪力是怎么了？

在后来的接触中，我渐渐感觉到，洪力像我梦中的人物，一会是神通广大的处世者，一会是软弱无力的卑贱者，他已经被物质的充实占有了艺术的空间，尽管他还在一个劲地喊着"艺术呀这个东西"，但是他对艺术失去了原有的狂热（当然我不知道他以前是不是对艺术很狂热），他只剩下对物质的刻意追求了。

画家洪力竟然心甘情愿地将他的老婆送到舞厅，让老婆去当陪舞女郎。

这是我后来才知道的。我一直弄不清，我是否在梦境里看到过这个情节，艺术家派头十足的画家洪力在现实中，一直是一个超凡脱俗的形象，他怎么会将自己的老婆送去陪舞呢？

再后来，我应邀去了一趟洪力的家。洪力实在拖不过去了，他认为必须偿还一下我对他几年前的那次盛情，才请我去他家补偿一回人情。其实这大可不必，可与人交往，就得这样。我没想到洪力的家竟是这样的惨败，所谓的家只不过是一间阴暗的地下室。

　　这在我的梦里可没做过。我的梦怎么会出现在大都市里，像洪力这样的画家住在地下室里？我只以为，他把我带到他的画室，因为艺术家都有怪癖的，画家比如要画裸体像什么的，见不到光线的地下室倒是个隐秘的好地方，不会叫人发现了当成流氓。可洪力却说，这就是我的家！

　　家的概念有时候很简单，不管什么样的房子只要住上人就成家了。

　　我是第一次见洪力的老婆。她对我司空见惯似的笑笑，这种笑自从我当上酒桶后在饭店里经常可以看到，但奇怪的却是在洪力的地下室家里，白天的昏暗灯光下。洪力的老婆面对现状，她耸了耸肩。她俨然一副经过精心修饰过的贵夫人模样。

　　我说成夫人，是在一个人习惯了光线极差的斗室里，却很难习惯一个经过精心打扮的女人。

　　洪力的老婆原来叫安萍，现在叫安娜，已经是下了岗的工人。我从她的假面具后面看到了她的脸上常常是一丝忧伤的微笑，却没有痛苦的惨白展现在她脸上，宛如画家为完善一幅画而挥笔修改过的线条。安娜的举动或者微笑都有些僵硬。

　　我在心里原谅了洪力的举动。我甚至可以理解为洪力是生活所迫，而不是让老婆去陪舞挣钱，为给他办画展为了艺术。这样就不算太悲哀。因为洪力这个画家的确没画过什么画，在我的印象里。我想象得出洪力生活的窘迫、无奈地把老婆送进舞厅后，他蹲在舞厅的外面，焦急地等待舞会的结束，再接老婆回家。

　　那天，在洪力的地下室里，我这个酒桶喝了不到半瓶酒，竟头晕了，一滴酒都咽不下去了。

　　我那天的情绪很反常，很突然地告别了洪力，拉开门就走。洪力没有挽留。在那模糊不清的黑暗中，我跌跌撞撞地寻找到一个出口。我打开一道门，却进入了一间黑房子里，我在黑暗里碰倒桌子椅子之类的物体，我往回退，一转个身，根本辨不清门在哪里，我倚着墙摸索着，找到了另一个门。我打开这个门，看到的是一片更浓重的黑暗。

　　我的头脑里一片混乱，我想这下完了，走不出去了。我差点跌倒在地，似走进了一座迷宫里一样，不知怎么出去了。我就这样静静地待了几分钟，竟然大汗淋漓，我擦了擦头上的汗，沿墙壁摸索着、走着，找着。四壁空空，幸运没有被碰着、伤着。

终于，我摸到了一个门，我兴奋地拉开它，"呼"地闪进来一丝光亮，我才长吁出一口气。我走出黑屋子，看到有一个走廊，看不清走廊的尽头。于是，我沿着走廊往前走，此刻心急如焚，走到走廊尽头，看到一个向下的楼梯，下面有些光亮。我没有犹豫，不管是朝上朝下，只要有光亮就会有出口。我顺着楼梯走了下去。越往下走，越能听到一种奇特的声音，后来才听清那是水流声。我没止步，因为那里有光亮。

不一会儿，我竟然下到一个恶臭熏天的下水隧道，污水在下面流淌着，前面的一丝光亮告诉我，那就是出口！

我的头晕乎乎的，这在我喝酒史以来，是少有的，我为我的这种晕乎深感羞愧，不是为陷入地下污水道而难堪。因为我现在干的，可是喝酒的专业。

所以，我沿着下水道边沿的地方慢慢往前移动时，一点都不恐惧。隧道壁上湿漉漉的，手抓在上面，滑滑的，像抓在鱼身上，有种不真实的感觉。后来，在越接近光线的地方，我看到了下水道里的污物，不由自主地吐出肚子里的一切。

我奇怪我不是恶心，突然间看到这些流动着污物里有自己的身体，有衣冠楚楚的经理，有浓妆艳抹的女郎（当然有那些下岗的伴舞女郎），有我喝过的酒液，有我吃过的残羹剩饭，有大款倾吐给情妇的诗一般的甜言蜜语，还有慷慨激昂者称颂美德的感人肺腑的讲演稿……

这些和我的身体一起成为下水道里的实物。

那些污浊的东西使我产生了深深的恐惧。我跌入了一种模模糊糊、似睡非睡的迷梦中，没完没了地做着噩梦，混杂着我对自己以前生活的回忆，这些回忆助长了噩梦的发展。我窒息得快要死了。

不知怎么搞的，我总梦见和洪力的老婆——安娜，在一条没有一点光线的黑洞里走着，每当这时，总看不到我，我便焦急不安起来，对自己大喊，这是梦里，不是现实。可回到现实中，我在哪里？还是没有回到现实里。我只知道，我一直在做梦，有时还会提醒自己，这是梦，不是真的。可往往会认真起来，为这些稀奇古怪的事情，恐惧和哭泣。

可能是在梦里，画家洪力找我，告诉我他搬出了地下室，住进了三居室的套房，房子明亮而宽阔，想怎么走就怎么走，再也不用钻在黑洞洞的地下室里，光听别人抽水马桶的响声了。

可能在现实里，洪力和老婆安娜或安萍终于走出了那个黑洞。可还得住在地下室里，在别人家的抽水马桶响声里，画家洪力给安娜或者安萍画着晚妆，然后将她送到舞厅去，让自己的老婆去陪舞。

洪力说，这是新的经济开发项目，送没有工作的老婆去陪舞，得天独厚，早开发早收益，洪力说，现在开发还来得及。

洪力老婆的脸上挂着一丝忧伤的笑。她的表情很僵硬。

洪力根本不像个艺术家了，因为他没有了一直不洗的长头发，没有了乱蓬蓬的大胡须，他虽然还戴着一副眼镜，但没有了拴金属链条，并且不是宽边眼镜了……

洪力其实是个无赖，是个靠老婆"三陪"过日子的流氓。我亲眼看到，洪力的老婆安娜或者安萍陪着我的老板跳舞，后来就跳到床上去了，就在我住的这个房间，两人在床上正跳得疯狂时，警察冲了进来……

洪力哭着来找我，要我帮他的忙，他老婆被警察抓走，要关监狱了，他给谁去画脸上的妆？他今后可怎么办？

我说我怎么帮你？我在这个城市举目无亲。洪力哭着说，只有你帮得了我，你不是酒桶吗？咱和他们喝一场，什么问题都解决了。

能行吗？

终于，我清醒了。清醒之后的我也明白了那不是我的房间，查封房间和老板与洪力的老婆被抓，不在我的房间里。我现在不是好好地在我的房间里吗？

那间房子与我一贯的格调格格不入。这个房间也一样。我发现，就连那些与事无关的人，也逃脱不了某些事件无理的粗暴追逐。一连串离奇的事情，连我这个一向隔岸观火的"儿歌"诗人，也差点被卷进那种危险中去，掉进无底的黑洞里。

我从床上爬起来，推开窗户，望着外面冷漠的城市。城市里的楼房越盖越多，住不上房子的人也越来越多。就连画家洪力都住在昏暗的地下室里。一想到这些，我就感到孤独和不安。于是，我去洪力所在的单位找他。因为在这座城市里，我只有他一个熟人。一见面，我发现洪力的情绪不太好，就问他，事情办得怎么样了？

啥事？他还装糊涂。

就是你老婆安娜的那件事。我说。

洪力摸了把大胡子，叹口气说，你都知道啦，也就不瞒你了，她想这么轻松就离婚，想得美，她一拍屁股去了沿海开放城市，我还照顾着她家老人呢。

我迷糊：她去了沿海城市？

去了都三年了。

我惊愕：她不是去陪舞，陪着，叫我的老板……

陪舞？陪什么舞？洪力这下很惊奇。

你老婆不是叫安娜，原来叫安萍吗？你们家住在地下室的黑屋子里，你给她化妆送她去陪舞的吗？

洪力奇怪地望着我，宽边眼镜后面的眼珠都凸出来了。过了半天，才说，我老婆本来就叫安娜，原来就叫安娜，我家是住在一楼，旁边盖起一座高楼后遮了光线，确实像地下室，我画什么妆送谁去陪舞？

我语塞！

洪力突然哈哈大笑起来，说，你是个想象力丰富的诗人，没去过我家，倒知道我家像个地下室，还知道我老婆的名字，至于陪舞什么的，都是没影的事。当然，她在沿海城市陪不陪舞，我不知道。

你很有灵感。你绝对是个有灵气的诗人。洪力很艺术地又补充了一句。

后来，我喝不成酒了，没喝上半瓶就全吐了。我一看到酒就想吐。我这个酒桶，失业了。

你陪谁玩

　　我来北京，纯粹是想换一种环境，看我在另外的环境里能不能生存或者有所发展。为了能在北京有个立足之地，我先选择了一个适合我的艺术学校。其实，我对艺术一窍不通，唯一能沾点边的，就是我还在写东西。这个学校刚好开设写东西的课程，学费也不算贵，一年几千块钱，比住招待所或者租房子，便宜多了。

　　北京我以前来过几次，每次都是匆匆忙忙，对北京的情况不太熟悉，这次，我想要待的时间长了，有可能还要长期混下去，对北京应该有所了解了。先去了几个地方，因为听不懂公共汽车上售票员报的站名，经常不是坐车坐过了站，就是提心吊胆地提前下了车，这样败坏了几次胃口之后，我决心不再出去，待在学校里写点东西。一提到写东西，我就想起我写的那几篇玩意，语言无病呻吟，虚构经不起推敲，文字描述粗劣不堪，一写到人际关系就像个外行似的有气无力，然后还把它呈在别人面前，叫他们指指点点，害得我夜里睡不着觉，尽琢磨人际关系到底有多深奥了，到天亮时实在睡不着就起身打开灯，房子里柔和起来，根本找不到人与人之间争斗的影子，我才不知疲倦的如同荷花绽开，心里平静下来，神志清醒起来，不会像以前那样暴躁地走来走去，撕扯自己的头发恨不得连根儿拔掉。我悠悠然在桌前坐下，又开始写起东西。写东西就这样的烦人又丢弃不下，有时没有一点意义有时又有一点情趣，在我们这个学校里，比如你写得比别人出色时，就有不少女孩主动来找你，她们来和你套近乎，如果你长相还说得过去的话，她们会耗上几个小时的时间和你谈论关于艺术与生活有某种联系的另一个方面，在这个方面你可以坐在大庭广众之下观察这转瞬即逝的景象，冥思苦想一番，或者做些诸如婚外恋之类的梦想，跟跟时代潮流什么的。待到学习结束了，也就扼杀了一些最美好的冲动，梦想也随着岁月的流逝，那种短暂的被称为情感的东西就冷却了，梦想成了怨恨，生活恢复原来面目。但为了那份又痛又甜的回忆，每个人都在做着这方面的努力。当然我在这一方面有自知之明，不但东西写不好，长得也很吓人。所以我一直只有努力写作了，长相是没有办法努力的，只有怪自己的爸妈，别无他法。

我最先认识的是一个叫米的女人，我把她说成女人而不说成女孩，是因为她与女孩这两个字无关了，她已经在不经意间，经历了三任丈夫。米也就变得一点都不像米了，倒像一个土豆。我说她像土豆，主要是她长得太胖了，与玲珑纯净的那种能够食用的米没法比（其实我也很胖，有个女同学说我像一头猪，并且像一头白猪，我当时对她说了句谢谢，还说如今猪在西方国家都是宠物，尤其是白猪）。

米是一个耐不住寂寞的人，整天到处乱窜，没有她不认识的人，所以我认识她纯属必然。我不认识都不行。她只要看到周围有一个陌生人，晚上准得失眠。

是米主动找的我。后来我才得知，她在这一方面能够做到不耻下问，她能将一个陌生人的一切（包括私生活），打听得一清二楚，并且还要强加上她自己的一些臆想，这是她的特长。

她第一次见我，就告诉我，别人第一次认识她，都会猜想她以前可能是电影演员，问我怎么不这样问她。我随口说，我不这样问，主要是不想和他们一样，我想说的是你现在就像个电影演员，何必说以前呢，以前的电影拍得多没劲，尽是些拖泥带水的铺垫，快到关键的地方了，镜头却快得像导演的老婆在受人非礼似的，一晃就过去了，那像现在的电影电视剧，男女一见面，先找个地方上完床后才问姓名。

米对我的回答和分析很满意，她夸我有艺术感觉，今后会成为可造之才。她对我许诺，以后一旦有机会，要把我写的东西介绍给影视界的大腕，让我一夜成名。

我要在北京生存，需要一夜成名的机会。

但米不可能给我提供这样的机会，不是我小看她，像她这样自我感觉良好、自夸其说的女人，一般不会弄成什么事的。就凭她说的一口山西味的北京话里，那股叫人忍受不了的老陈醋味，不把影视界的大腕们逼得想跳楼，那才叫怪呢。

所以我对米的话不抱什么希望。

但米又特别热心，不久就来找我，说是有个姓文的导演看上了我的一篇小说，要和我谈一次。并且她说那个导演导过不少大片，在国际上都有影响。我一听这个导演的名字，对这个享有世界声誉的文导一点都不知道。米说我老土，平时不看电影，当然不知道文导的大名了。我承认我孤陋寡闻看电影电视很少，可能真不知道影视界有这么一个大腕。

每个人都摆脱不了名与利的诱惑。我有时在表面上装得很超脱，但一有名利机会，我心里也会痒痒的，心想着不妨去看看，说不定米这样的人就能办成大事呢。

我跟着米在海淀区绕了好半天，才在一个深藏在胡同里的公寓楼，找到了文导的住处。这时已经到了吃午饭的时候，我对米说，等会再敲门吧，免得人家难堪。米说没关系的，文导没有一点大导演的架子，很随和热情的。

我们敲开门，一个气宇非凡的中年男人打开了门。米介绍这就是文导。我打量了一下文导，怎么着也没法把他和导演之类的人联系在一起，因为在我有限的知识范围里，导演都是扎小辫留大胡子的艺术家派头，我还从小道消息得知，凡是不扎小辫留大胡子的，已经不被承认是艺术家了。这个文导就不像个艺术家。

文导果然不同于我心目中的艺术家，他不但没有一点艺术家的清高，而且比平常人更平常，他很认真地邀请米和我共进午餐。

我扫了一眼他家里的摆设，他家里的摆设却很艺术。我心想在这样艺术的家里吃饭，一般是不好意思吃饱饭的，虚荣心促使我说了句我们已经吃过了饭的话。

米看了我一眼。她的这一眼里有许多内容。我才不想多做解释呢，管她怎么去想。

倒是文导却很热情地说，到他家来，怎么能吃过饭来呢？为了证明他的热情好客，文导还埋怨米说，下次不能吃过饭了再来，到他家怎么能不吃一顿饭呢！

　　这次的谈话主题主要成了到客人家是吃过饭去，还是不吃饭去，文导对这个问题兴致很高，根本不提我小说的事，我也不好打断他的话题，只好在心里恨我自己，不该说这个谎话，导致错过了一次机会。通过这次见面，我对我的小说改编电影的事一下子上心了，我想我得认真对待这件事了，对米也得改变看法了。

　　还没有等到米来埋怨我，我就先承认了错误。并且表示过几天再去文导那里，下次去时我保证不再说谎。米见我态度诚恳，没有怪我。

　　下次又带我去文导家时，我和米的肚子饿得直叫，也坚持着没有吃饭。文导见是我们，还是那么热情，一开口便问我们吃过饭没有。我抢先回答：没有！

　　文导看了我一眼，热心地说：还没吃饭？！

　　我很老实地点了点头。

　　文导说：没吃饭，你们看，从这个胡同出去，往左拐弯，顺着马路边往前走，有家老饭店，饭菜不错，经济又实惠，你们先去吃饭吧。

　　每当我要用心做一点什么事的时候，总是无法在这一行为可能带来的结果与回避这一行为所可能带来的结果之间，找出二者的差异。我就感到周围的事物都已经失去了平衡，没有了支点，也不可能支撑得住了。

　　后来，米再来找我，只要一提到改编我的小说这件事，我就烦了。米倒很热心，不断地给我提供信息，说我的小说文导真看上了。我一点兴趣都没有。有次，米竟说到文导提出要买我的小说改编权，问给我一万块钱卖不卖？

　　我的心动了一下，在一万块钱这个数目的刺激下，我当即表态：卖。当然卖了。

　　我的心被一万块钱吊着，并且把这个喜讯告诉了我能告诉的所有人，甚至告诉给那个打扫卫生的校工，他对我一直很尊敬的（他在男女厕所里写打油诗的水平，比我们这些学员高出了一个层次），他听了果然很高兴，忙问我能在电影里演个什么角色，弄得我没法回答。那一阵子，我没有少请大家吃饭，如果不是有人在背后说我这人心眼太小，嫌我没有把全学校的人都请上去吃，我还会请下去的。假如不是那个校工话没说对，我会连他也请的，反正我的小说要卖那么多的钱了。

我的心情难得那么好，也不坐在宿舍里看书写东西了，那么费心干吗呀，就常出去走走，不愿坐车去远处，不是怕听不懂售票员的话，坐车还会坐过站或者提前下车，主要是没有目标去哪里。

我转悠的时候想去理个发，马上就有钱了，得像个有钱的样子。我的头发不太好，怎么理也理不出个好发型，但我从不为此苦恼，头发长得再好，发型做得再好，都是给别人看的，自己又看不着，生那份苦恼不值。

一想到理发，我想起前一阵子，有一个男同学洗完澡出去转悠，走到一个发廊前，发廊里的女孩叫住他，要他进去洗头。男同学莫明其妙地摸着自己还没有干的头发说他刚洗过澡，还洗什么头？

发廊里的女孩笑嘻嘻地说，我是叫你进去洗那个头。说着用手指了指男同学，又说了句：是下面的那个头。

男同学吓得跑了。

我们学校所在的这条街道，比较偏僻，还不足二百米长，最多的就属发廊了，至少有二十几个。我原来还弄不明白，在这么冷清的地方，开这么多发廊，谁天天去理发呀，现在才知道，这些发廊还干着"洗头"的勾当，怪不得呢，她们看起来那么有钱，打扮得花枝招展的。

我要理发，才不去那些发廊呢。我听说在公路边上，有摆理发摊子的，便宜，又不会出现其他事。

我注意起公路边上，确实有几个摆理发摊子的，我挑选了一个坐了下来。摊主是一个看上去很有几分韵致的妇女，大约有个三十来岁。她对我的光临显得很兴奋，那份手忙脚乱的热情叫我心想，不就多理一个头，能挣两块钱嘛，至于吗？两块钱就高兴成这个样子，我一下子有一万块钱要到手了，也没有到这种地步呵！

围上白布，理发推子在我头上已经剪了几下，她才记起问我要理什么发型？

我现在要理什么发型，还能来得及吗？她那几推子，已经叫我没有选择的余地了。我也不注重这些，就说，你随便理吧。

她没想到我这么好说话，激动地说，你这个人真好！

她对别人的夸奖只值两块钱?!

我没吭气,任凭她慢慢地理着。她理发可真慢,我心想着像她这种速度,一天能理几个头?

这不是我要操的心。反正我心情也好,闲着也是闲着,坐在路边上,趁理发的时间倒也能看看风景。我说的风景是可以看到许多来来往往的美女从我面前走过(我很敬重的一个干妹妹有天去爬山看风景时,因为脚扭伤过,我刚好不愿爬山,就说陪她在山下看别人爬吧,她说那就坐在山下看美女吧,美女也是风景。但那天她很勇敢,和大家一起爬到山顶了,所以我也没有看成美女。她的话却提醒了我)。我坐在路边上看风景,何乐而不为呢!

我只顾着看风景,头发几乎要理光了,我提醒那个理发的女人,她才罢手,说了句:今天这头理得真过瘾。

看这话说得。

我给她钱时,她却说她理发不要钱的。

我以为碰上了做好事的,说了句,你是学雷锋呀!心里却疑惑每年三月份是学雷锋的日子,已经过去好长时间了,她咋还这么傻呢?

她笑着说,我才不学谁呢,我只是手痒痒,想理理发,我以前是开发廊的。

这点我能理解,像我们写点东西的人,嘴里说着不写了,却又放不下,手经常痒痒。我深表同情地问她:你怎么现在不开发廊了?

她对我说,你如果答应每天来理一次发,我就告诉你。

每天?这怎么行。我的头发本来就少,每天理一次发,要不了几天下来,她理得实在找不到头发了,还不把我的头皮揭下来,在里面找头发根?

不行!

她和我磨开了:那就三天理一次吧?

三天也不行!哪有这样理发的。我的头又不是猪头,毛越少越好呢。我最后和她达成协议,每周理一次好了。

我的头像个皮球似的,被她每周玩一次。一个个星期梦境般晃晃悠悠就过去了。我所得到的,只是听了一些她很平常的经历,这些经历听得我昏昏欲睡,她为了挽留住我,并且引起我的听趣,不断夸我这人年轻,她问我今年大概有四十出头了吧?我咬着牙告诉她,我今年四十八了,她连说真看不出来，看我的长相不像那么老。

有她这样夸我的吗？我今年才三十三岁？

后来我才得知，她原来开了很长时间发廊，后来嫁了个有钱的老公，老公什么都依她，包括钱可以随便花，就是不准她再去理发（可能是现在的发廊开办了"洗头"的业务，她老公怕她也去给别人"洗头"）。

看来她是闲得实在无聊，在找乐子玩呢！我还以为占了便宜，理着不要钱的发，看到了世间最美好的风景呢（看来我的那位干妹妹是逗着我玩的，坐在那里看女人不但看不到风景，而且人家都还以为我是个窥视狂呢，这一阵子我看的所有女人都用另外一种目光瞪我呢）。

我干了些什么，连我自己都说不明白。想着该干些正事了，便去找米，问一下那篇小说改编权的事，主要的是惦记着那一万块钱。

米看了我一眼，说：你现在才记起来这事？

我说：不是一直等着文导那面的话吗？

文导让你等了吗？

不是你说的吗？说文导看上了我的小说，要给我一万块钱的改编费。

我是说过，可你却给别人说，像文导这样的人，别说一万，就是给你十万，你也不卖给他改编权。

我急了：我说过这话吗？

你说没说，自己心里有数。

这不是玩人吗，我什么时候说过种害自己的话呢。这个理现在可以不去讲，关键是不能失去那一万块钱。一万块钱对我来说，可不是个小数目。

我自己直接去找了文导演。

文导还是那么热情。一开口就问我想通了，这么久了才来找他，他以为我不会来呢。

我说，其实一开始我就想通了的，只是等着你这面的话才拖了这么长时间。

文导说，我这面好说，你只要交上一万块钱，我马上让你在戏里演个土匪乙，这次的戏，土匪乙还能说上话的，虽然只有一个字……

这是哪跟哪呀？我打断了文导的话，我问的是我的小说改编权的事。

文导不解地说道：我不明白你在说什么？别跟我玩这些游戏，我可没有时间陪你玩!

到底是谁陪谁玩呢?我就说了米曾给我说的改编权的事。

文导一听,来了劲了,一直追问我和米是什么关系,肯定知道她的下落,他说正好现在找不到米了,上次米在他导的戏里死缠硬磨要演个三等妓女的角色,演完了钱还没付就找不到人了,这下总算找到了一个可以代付钱的人了。

他抓住我不放,非要我付了米演妓女的露脸费一万块钱。

我使出吃奶的劲,才挣脱了他,狼狈不堪地逃跑了。

我气呼呼地回去找米。米却怎么也找不到,问了几个人,都说米已经退学了,听说和那个演嫖客的男人私奔了,算是"从良"。结不结婚,谁也说不准,反正米又不在乎。

米还曾经说过和我是朋友呢,朋友到底是什么呢?有时想寻求别人的支持,我就想到了"朋友"这两个字,最好的朋友是患难之交(至少我经历过),他们要么彻底击败你,要么超越他们自身。悲哀与幸运有时是很难分得清的,然而,每当你要在一个非常有利的方面要一显身手时,给你使绊子的除过你的同事外,极可能就是你的朋友了,因为他最了解你的弱点。

当然我和米还没有达到朋友的份上,但她用甜言蜜语引诱我为一万块钱改编费所冒的傻气,足以挫败我的锐气。

那一阵子我过得没滋没味。我什么事都没有干成,课也不想上,就别提看书写东西了。我唉声叹气,整天待在宿舍里生闲气,看到破旧的桌椅,我的心像深受了旧社会的创伤,见了谁都想诉说一番,可没有人愿听我的痛苦,我气得只有想起二十年前还没成年时有人曾经欺负过我,这个仇一直没有报。现在想起来,我真想去那个欺负过我的人生活的城市跟他寻仇。但想起几年前有人告诉我,那个人已经死于一场车祸,入土多年,恐怕现在连骨头都找不到了。于是我就更加沉闷,我的记忆里不断浮现出以前屈辱的事情,这些事情又没有办法得以解决,我一直在无所事事的陪别人玩着,到头来,我真不清楚都陪着谁玩呢,我的日子在无休止的时光里越过越没劲。我想在后来的这些日子里该干些什么呢?比如我也尝试着,叫别人陪我玩玩!

白 墙

收到电报的时候，天半阴半晴，也说不上天到底要阴还是要晴，反正看完电报我的脸上是晴的，像那暖融融的仲秋，空气清澈透明叫人说不上的适心。于是我就给那个对我送电报的"一道杠"新兵道了声"谢谢"，像秋季熟透的沙枣一样甜得有"沙沙"的响声。

我把电报看了四遍的时候，已上到了机关的四楼，没敲门推开就进。陈才听到门响只是扭头看了看我而没有像有领导进来那样马上站起来让座，我也习惯地往他桌前一站，把电报递给他，并不说话，像他对待我一样沉默。

陈才是参谋，和我是老乡同年兵。

电报是我俩的未婚妻同时发在一起给我们两人的，她俩从老家相伴来部队，是和我俩结婚的。这是她俩从省城下火车后发的让我俩三天后到这个城市的车站去接她俩的电报，因为从省城下火车转乘三天汽车才能到这个边疆小城。

陈才看完电报脸上是阴的，就像初冬的天空有一层阴霾裹着太阳，雾气很浓。他把电报往桌上一丢，把那充满雾气的脸扭向窗外，窗外正是半阴半晴的天气。他就把目光收回来往我晴着的脸上一搁，反差很大。合在一起的电报给我俩的是半阴半晴的天气一般，很适合两人各自的心情。

"得考虑住的地方，明天她俩就到。"我说这话的时候，从口袋里掏出烟给自己点上，陈才不会抽烟，我也不让。

陈才却把手伸过来，问我要烟抽，我并不奇怪地给他一支，他点上，很闷地抽了一口，说："说过，不让她来。"

我说："已经来了！"我知道陈才的未婚妻前面来信说过要约我的未婚妻一道来部队结婚，他回信不让来。我却没有表示反对，她俩就这样来了。按说，我们没领结婚证，不算未婚妻，可我们农村习惯一定亲就算是未婚妻而不像城里一样兴叫作对象。

"妈的，不让来，偏来。"陈才说。

"明天下午就到。"我说。

"到就到呗，反正我现在不想结婚。"陈才把烟摁灭。

我把烟摁灭。我知道陈才会这么说，陈才是去年六月份从志愿兵转成干部的，一转干就是中尉副连职参谋，成了参谋就给他当兵前定的媳妇去信少了。我和陈才是一起转的志愿兵，我现在依然是扛"红牌牌"的志愿兵。

话是那样说，陈才脸虽然阴着，可还是得解决她俩来部队后住的地方。我俩一起去找领导，领导抽着我给的烟没有说话。我和陈才站着看领导一口一口地抽我的烟，然后一口一口地吐他的烟圈。

吐了十几个实在吐不圆的烟圈后，领导才说："目前，房子很紧张。"

领导很为难的样子，又吐了一个烟圈比刚才那十几个稍微圆了一点才问了我和陈才各人住的集体宿舍是否有探家出差的。我们如实做了回答，领导才沉思着把烟头摁到烟灰缸里，对陈才说："是这样，只有把你们宿舍的刘参谋赶到别的宿舍打游击，腾一个房子出来先住。家属院和临时来队家属房是挤不出来的，办公室是不可能住的。"然后领导又转向我，说，"等她俩来了先住在挤出的宿舍里，你们办了结婚手续后再说。"

我点着头给领导又递烟，领导推让了一下又点上吸着，这回吐出来的一个比前面都要圆的烟圈，才说："不过，话得说清楚，陈才结婚如果随军暂时没房子可以以后解决，家属楼快盖起来了。可张文刚的事就要说一下了，最多让家属住一个月，得回。这是规定，志愿兵嘛。"

我还没结婚哪有家属？我没说什么，抽了一口烟，看着领导吐出的又都是扁的烟圈，我又猛地抽了一口烟。

问题就这样得到解决。我和陈才现在不同，志愿兵不让带家属，陈才已从志愿兵转成干部，我俩的身份就是两种问题的结果。得到这样的结果，我的脸就没那么晴了，但没有陈才那么阴沉，这时陈才也不那么阴沉了，在得到领导对我俩不同的意见后。

下午收拾房子，陈才说有事，我就叫了几个下午不出车的小车班司机把陈才他们住的那间宿舍收拾干净。当然动员刘参谋搬到别的屋去住。是陈才说的，他们是干部，好说，虽然他只是传达了领导的话。

第二天的时间过得特别慢，好不容易到后半下午，也就是她俩发出电报的第三天下午，我给管我们小车班的管理员讲了一声，我用车去接未婚妻，刚好没我出车，尽管管理员犹豫了一下但还是同意了。陈才说他有事让我一个人去，他要写一个材料，是开展"百日安全无事故"的材料。

因为是去接巧玲，心情没说的，车也开得快。我就一人开车去汽车站。

到车站等了一个多小时，从省城发来的大客车才陆续到站，一点不费力就找到了巧玲和陈才的那位红芳，她俩很疲惫地提着行李，一见到我，脸上的表情是从疲惫中掐出来的一惊一呆。

巧玲见到我，只是用她的目光紧紧粘着我的眼睛，我们同样的激情无法表达，我就看了看天。天气尚好，暮春初夏相交的高阳已经西斜，却硬给我们的这个场面挤出一份温柔，在这温柔里更多的是我们在这个地方这个场面里互相拥有的心情品尝尽量沉默的内涵。于是巧玲就品尝出了得到此时此景的一丝甜甜的委屈，她把早已忘却提在手里的行李往地上一放，对我说："这是啥地方，这么远，还尽是戈壁滩，下火车还坐三天汽车。"

我说："快了，我们来时三天半。"

红芳在巧玲的埋怨中对我涩涩地一笑，随即又是很兴奋的样子，在我身后左右看。她找陈才。

我说："别找了，陈才没来。有事。"

红芳失望地提起行李就往车上装，巧玲却说东说西，这也看不惯那也看不惯只是没有说对我看不惯。红芳用目光看了一下巧玲说了声"还好"就只顾装行李。

巧玲很满意我开"洋车"来接她，有些激动，并且有些要和谁竞争的劲头钻进车坐在司机旁边一般是领导坐的位置上，还把身子晃了晃，看到车上有录音机，就扭回头特意给已沮丧地坐在后座上的红芳说："红芳，你看，这车上还有录音机，我家都没这玩意呢。"

红芳没有兴致，从她的目光里我读出了她此时对巧玲的一丝嫉妒。巧玲并不理会红芳的脸色，尽情地坐在我的身边，刚才的委屈和看不惯再也找不见。

回到单位，有些焦急的红芳四处乱看，高兴劲使她有些慌乱，她看到我们单位大致已成型的家属楼，她的眸子里像着了火一样且把这火一样的光毫不犹豫地往那家属楼上使劲地粘。等她粘得心里舒服极了才把已经变得平淡的目光给我，问我："那是你们部队盖的？"见我点了点头，又说，"真高，真好，在咱那城里也没这么高。"

第二天一早，我便揣着早准备好的"红塔山"烟去队部开结婚证明，到了队部第一件事就是先给开证明的干事递根烟并点上火，然后小心翼翼地送上我和巧玲的材料，开始还好，当那干事看到巧玲的生日时，眉头皱了皱说，她这年龄好像不够吧。巧玲得再过几个月才到法定结婚年龄，而在我们农村像她这年龄的基本上都有孩子了。我就看着他把烟头吸得跟那个文件头一样红时就说麻烦给帮个忙。那个干事看着手中燃着的"红塔山"三个字很久才把烟头往烟灰缸里不太费劲地一摁却很费劲地说不好办。他说最好去找一下领导让领导点个头，他是干事的却有规定，其实也没有什么大不了的事不就是年龄上差三个月零几天。

我去找领导。领导听完看着我，我就看着他，他看了我很久，才说："张文刚，你就等一下吧，规定不能破，还是要按规定办。"

我说："可她是专程来部队结婚的，坐了七天车。"

领导说："我知道，心情我理解，你别着急，这阵子我太忙，过阵儿开党委会时我给党委讲讲，再定。"

我没话可说。

巧玲和红芳要求自己做饭，吃不惯机关食堂打的饭。我就去买了煤油炉子，陈才在百忙中抽出空和我一同买了米面之类，开起四人小灶。她俩做饭水平不算高，可也能把家乡的饭菜做得味很正，我和陈才吃得也过瘾。陈才这几天转晴，心情颇好。星期天，我们四人去街上转。我就想先开不上证明不领结婚证也好，不然也没法住，目前也很有意思的。

不出去的时候，红芳爱去家属楼那看看，巧玲不愿去，就和我在房子里说话。管理员照顾我尽量让我少出车，陪着未婚妻。红芳心情也特好，陈才对她比她刚来时好多了。

过了两个星期，天气很好，太阳很纯正。我又去问过两次开结婚证明的事，领导总是说太忙还没有开党委会。我心里不悦，可也没有办法。巧玲每次在我问回来后就很沮丧，还有一次伤心地哭过。她说这次来主要是结婚的却这样难，我劝她。她却说："在咱村，已没有像我这么大还没结婚的姑娘了，别人都说闲话了。"我说："红芳还比你大一岁多。"

巧玲说："人家是要吃商品粮的，村里人就不说。"

"人就是那么贱。"我说。我更明白人的地位对于周围人们议论话题的不同。

"你是说我？"巧玲伤心地说，"我是农民。"她认为我在说她。

"谁说你了，"我说，"我也是农民出身，我是说那些爱说闲话的人。"

巧玲信我，不然她怎么跑这么远专程为了和我结婚。

红芳和陈才正经吵了一架。陈才脸涨得通红，像那次喝了酒一样可没那次红得自然、和谐。巧玲把我叫去劝架时他们已经休战。红芳趴在床上身子一抽一抽地伤心，连她的头发也一丝丝地联系着有条不紊地抽动着伤心。陈才站在地上抽烟，他的烟抽得很有节奏感，他原来不抽烟。

我问为什么？没人搭理我，我就想这样吵一架也好，我也就这样说了，陈才用眼睛瞪了瞪我，我发现陈才鼓起的眼球里尽是缩小变形了的我。我就说你怎么了？陈才不理我，我就说陈才我看你这样不舒服，一点都不！

巧玲劝着红芳，越劝，红芳越伤心。他们无非是为结婚的事。我没有别的话可说。陈才也不用再为我离奇的话而用眼球装我，那样装我的确不耐看。

我再去找领导问我开结婚证明的事，领导说他在党委会上提了，可大家都说按规定办。

我预料的也是这样。于是我看着领导只顾抽烟，领导愣了愣，发现我不像前几次，就问我："你是不是病了？"我随口就说："你是不是病了。"

领导放声大笑，我恍然如梦初醒。领导不计较我的恍惚就出于好意地对我说了很多，他说这次结不了婚下次可以请上结婚假，到时我给你多批些假，还不是一样，还说你那一位可以在这多玩几天。不一定就得一个月满就走，我说了算。毕了，还说："小张，你要想得通，部队就是这样，讲个纪律。"

我说："我知道。"

管他妈的陈才怎样用眼睛装我，把我装得再丑，我也想得通。

领导说："知道就好。"

我说："就是她这么远来了，坐了七天车，比我们来时少半天。"

领导说："来了就多培养一下感情也好，结了婚就晚了，你们农村人婚姻上悲剧太多。"

领导也是农村出身，并且前年和他那个随军五年的农村老婆终于离了婚。

领导还说："你还年轻，婚姻很折磨人。"

陈才是不是这样想？

领导又说："闲时，带你那位到我房子去玩，吃顿饭，你嫂子做拉面水平不错。"

领导今年又结了婚，这次是和本地人。

我说："谢谢！"

这次去问领导我迷迷糊糊，可还能把事情的结果说清楚。巧玲听我说还是没门，就不吱声，愣坐了一阵，却说："我白来了！"

我一下子清醒得很现实，就说："你咋这么说？"

巧玲说："来已经二十多天了，事办不成，月底我得回了，快割麦了。"

我说："急啥？来了，就多玩一阵，割麦缺你劳力，你家照样收粮食。过年时我回去，可以请上婚假。"

巧玲叹了口气，说："命苦，只有这样。我还是得回，我爹身体不如以前好了。我只是给红芳陪了个伴。"她很沮丧了一阵，却又一下释然了，又说，"其实红芳还不是一样，你可不要像陈才待红芳那样待我。"

我说："怎么会！"

巧玲说："其实什么时候结婚都行。"

日子过得沉闷。

沉闷的日子里也发生了不沉闷的事：陈才和红芳在一起住过了。就是巧玲告诉我红芳那天直到早上才回住处的，晚上陈才带着红芳去住了招待所，没有证明因为陈才是军官地方都信就住在一起了。这些是巧玲告诉我的，巧玲就是红芳告诉她的，在那次红芳和陈才吵架后。吵架后，红芳一连几天都不吃饭只是闷头睡觉，巧玲劝时还吃一点饭可还是不起床，可陈才劝时红芳理都不理。

我想既然已经这样了，就劝陈才领了结婚证结婚算了，人家红芳也是专程来部队结婚的。

在陈才的办公室，我给陈才递上一根烟，陈才抽得很熟练，不断地吸着。

我就说了我的想法。陈才不语。

我又说："事情到了这种地步，你还犹豫啥？"

陈才摁灭烟头，说："本来要和她好好说明白一点，我并不是要和她断，可她却这样。"

我说："你俩原来感情基础好，又是自己恋的，你没那意思，还要说明白个啥？结婚了，红芳一随军，她也吃商品粮，还有啥？"说这话的时候，我有些涩。陈才又点上一根烟，说："我就是想和她说明白这个，我不想让她随军来部队，我看到农村人随军后那些家属找个临时工干时说那声'上班'的别扭劲，难受！"

我无语，陈才的心思我摸不准，现在的他不是以前的他了。

我就说："不管怎样，还是把事办了好，都不容易。"说这话的时候我想到了巧玲，还有连证明都开不上的我。

陈才说："话说不明白，我不办。她还逼着我来了这一手，我对她……那天我闷，就喝了酒，她就趁机和我住了。"

谁是谁非，我不想弄清楚，我弄清楚这干什么。我只是劝陈才先把事办了。

后来巧玲告诉我，红芳的确是想了办法和陈才住在一起的，当然陈才也是愿意的。红芳和陈才吵架是那个事后红芳要陈才快点领结婚证结婚，陈才又推托，红芳就扑过去打了陈才一个巴掌，陈才的脸红得不对劲儿，红芳还骂了陈才一句"狼心狗肺"。

我想红芳也只能骂这么一句。陈才挨一个巴掌也是对的，原来红芳还不是为了陈才挨了她爹的一个巴掌。

我就想起领导给我讲的婚姻培养问题，我和巧玲却从来没想过俩人之间需要再培养，但彼此心里都觉得很牢靠。陈才是个志愿兵的时候，就没有想过培养。陈才曾说过婚姻也要有感觉才行，我不知道是什么样的感觉。我对巧玲说："红芳这样做，不好。"

巧玲把嘴一撇："你懂啥？人家为了随军，当城里人，还管好不好？"

巧玲这么一说，我就内疚，巧玲跟上我也真是的，不但没有像红芳一样的随军机会当不成城里人，就现在到部队来结婚连结婚证都领不上。

巧玲见我不语又掏烟，就说："你别在意，我不羡慕红芳，她现在活得并不见得就很滋润。"

我知道巧玲是指精神上的。

红芳终于不再闷头睡觉，起来了，可总是阴着脸，见了陈才一句话也不说，只是射向陈才的眼光里是准备吃人的狼才具有的渴望目光。陈才也不说话，只是狠劲地抽烟。

红芳开始到处转，好几天没有去看那座家属楼了，大多时间硬拉上巧玲到街上去看，听巧玲说红芳还买了一把刀子。边城的少数民族小刀到处都有出售的。

我担心红芳胡来，忙去开导她别胡来，

有话慢慢说。红芳满脸是泪，我劝红芳想开些，别做糊涂事。我从红芳的目光里看到我的开导全是徒劳可还是开导，她和陈才相比，她总有女人的不幸。

她哭着告诉我：她已经有了。

这使我很吃惊，当这个遥远的问题一下出现在我面前虽然与我无关时，我的心还是颤抖了一下随即是永久的空白，我的心里什么都没有连我自己都没有，我该有些什么呢？我不知道！

问题的严重是因为对一个农村姑娘来说没结婚就有了孩子是一件很不幸的事，在我想这个问题的严重时也庆幸地想过这可能是红芳太伤心把事情想得严重了些，臆想了一个令我胆战的事实。

巧玲劝她别胡说，这事可是胡说不成的。

红芳说："我没胡说，这月……事情没来！"

巧玲看我的目光是证实了这事是在红芳说了那一句话后。我在巧玲的目光里感觉到了脸上的热度,女人的事第一次钻进我的耳朵里。

巧玲的目光在我的脸上一闪就流走了,她看出了我此时在这种新知识面前的困惑,我就支吾了几句连自己也听不清要说什么想说什么为什么要说的话退出房间。

我去找陈才。

依旧是陈才看了我一眼不理我的样子,不同的是他办公室里充塞的烟雾一下罩住了我。

我把事情给陈才说了。陈才不信。我知道他不会相信。但他毕竟心里有过鬼,还是心虚地对我说假如真是那样,就只好到医院去解决了。

"你倒方便,"我说,"趁现在快点办事吧。"

陈才恶狠狠地说:"我就不办!"

我说:"没有时间了。"

陈才用一种目光看了看我,这种目光使我真想骂自己一句什么。

和陈才就这样沉默着。在他抽完一根烟的时候,他站起身,用目光给我说:走!

红芳一见我们进来,一下用目光捕捉住了陈才,陈才也看着红芳,目不斜视。

他们在相互用目光证实一个事实并且在搜寻所需要的话语。

巧玲已经憎恶陈才,一见陈才就离开需要安慰的红芳,独自走出门去。

大概红芳从陈才的目光里读出她需要得到的目的,在陈才的目光里还是令她绝望的结论。我们谁也不会想到这时红芳的眼睛已经变形。

红芳是怪叫了一声从床上扑下来直射向陈才的。我正被她的叫声统治着思维在思考她的叫声有什么深刻含义时,红芳已将手中颤抖着亮光的刀子迅速地接近陈才的肉体。

巧玲也被红芳的那声怪叫唤回了屋。

我们包括陈才,还有红芳在惊慌之后明白将要发生的事是严重的必须采取措施时,红芳手中的刀子在陈才本能地抬臂去挡的手背上咬开了一道口子,刀子已用另一种清脆的响声告诉我们四人它已落在地上静静地躺下了。

陈才的背上有红色的东西在初夏的夜晚里被电灯光衬托出绝对纯种的

颜色。

我后悔刚才开导红芳时怎么没有要回她买的那把刀子，让这把刀子把事情弄到了这种地步。我看着沮丧地躺在地上的刀子看着陈才手背上像大张着的嘴一样的伤口，不知说什么好。

陈才并没有别人想的那样发怒或者惊慌，他只是把全部的精力集中到目光里去接触红芳又变成另一种形状的瞳仁。

红芳最终在陈才的目光里以失败告终，她把自己狠劲往床上一甩，随即用拳头捶自己的肚子。巧玲条件反射地扑上去抱住接近疯狂的红芳。

接下来的是红芳挣脱巧玲的胳膊，从床上弹起，她弹起时证明她的大脑是清醒的在她弹起差点头撞在墙上时还用手护了一下头并且推了那墙一下。做完这些动作后她从牙缝里才挤出这四个字："我——要——告——你!!!"

陈才一点都不觉得奇怪，好像这是他教给红芳这样说的似的，只是很赞赏的做出仔细听着这句话是否是他想象的那样恰到好处。

在他觉得各方面还符合他所要求的那样时，他才收回送出已久有些干涩的目光，掏出烟很轻松地点上一支，让无忧无虑的一股青烟在屋子里痛快地上升没有一点扭曲的迹象，然后再散开在每个人的头顶上都投下烟的影子。

我不知这场面该怎样结束才最合适，于是我看那烟在飘散时缓慢的依恋，心头也就不再为眼前的事做出苦恼的思考。

陈才抽完一支烟，把烟头往窗外一扔，看着那烟头划的弧线消失后，像办完一件大事一样轻松地向已栽在床上的红芳走去。

陈才说："明天领结婚证！"他走近床边一直没有去擦手上还在流着的血。

我便释然，这是最好的结局，对于这样的场面。

红芳说要到医院去掉肚里多余的东西，陈才不知怎么就开上了证明，在他和红芳还没领结婚证的时候。因为红芳说不急着领结婚证陈才就没有催。并且陈才还对我说如果我要开领结婚证的证明他可以开上，他说并不难，开始他只是不愿帮我。巧玲说不用了，现在办只有几天了还有什么意思，她该回去了，快夏收了，她爹今年身体不如以前了。

我觉得巧玲说得很对。

红芳是陈才和巧玲一起陪着到医院做的手术。回来后红芳脸色很苍白，如果不是眼睛和嘴还有鼻子在她脸上长着些别的颜色。简直可以说她的脸和一张空白的纸没什么两样。在她脸上却可以看出一丝轻松来，很自如，也很叫人不想看。

陈才买了很多补品。

巧玲对我说医院那种事真可怕，她没有说到底可怕到了什么程度。

红芳在床上躺了三天，陈才陪了三天。红芳手中捏着领结婚证的证明，当然也有她来时的村上开的和巧玲的只是名字不一样的女方证明，她仔细地端详了三天这些纸片，泪水不时模糊着视线。

这天，红芳恢复得差不多了，她就起了床。陈才的语言像夏季吹来的风一样舒坦地往红芳耳朵里装的时候，红芳却说："不急。"

陈才说："先领了，手续都全。"

红芳说："不急！"

陈才说："今年把事办了，明年就可办随军手续，就来部队。"

红芳说："不急！"她拉着陈才的手一连说了三个"不急"，听得陈才脸上有些慌乱。

红芳这才说："来时间长了，我也该回了，快割麦子了。"

陈才便不语，给红芳披了件衣服，红芳就把那证明折好小心地往衣服口袋里装好。

一直觉得尴尬的巧玲走到窗前往外看，这回却说："现在不办就不办了，红芳身子也弱。等过年时你们俩再办，那时陈才和文刚一起请假回家办，我的年龄也就超了，什么事都顺心，现在办也没几天了。"

我欲言，又止。巧玲，我为什么要和陈才一起回家结婚呢，我在心里问。

巧玲说完就看窗外，根本不管我心里说了什么。这回她还发现了奇迹，叫我们快来看看："怪了，怪了！"

我们三个全到窗口看啥怪了，没用巧玲给我们说，我们都看到了那座米黄色的家属楼不见了，取代那个位置的是一座白色的但和原来米黄色一样形体的家属楼，那白色的墙壁在六月初夏的阳光下闪着一种白色的气体，那气体弥漫了我们四人的眼眶。

"我当是啥，这我早就看到了，那天就看到了。"红芳说完这句话的时候，抓过陈才那只被她刺伤的手，抚摸着手背上的伤口上已结起一层粉红色的薄茄。

"白了!?"巧玲说。

"是白了。"我说，不是幻觉，这阵子只是没有注意那楼的颜色已被塞外的强紫外线辐射成白色。我想为什么当时不直接刷成白色而要刷成米黄色又让太阳舔成白色呢？米黄色的确好看可就成了白色，白得没有一点杂念。

"是晒的!"陈才肯定地说。

我们三人都没有注意到那楼经过怎样的痛苦而变成了白色，只有红芳时刻注意着那楼的变化，所以她觉得很自然。

在我们都不觉得又很觉得之间，巧玲和红芳来部队已一个月零四天了。在巧玲比红芳发现那米黄色楼体已变成白色要晚的这天，我觉得有些事情都很自然，像那墙一样自然。

也就在这天，红芳提出要回去。当她说出"该回去了"这几个字时，她说得比我们看到那楼体颜色的变化还要自然些，好像是随便说说却很坚定，像那墙一样很自然的由米黄色变成白色，尽管陈才说再住几天，也没有改变了红芳的想法。

走时，我没有给管理员说，就开出小车送巧玲和红芳去车站。

陈才买了好多路上吃的东西，起码够五个人一路吃的。

这天领导交给一个说是很急的材料叫陈才写，陈才没有写，却去送红芳她们。

这回，巧玲一定要红芳坐在我的旁边也就是领导坐的位置。

红芳就坐了，并且要我打开车上的录音机，我就打开了，马上就让一曲《心太软》填充了车内的空隙。

临开动车时，红芳偏过头透过车窗，用目光隔着蒙了一层尘垢的车窗玻璃在那白色的家属楼上粘了一粘就收回了目光。

夏天的春水

请用魔力抚摸我的双眸

如果你是传说中的精灵

让我跟你去吧

去精灵的藏身之地

请把你的神秘之手放在我的心上

让我随心所欲地往前走吧

不要叫别人把握我

——王程 摘自梦中的一本书上

一开始，王程就坚信，自然界一些稀奇古怪的事情，都是人们传得神乎其神的流言，只是人类自己虚构世界的一个情感幻想。

就像几年前传闻的喀纳斯湖怪一样，不攻自破，所谓的湖怪只是一群红鱼聚集在一起，为躲避险恶的人类，群居在湖心水深处，人去不了的地方生存而已。后来有了汽艇，人可以到湖心，湖怪之谜也就解开了。

真正去过喀纳斯湖，王程对那个地方却有了一个奇怪的感觉，真正是什么他说不清，他倾听自己的心搏，望着那后面的事物，像是审视自己的生活画面一样，一切都脱离了现实在幻想中走了一遭，像王程这样现实的生活者，都奇怪自己脱离了可感知的事物，在瞬间忘却了一切。

过后回想起来，王程只觉得自己也像传说一样，美丽了一回。都是那个秃顶男人的一句话，搅得王程和吕玲两人心里慌了，意念也乱了。后来回想起来，那真是一个叫人心迷意乱的地方，因为在苍茫的新疆。喀纳斯湖应该是神仙居住的仙境。

王程的心里当时无暇顾及喀纳斯美妙的风景了。后来他常想，是精灵在作怪一般，他顺着秃顶男人的那句话，陷入了一片泥沼。

来过喀纳斯的人都知道，盛夏的喀纳斯湖才脱去冬装，冰雪融化后，那一池水才是夏季的春水，绿波荡漾，似深不可测的水潭，泛着宝石蓝的光泽，似一汪被群山冰峰包裹着的眼睛，含情脉脉，吸引了远在高楼里的男女，不顾路途的艰难，前来瞻仰。或者为寻找一点尘世里的清净，观望一眼自然界的奇妙风光。可见只有身临其境，才会感到整个身心都在净化，灵魂将同这湖、这水、这山、这树、这梦一般的仙境融为一体，自有一种说不清道不明的超脱。

过后，王程回想起来，觉得人还是难免落入俗套的，真正超不出常规的范围，即使那个秃顶男人的智慧，也只能是偶然的感应而已。可当时，王程是昏了头的，在一池春水面前，王程相信，如果不昏头，那才叫不正常呢。简直是梦中一闪而过的念头，被秃顶男人用智慧的灵光那么一击，一直循规蹈矩的王程，心里便乱了。可见人类的感情真是妙极了，妙得叫人无力躲避。至于吕玲，王程觉得，她的表情绝对大于她的心情。是哪种无法掩饰的向往，到底向往的是哪一种情景，王程就不得而知了。王程仔细回味起来，那时候，是喀纳斯的黄金时刻，游人的心境非同一般。

可刚被跟前的美景冲昏了头脑的王程和吕玲，就被那个秃顶男人随口说的一句话给搅乱了。

当时，吕玲蹲在喀纳斯湖边，因了那诱人的透明晶莹的湖水，她就想抚摸那水，那水实在不多见。

吕玲把在湖边采摘的一把野花随手交给身边的王程，自顾蹲下，玩起水来。王程站在吕玲的身边，望着吕玲白净的手臂探入水中。那水实在是太诱人了。王程情不自禁地蹲下，和吕玲挨得很近，用手中的野花去撩水。

不想吕玲竟调皮地撩起一串水珠，洒在王程的头上、脸上，于是，吕玲银铃似的一串脆笑滚落到湖面，清脆甜润。王程堆起了满脸的憨笑。

秃顶男人站在湖边的木桥上，凭栏望着，就说了句似从湖水中冒出来似的一句话："看这对夫妻，天造地设的一样。"

秃顶男人的脑壳里，装满了绝顶的智慧。王程和吕玲听到这句话，笑都凝在了脸上，随即，两人对望了一眼，脸却红了。

秃顶男人如在湖上驾着云雾一般，又说了句："绝了！"就感叹着走了。

红着脸的王程轻喊了声："哎！"正想唤住秃顶男人，解释一下他和吕玲的关系，却被吕玲用眼神止住了。

身后的松林里，云雾缠绕，很快蒸腾出一片白色游动的气体，将他们罩了个严严实实。

王程和吕玲只是一般的同事，单位组织旅游，才有这么个机会。他俩都是已婚为父为母的角色了，他们都觉难堪，幸亏没别的熟人在场，不然，他俩就成为一路用来逗乐的笑料了。

接下来的情景，两人都无话可说，连责怪秃顶男人的话语也没有。喀纳斯的湖水、白桦树、木屋、还有那松林，像一双多情琴师的手，拨动他们的琴弦。

后来的几天里，无论什么样的胜景，王程都觉得没多大意思，他注意观察过吕玲，她也是无精打采的样子，只是两人目光偶尔相遇，他发现她的目光很潮湿，像有一丝白云游过，晃晃悠悠的。

回到远离喀纳斯的城市，王程几天都缓不过劲来，对高楼和拥挤的车道，他产生了前所未有的陌生。尤其是一进家门，王程总有种恍如隔世的感觉，妻子张君根本没问他一句这次旅游的情况，递给他水壶："正好，你下楼去打开水。"王程没接水壶，望着妻子化了妆的脸，妆太浓，有点夸张的眼窝深得骇人。

"看什么看？"妻子没好气地说，"玩够了，也该干点活了。"往常，都是王程下班后打开水，约定俗成，成了他每天的"固定节目"，就是王程回来晚了，张君坐着看电视，也不去打开水。王程曾对妻子说过，她可能连打开水的地方也找不到，妻子还生气了，说一个大男人打壶开水，就不得了啦，她还给他那么费劲生个儿子呢。当时是难产，妻子受了不少苦。王程不多说了，一如既往地打开水。

这回，王程却不愿打开水了，把提包往墙上一挂："你就不能去打回开水？"

张君瞪着深眼窝说:"叫你打个开水,话这么多,你出去玩,我一个忙前忙后,接送儿子,洗衣做饭,你倒有功了。"

王程最烦妻子唠叨了,不再多说。沉默是金。干脆往沙发上一坐,也不去打开水,也不提去托儿所接儿子的事,任妻子气呼呼地摔门出去接儿子,他也懒得动一下。

结婚五年,儿子都三岁多了,王程总不明白,妻子越来越看不惯他,尤其是在对待儿子上,他怎么说怎么做都是错的,妻子容不得他对儿子的正面教育,她教儿子在幼儿园和小朋友在一起,一定不能吃亏,打架要打得过别的小朋友,吃饭要快,不然吃不饱,教得儿子已经横行霸道,蛮不讲理了。

王程很厌恶妻子的世俗,但又拿她没法子,妻子完全变了样子,不像刚结婚那年,什么事都顺从他,他就勤快,干所有的家务,没想到却养成了妻子的懒惰,他倒养成了个为油盐酱醋操心、计划购买的"妇男",妻子则不闻不问,甚至根本不管的地步。妻子的变化叫王程很费解,就连夫妻间的私事也到了两难境地,别说王程单方面的要求,他来了情绪,妻子总会说太累太瞌睡,就先睡了,要不转过身不理会他。说来叫他心酸,有时为了夫妻私事,他得提前一天尽量讨好妻子,博得妻子的欢悦,到时才不会拒绝他。

王程觉得在这个家庭里生活着,可真叫累,他不知道别的家庭是不是一样,偶尔道听途说谁的妻子是多么贤惠多么会做人,回家给妻子一说,妻子马上就会翻脸,一句"你可以和我离婚,去找比我好的女人",呛得他说不出话来。

从喀纳斯旅游回来后,王程觉得吕玲和他亲近了许多。原来他们只是一般的同事,工作上来往不是很多,大家串办公室,也开玩笑,但不是能对上味的那种同事。这回却不一样了,吕玲经常到王程的办公室来闲聊,基本上是针对王程来的,闲聊的话题也很不一般。吕玲有几次都问到了王程的以前,王程总是叹气,他对以前的美好时光充满了怀念,但当着吕玲的面,却不好说出口,就说些无关紧要的话。说着说着,王程的思想就出了格,从吕玲谈话的口气上,还有她闲谈的琐事,他感觉到吕玲是一个贤妻良母。

按说，王程在单位是一个不起眼的角色，一般没人注意他，尽管他不是一个从长相到工作很糟的人，但因他在各个方面不是太出众，尤其是闲聊方面，他引不起别人的注意。吕玲则是一个出众的女人，不光长得漂亮、耐看，平时闲谈也是主角。在王程这样人的心目中，吕玲属于自我感觉良好，很清傲的那种，反正，吕玲以前是绝少和王程闲聊的。

从现在的意义来说，王程在心里很感激那个秃顶男人，他的一句话使他在单位里也活跃了起来，不像原来那么沉闷。王程是搞工会工作的，绝对不热闹也吃香不了。

闲聊时，吕玲有时会提起在喀纳斯湖畔的那件事，她虽然不说秃顶男人的原话，只说那个秃顶男人很好玩，说的话很有意思。王程也不说话，望一下吕玲似喀纳斯湖一样深邃的眼睛，心上掠过一丝异样的感觉。吕玲很响地笑笑，笑过之后，又是沉思默想的样子，王程心想，吕玲是在想那个情景呢。

"天造地设"，王程默念着秃顶男人的这句话，心里涌起一丝幸福感，但随即又消逝了，因为那毕竟是当时在那种仙境一般的世界里情景所致，离现实太远喽。

在现实中，王程有过这样的一次幸福机会。那天王程患感冒，没去上班，反正是不重要的部门也不用认真去请假，他躺在家休息，没想到下午下班后，吕玲竟找到王程家里来了。

"你一天没去上班，果然是病了。"吕玲敲开门后说。看到王程的妻子也在家，吕玲问了声张君的好，虽然张君没有多大的反应。

"我下班路过，顺便上来看看。"吕玲又补充了一句。这已经够王程感动了，吕玲其实并不顺路，从没上过他家的门，第一回来是专门为看望他这个病人，王程能不感动？王程热情地招呼吕玲，张君却异乎寻常的冷淡，这使王程很不高兴。

吕玲走后，王程叽咕了几句，妻子气呼呼地说："我就是这样的人，来个你的同事，难道还让我抱上她亲一下不成！"

王程本想说吕玲不是一般的同事，或者将上次旅游时的那段插曲当作好玩的话题给妻子说一下的，还没开口，妻子却说："你这个同事，咋看着像个骚货。"

王程来气了："世上就你最好。"

过后，王程病好上班了，到吕玲办公室去闲聊，见没别的人时，说了感谢她去看他的话。

吕玲一听，笑着说："你别忘了，我们是'夫妻'呢，'天造地设'，不简单的。"

一旦说出口，吕玲脸上还是有点难堪，但笑声掩饰了一切。王程趁机邀吕玲中午一起去吃饭。吕玲不愿去，说不至于吧？想了想，又说该去的，不然还算什么"夫妻"呢！

同事之间逗逗，吃吃，极其平常，可王程和吕玲以前不怎么接触，就显得不平常了。如果不是喀纳斯湖边的那个秃顶男人，恐怕他们一直那么平常着呢。

中午没回家吃饭，按王程的生活规律就是没有回家打中午的开水，晚上回家后，妻子问他中午干啥去了。王程说："有个公务急着要办。"说了个谎。反正妻子早给王程下过定义：假正经。妻子经常说王程好多时候都是装出来的，现在也没有好坏人之分，都不是正统人，尤其是王程，她已经看透了他。王程也不多做解释。解释了没用，妻子用一切坏丈夫的角色衡量过他，甚至把他的懒散行为可以罗列一大堆。就是不知道她自己有多懒，有多少毛病，并且有种种理由掩盖自己的缺点。有时候，王程很厌恶妻子，根本没办法沟通，夫妻不像夫妻，每天就在针锋相对的斗争里过日子。每当不顺心时，王程会想到吕玲，有时竟想到如果自己的妻子是吕玲而不是现在的张君，那情形肯定不是这样，吕玲不会像妻子这样莫名其妙和懒惰，也不会这样刻薄地对待自己的丈夫。反正，夫妻不应该像他们这样的，王程想，他和张君什么事都说不到一起。

时下流行办实体，王程所在的单位也办了个广告信息公司。王程没想到吕玲自告奋勇去了公司，王程没这方面的特长，单位也不会让他去的，他也不想去干，不太正统了，不像国家的正式干部。他待在原来的岗位上，又恢复了以前的没有人太注意的状态。

王程感到很孤独，他已经不适应了以前的那种环境，和别人闲聊起来，他总觉没和吕玲闲聊有意思，他也容易被人忽视，一时竟然觉得很苦闷。实在憋不住，王程去广告信息公司找吕玲，吕玲不同以前了，显得很忙，没空闲和王程说话，但对王程还算热情，王程却不好意思待在那里，出出进进的人又多，他怕打扰人家的工作，慢慢地就去得少了。

最后一次到广告公司找吕玲，是大半年之后的初夏时节了。王程去找吕玲，是他同妻子吵了一次很严重的架，因为他妻子嫌他给他家寄了两千块钱。他的家不在这个城市，他母亲病重住院，他只尽了一点孝心，妻子不愿意了，平时妻子为她自家买这买那，他有时心里也不高兴，但没和妻子吵过，但妻子却和他吵了，并且动手抓破了他的脸，这次他们吵架到了极点。王程说了不行就离婚的话，他受够了张君。

王程去广告信息公司找吕玲时，她正在打电话，示意他坐下等一会儿。王程坐下等着，他心里着急，想着有许多话要对她说。

吕玲终于打完电话，微笑着问王程有什么事？王程突然间被问得竟不知怎么开，他望着吕玲喀纳斯湖一样深邃的眼睛，去年的那个情景占了上风。

"你，"王程一开口，知道自己的情绪完全变了，不按自己的意图与吕玲交流了，他只好说道，"你还记得那个情景，那句话吗？"

"哪个情景哪句话？"吕玲满脸疑惑，像反问客户是什么广告内容什么广告词一样生硬。

王程被反问得张口结，他从吕玲的目光里看不到白云浮动的影子。

吕玲却赔着笑，用歉意的口吻说："我真忘了，你告诉我吧。"王程心里很敏感的，他从吕玲的语气里感觉到无聊至极。他心想还是算了吧，再说已经没有多大意思了，权且当作一场梦吧。一场自作多情的春梦。

在这样炎热的夏季里，能有一场好梦也是不错的。城市已经淡化了一切纯粹的情感，物欲淹没了人心，何必还要找一个停泊的岸呢？

王程有了如梦一样的感觉，有时恍惚间觉得，自己是否去过喀纳斯湖，甚至想过，到底有没有喀纳斯湖这个地方。

在一个热得连狗都懒得走动的夏季，做一个清凉的春梦，毕竟也是美好的。

（刊发于《当代人》2001年第7期）

万克是一条鱼

　　叶纯子撑开画夹，准备画画。到塔尔拉半年多了，她几乎没有打开过画夹，这里的一切对她来说都是新鲜而奇特的。她早已不写日记了，自从她开始学画后，她把所思所想都用画来表达。现在，她便想到静下来用画来记录下到塔尔拉后和自己所爱的人结婚后的幸福生活。

　　面对画布，画什么呢？她想画的要表达的实在太多了，一旦要画起来，却无从下手了。因为这里的一切都值得一画，值得她记录下来，作为今后永久性的怀念。风沙迷茫的春天来临了，没有鲜花和温暖的阳光，但这里的人们脸上还是露出了希望的笑容，仿佛不停降临的时光，都会出现崭新的叫人向往的陌生风景。因为所有的风景在没有看到之前，都是美丽的，充满了诱惑，给人以无穷的遐想。

　　叶纯子还不认为自己是一个画家，但作为一个对艺术有感悟力的人，意味着能够通过绘画这种形式表达自己的认识。这似乎并不困难，这些想法源于她自己的内心，从她的心里生长出来，并由此出发逐渐地理解爱人和这些年轻的士兵们，她的这种心声和他们是共同的，是大家心里共有的，虽然谁都不曾说过。通过这么多天的观察，她同他们一起都在不断地创造着伟大的、不绝于耳的、回荡不停的人生惯例，每个人都会把自己最关心的东西加进去。于是，便出现了这种情况，一个人精神上不同于其他的人，当他表达自己的认识时，自己却消失了，如同雨点落入大海里一般。可叶纯子不想这样，既然自己不顾一切地来到了塔尔拉，她就要把自己在塔尔拉的一切想法全要记录下来，作为自己生命中不可缺少的一部分，珍藏在自己笔下的画布上。

这应该是叶纯子找到的一个切入点，从这个角度来看，似乎一切艺术的主题和目的都存在于个体与总体的平衡之中，似乎崇高的因素，即艺术方面的重要因素，使艺术的天平保持均衡。

她想先把自己画下来，不是自画像的那种，而是她自从来到塔尔拉的另一个形象。这个形象里包含了她太多太多的想法和认识。这些想法和认识是用文字表达不出来的，只有通过画笔，在画布上才能用色彩绘出此刻的心境来。

然而，不知什么原因，叶纯子反复试了几次，也无法选定一个看上去像她自己的姿势，现在的她。到了塔尔拉的她。经受了一番塔尔拉残酷自然环境侵袭的她。

对着镜子，她发现她的面孔和身形看上去有了很大的变化，因为她已经怀孕了。但她发现自己的身体线条还很分明，她却无从下笔。她以前并不是这样，她给自己画过自画像，从来没有出现过这样的情况。她决定不直接开始为好，看看会发生什么。

她画了一幅自己肢体舒展坐在椅子中的铅笔画。这幅画给她的印象不错，并非她想象的那么糟，那不均衡的比例仿佛是刻意的顽皮之举，而那种舒展的胳膊和拉长的颈部正表达着令人快意的质朴。她从她的本意出发，她也算从自己的头脑里抠出了一个影像的轮廓了。

她来到画架前，拿起画笔在调色板上调和着各种颜色。她不再去看画上自己的轮廓，也不去关注镜子里自己的形象，她一心一意的只是想调出适合自己心境的色彩。

自己应该是什么样的色彩？

画布等待着她去涂抹！好像前面未曾见过的生活，等待着她去生活一样。

她的手有点抖动。对她来说，原来很简单的一幅自画像，却变得一点都不简单，这到底是怎么回事呢？

她把第一笔颜料终于染上了画布，颜料滴淌下来，像一串串厚重的泪水，在自己身体的轮廓上流淌着，流淌着……

这就是她对塔尔拉最初的认识！

她将画笔投入画布，把脸埋在手掌中。她感觉到从窗户挤进来的阳光碰撞到她的身体上，轻轻地落在了画布上的自己，这个自己此刻发出那种神秘的熠熠光泽，这不仅来自画面上生动的接触点，还表明在光和画面之间，在它们结合点之间，这里或者那里总有一种纽带，把她和现实连接了起来，阳光像一个恰到好处的填充物，它把事物本身引到了艺术中去，促使形态的边缘在颜色与身体的空隙面前越发清晰和光滑，保持了它们的圆润，画布像水果一样吸收着光，并不间断地、悄悄地溢出一种纯净而浓郁的芬芳来。

叶纯子冲着阳光睁大眼睛，想让太阳晒着她的眼睑。然后，她闭上双眼。蓝色的斑点和黄色的火花在眼前跳动着，像一池静水被投石激起的波纹那样不断向外扩散。她感觉到阳光的亲切来。

她突然有一种想法，想着这个画布上正在创造的自己，在阳光的呵护下，已经生长起来，像一株正在抽穗的庄稼，变得成熟了。

这年夏天，叶纯子流产了。

万克认识叶纯子，是他最寂寞的时候。他来到塔尔拉以后，才发现，他爸爸所在的兵营离人多的场部还很远，这里没有一个可以和他玩的小孩子，他一个人不甘寂寞地在营区周围跑来跑去，寻找能玩的地方。

那天，万克正从一片红柳丛中穿过，他从没有什么遮挡的大道上拐进一条狭窄的小路，两旁全是密密的红柳，头顶上闪着红光的树冠像是在互相拥抱一样，树底下黑黝黝的。这时万籁俱寂，只有红柳枝互相摩擦的声音，那种宛如细雨落进草里或草茎互相抚摸时所发出的沙沙声颤动着向这个孤独寂寞的男孩飘来。万克觉得有趣，他轻轻抓住一根红柳枝，把它拉弯下来，然后再松手，红柳枝很柔软，会缓缓地弹回去，万克觉得很有趣。他一个人玩得正起劲的时候，听到身后有嚓嚓的响声，那是什么东西踩在盐碱地上的声音，万克吓了一跳，转回身一看，由于树丛中光线太暗，他只看到一个白色的身影朝他飘来，并且已经挨近了他，他还没有弄明白来的是谁，就被这个白色的影子紧紧地搂住了，一个温暖柔软的身体把他抱在怀里，一只柔软的手，迅速地、颤颤栗栗地抚摸着他的头发，他惊奇地发现抱着他的是一个漂亮年轻的阿姨，他还没有开口问这个阿姨是谁，她就微笑着告诉她，她是纯子阿姨。纯子阿姨还把他带到了自己家里。

万克终于在塔尔拉找到了一个能和他玩到一起的人。

即使爸爸回到家里，万克也要挣脱爸爸的怀抱，不听妈妈的呵斥，跑到纯子阿姨家去。万克跑出门，他知道爸爸和妈妈会吵上几句。他经常把这些争吵抛在身后，他已经厌烦了爸爸回到家里，只要爸爸一回来，除了闷着头一根接一根地抽烟外，就是和妈妈一句一句地争吵，他们吵架的内容非常简单：互相嘲讽。琐琐碎碎都能成为他们讽刺的理由。然后，爸爸唉声叹气地抽烟，妈妈摔东摔西地流泪。

万克哪有心思在家待呢，只要爸爸一进家门，他就出去，到纯子阿姨家玩。纯子阿姨身材瘦小，面色苍白，但她却能挺着一个比她的头大得多的肚子，像身上挂了个大提包似的，男孩每次见了，总要问她累不累。纯子阿姨笑笑，把男孩拉过去，把他的耳朵贴在自己的大肚子上，说："万克，你听听，阿姨肚子里的万克是不是喊你哥哩！"

万克认真地把脸贴上去，纯子阿姨的肚子软乎乎地，他听不到一点声音，只能感觉到一团肉在纯子阿姨的呼吸声里蠕动，他仰起头，对纯子阿姨说："阿姨，我听不到他叫我哥，他不认识我，不愿叫我。""胡说，万克怎么会不认识你？"纯子阿姨两眼一瞪，"女人的肚子就像大海一样，大海你知道吗？"见万克茫然地摇头，她说，"大海就和咱们塔尔拉的涝坝一样，都是水，小孩就像鱼，在里面长大了才游出来。小万克就是一条鱼，你也曾是，身上滑溜溜的，我摸到过。鱼你见过吧？你和小万克是一样的鱼，是你装作不认识他的。原来的小万克游来，又游走了，这次又游了回来。"她拍了拍自己的肚子。万克不吭气了，鱼他见过，他最爱吃鱼了，妈妈也曾说他是鱼变的。塔尔拉没有鱼，经常从外面买来鱼，妈妈宰鱼时，他最爱摸鱼了，像摸自己，光滑光滑的。用手抚摸着纯子阿姨的肚子，万克心想，只要小万克像鱼似的从纯子阿姨肚子里游出来，我肯定会认识，那时，我就能听到他叫我哥了。万克最盼望的，是他能有一个玩伴，在塔尔拉，除过爸爸和一群当兵的叔叔外，就他一个小孩，爸爸又不让他到兵营里去，他没有一个能玩的伙伴，天天生活在家属院这个圈子里，孤孤单单的。白天，尤其是中午，他一人跑到家属院后面的荒滩上，那里有一大片正在开花的红柳，他可以钻到枝条细密的红柳丛中。红柳丛中非常安静，而且它们会把天空遮住，一蓬蓬的，枝条上全是一串串红色的小花儿，花虽没有香味，男孩还是喜欢去闻，他把柔软的花棒一样的枝条拉下来，凑到鼻子上，摩擦着鼻子，他会一人在红柳丛中闻一个下午。他最喜欢的，就是把自己掩藏在红柳丛中，让别人看不到，听妈妈一遍又一遍地唤他，他硬憋住不答应，透过枝条的缝隙，得意地看着妈妈生气的样子。可当妈妈认为在这荒滩上也丢不掉他，要转身回去时，他才会大叫一声，哈哈大笑着冲出来，吓妈妈一跳。这样的玩法玩得多了，妈妈会失去找他的兴趣，不再到外唤他了，万克觉得红柳丛中也没有了意思。但他还是喜欢秋天的红柳丛，那种米粒似的紫红色花儿盛开的时候。万克后来爱到纯子阿姨家去，不管是纯子阿姨也喜欢秋天到红柳丛中去看花，主要是纯子阿姨肚子里有了一个小万克，那是他最大的梦想：他快有一个也叫万克的小伙伴了。

　　流产的打击对叶纯子简直是太大了。她和丈夫没有一点思想准备，也没有一点征兆，所以他们受不了这个残酷的现实，尤其是叶纯子，她对肚子里的孩子的热望已经超过了一切，因为孩子是她在这些孤单的日子里赖以生存的最好伙伴，可现在他（根据医生的判断流产的是个男孩）没有了，她的希望破灭了。她对这个孩子抱有多么大的幻想啊，光为他的模样就画了十几幅画，并且一幅比一幅有特点，加进了自己最新的想象，她把自己的想象和画出的画做着比较，不断地讲给丈夫听。丈夫听得都有点说不清哪个好了，最后总是说，如果不是基本国策控制着，你干脆按每幅画的模样生上十几个好了。叶纯子当然高兴，说如果政策允许生，我肯定要生那么多，到时自己像个幼儿园园长，多热闹。

　　可是，第一个孩子就没有了。

　　叶纯子沉浸在深深的悲痛里，泪水把她的眼睛泡得像发面一样肿胀起来。丈夫陪着她，他比她要坚强。丈夫伤心了几天后，就想通了，孩子这次没了，下次还可以有，他劝叶纯子要保重身体。叶纯子也知道这样悲痛下去没用，可她没法从这其中拔出来，毕竟是在她的肚子里生长了三个多月的一团肉呵，这么一下子没了，她说什么也接受不了，并且那么多的幻想都随之破灭了，她像倒塌了精神支柱似的，身心全都瘫了。

叶纯子受不了这个打击。她扑在丈夫的怀里，紧紧抱住他，抽泣着，呻吟着，她怀着从未有过的巨大痛苦，哭着喊出一番绝望的话："我一定要重新得到这个孩子，否则我就无法活下去，他是我的一切……为什么他要离开我们，不愿和我们在一起呢？告诉我，为什么，为什么会这样？"

一阵无声的哭泣淹没了丈夫的心，他俯下身把妻子紧紧抱在怀里。这时她紧紧抓着他的手变得软弱无力了，她像一朵枯萎的花一样在一点点地往下坠。他轻轻地抚摸着他散乱的头发，像哄小孩似的说："纯子，别这样，孩子是不在了，但是……孩子还会有的，你要这样下去，身体垮了，怎么再生孩子呢？"

他这样一说，觉得她的目光贪婪地停留在他翕动着的嘴上，过了好长时间，她才梦醒一般对他说："那我现在就要生孩子，就想有个孩子！"

"你好好的，别再折磨自己，等你身体恢复了，我们就会有孩子了，好不好？"

她点了点头。但她没法这么快就从悲伤中走出来。

他看着她的半悲伤半强忍的神情，心里很难受，觉得妻子现在很可怜，在无依无靠的大漠里，她要承受的悲伤何止失去孩子这么简单，她还要承受除他之外再没有亲人的苦，他到兵营里去后她一个人孤独寂寞的苦，她从天府之国来到千里之外的大漠里，嫁给他这个当兵的，又遇上第一个孩子流产，她够不幸的了。

她全神贯注地倾听着他，能够把心里挤得快要溢出来的话尽数吐露的那段时间里。她坐在那里，用充满期待的目光望着他。这时他能感受到她的心灵，像一只鸟儿，在枝柯间蹿来蹿去，总是拣稳当的树枝栖息，这时候的她看上去，像一个需要依靠的孩子，很专注地围在他的周围，他能揣摸到她的心思，只要他一开口，随便说什么，她都会顺从地一笑，仿佛一只鸟儿，利爪攫紧树枝，安稳地栖息着。所以她才能够什么也不用考虑，只有一个念头，就是等待着能够再次怀有孩子。

但是这种等待没有尽头，反而弄得她更加疲惫不堪。

下次再有孩子的念头成了她最大的愿望，成了安慰她的最大力量，孩子几乎占据了她所有的大脑，使她一直处于幻觉之中。正是这种幻觉永无休止地浮现，伴随着真实，却把她的思维置于真实之前，使她像一个孤独的漫游者，在塔尔拉这片土地上驻足栖息。这里给予了她对爱的知觉和家的愿望，现在在她痛苦的时候，给予她大致的安宁，使她重新看到了希望，她只是一个劲儿地催着：我什么时候才能怀上孩子！她在渴望的瞬间，那种看到了她一笔一画描绘自己孩子的画像，她贪婪地朝画像扑去，仿佛她要把这可爱的幸福孩子从画框里拽出来，让他回到现实中她的生活中来，这样她就可以体会他四肢的娇嫩，在他的小嘴上逗出笑来。她体会一个做母亲的幸福，她的目光里充满了慈爱，完全陶醉在幸福之中。她紧紧贴在画像上，她的手指有点颤，有点痒，渴望战战栗栗地抚摸孩子光滑而柔嫩的身子，她的嘴唇像火一样地灼热，想要温柔地吻遍这梦寐以求的胴体。一股幸福的暖流流遍全身。热泪随即夺眶而出。

　　丈夫把她紧紧揽进怀里，他小心翼翼地拉着她的手，把她从画像前领开，他没有劝她，因为他也热泪纵横了。他不愿让他看见自己也流泪了，他便抱着她，每天都轻轻地摇晃着她，让一个温柔的声音萦绕着她，将她轻轻地、甜蜜地摇入一个远离现实生活的朦胧而又美妙的梦境。

　　叶纯子又一次怀孕了。

　　她这才安静了下来。她又开始她的绘画了，这一切组成了一幅飞快完成的美丽图画，这幅画又赐给了她最幸福的、最美好的回忆，她就像已经重新拥有了她的孩子，比现实中的还要神圣得多，深沉和慈祥得多，所以一看到这幅画就使她激动和快乐不已。现在这幅画完全是她美梦的外壳，是她的一切寄托，是她灵魂的栖息地。

　　纯子阿姨没生孩子之前就给胎儿起名也叫万克，意思想生出一个像万克这样的儿子来，纯子阿姨对万克的妈妈说，她要借用万克这个好名字，生一个胖乎乎的儿子。可纯子阿姨没有足月就生下一个死胎，她不相信她的万克是死的，抱着死胎在塔尔拉叫了三天三夜。那种"万克万克"的叫声使塔尔拉的白天和夜晚异常恐怖。万克的妈妈怕吓着他把他抱在怀里用被子蒙着头，他还不太懂得到底发生了什么事，一个劲儿地对妈妈说，纯子阿姨叫他呢，要挣脱妈妈的怀抱去答应纯子阿姨，气得妈妈打了他一巴掌，他大哭大闹起来。他的哭泣声引来了纯子阿姨，她把也叫万克的死胎往男孩家的床上一放，就要从妈妈的怀里抢万克，妈妈吓得把纯子阿姨推倒在地。从那时起，妈妈便和爸爸开始争吵着要离开塔尔拉，再也不理纯子阿姨。

纯子阿姨被丈夫送到遥远的喀什治疗了三个月又回到塔尔拉，她比以前更瘦了，脸比原来更白，一见到万克，还说成是自己的万克，买了很多好吃的东西给他吃，不断地把万克叫到她家里。万克的妈妈为了不让他到纯子阿姨家去，有时会锁上院门。院子是用红柳枝围起来的，纯子阿姨为了叫出万克，把他家的红柳枝篱笆墙拆得一塌糊涂。为此，万克的妈妈和纯子阿姨大闹过一回，闹的结果是万克的爸爸把妈妈大骂了一顿，妈妈哭泣着把万克推出家门，说万克的魂就是那个疯女人勾去吧，后来就不太管儿子了。

万克一点儿都不觉得纯子阿姨是疯子，她对他好，尤其是她又怀孕后，把丈夫给她从外面托人买来的东西全给他吃了。万克才五岁，谁给他好吃的，当然说谁好了。纯子阿姨又经常叫万克摸她的肚子，他更愿意和纯子阿姨在一起。至于纯子阿姨把自己肚子里又怀上的胎儿还叫作"万克"的名字，万克有些不解，他曾问过纯子阿姨。纯子阿姨说："我的儿子就叫万克，你是大万克，你不想有个小万克吗？"

万克当然想有一个小万克了。但他的妈妈为了这个名字，曾和纯子阿姨的丈夫——中队长理论过几回。中队长抱歉地说，嫂子，你就让她那样吧，我保证你的儿子不会受到损伤。万克的妈妈没话可说了，要离开塔尔拉的念头却更强烈，一闹起来，万克的爸爸开始还忍让着，后来就不让了，骂她离开可以，留下万克，走时先把离婚手续办了。一提到离婚，妈妈只有哭了。哭过，还闹。

叶纯子的生活里，总是有旋风一样的东西搅动着，使她陷于极大的、莫名的痛苦之中，心里感到阵阵战栗。她心里充满了不知所措，没有人给她指点和引导，她在黑沉沉的光线里用心灵走着另一条奇特的路。她心里生出渴念，却找不到路。在她受到又一次的打击之后，她毫不犹豫地和她的同伴——一个影子一起越过了没有路的荒野。她看到的那个片断和景象，自有安慰她的力量。不论她在作画，还是干别的什么，那个幻影总会来到她的面前，她半闭着眼，像欣赏一件美妙的艺术品似的，总能欣赏半天。她发现这个被叫作塔尔拉的地方真是个好地方，天阔地广，所有能看到的空间铺满了波澜起伏的波涛，看上去雄浑壮阔，这片驻守着人的绿洲就是大海中的孤岛，她有时离开这个孤岛的码头，去海的中央，有一个棕色的小点，她明白过来，那是给她准备的离开这个孤岛，去寻找海岸的一叶孤舟。她上了小舟，乘风破浪向海岸驶去。

她是感觉不到她在小舟上的，她感觉是在海面上行走，她的手却浸没在水中，在海面上划出一道波痕，在她的心目中，那些蓝色的漩涡和线条形成了各种图案，她望着这些图案，心上蒙了一层阴霾，她在想象中漫游在茫茫大海之中，成串的珍珠和白色的浪花粘在一起，在那蓝色的光芒中，她的整个心灵起了变化，她变得非常不可思议。

后来，围绕着她手的漩涡减弱了，哗哗的湍流停止了，却能听到浪花的飞溅，拍打着小舟的声音。她弯下腰，屏息谛听，走过来，再走过去，她能听到所有的东西其实都和你非常接近，比如海岸，一上一下的海岸在波动着，诱惑着在大海中的漂泊者。

当这个小舟在灼热的阳光下随波逐流地飘荡，在远方看起来大海像一片非常荒凉而单调的荒原，在那儿，光和影互相交错，扭曲了万物的形态，一会儿阳光令人眩目，一会儿阴影遮蔽了视线，她使自己转换方向了。

她感到了自己的呼吸和生长，也感到了和她一起呼吸和生长的孩子。她经常能看到一个人影儿，像自己一样，在大海上航行，有什么东西在一个地方逗留。

她看到，这个海面上连一个斑点都没有，大海伸展进去，像丝绸一般光滑，所以她看不到距离，不论是前面还是后面，所有的距离都被洪荒吞没了，她想，距离的作用那么大，就像对某个人的感觉好坏，就取决于他离我们距离的远近。她离她的孩子远吗？孩子从一开始就孕育在她的肚子里，可他们却像她的影子似的若即若离，永远回不到她的怀抱里来，他们宁愿像鱼似的滑入大海……游来游去，最后被距离所吞没。塔尔拉的存在，就像一片树叶漂在海上。她重新凝视大海，眺望那个树叶似的岛屿，树叶似的岛屿虽然失去了鲜明的轮廓，它也非常渺小，非常遥远，但它比遥远的海岸更重要。

日子就这样一天天地过去。

万克已经离不开纯子阿姨了。纯子阿姨除了给他好吃的，还教他认字，他最先认会的两个字就是他的名字——万克。后来她还教他画画，给他买来许多水彩笔，万克对画画充满了好奇，他喜欢把纯子阿姨教的圆圈画得溜直，然后首尾衔接，在一张纸上就画成了一个大方块，然后把剩下的地方全画成波浪和乱七八糟的线条，说是有很多水，还要画一些鱼、大海一样的大涝坝（蓄水池）。纯子阿姨一点都不怪他，夸他是个好孩子，又教他画画，他想画一条小万克一样的鱼，却不会画，纯子阿姨说小万克是鱼，要把涝坝画得好看点，在涝坝边上画了些芦苇。他还要画红柳哩。纯子阿姨握着他的手，两人画了一片红柳丛，还画了紫色的红柳花，虽然涂得一塌糊涂，但俩人都很开心。纯子阿姨教他在红柳丛中画了两个小人，说一个是大万克，一个是小万克，在红柳丛中藏猫猫。他一想到藏猫猫，兴奋了，一个劲儿地催着纯子阿姨快点叫小万克从她肚子里游出来，一块到红柳丛中去藏猫猫。纯子阿姨很高兴，带着他先到红柳丛中去藏了，一个找一个，把万克玩得忘记了日月。那段时光是万克最开心的时候。

万克和纯子阿姨玩游戏时，也画了不少塔尔拉能看到的东西，比如沙枣树啦，四方四正的军营啦，红柳枝围起的篱笆墙啦，牛啦，能画的他都画了。有一次，纯子阿姨教他画小万克，他说小万克应该像一条鱼，他一想到小万克就想到了鱼，纯子阿姨赞成他的想法，和他费了几天的劲儿，也没有把小万克画成，他们又没见过小万克的样子。他说纯子阿姨你不是说小万克会像我吗，就画成我当作小万克吧！纯子阿姨高兴地直说他聪明。但他自己画不了自己，就找来镜子一边照着一边画，却怎么也画不像，俩人为此苦恼了几天，不再画小万克了，等小万克出生了再画吧。他们想画些别的，可塔尔拉能画的都画过了，画什么呢？俩人想了半天，也想不出来，到外面转了一圈儿，实在找不到能画的，男孩就没有了画画的兴趣了。纯子阿姨看着男孩无精打采的样子，突然提出一个新奇的想法，她说，我看就画空气吧！

空气是什么呢？男孩琢磨着没办法下笔，纯子阿姨在空中抓了几把，说："这就是空气，你想画成什么，就画成什么吧。"

万克在纸上涂了半天，怎么也画不出来空气。后来，用白色的水彩涂了一张什么也没有的白纸，说："这可能就是空气吧。"

纯子阿姨看着看着，大笑起来，直夸他聪明，叫他拿着画有空气的白纸回家给他爸爸妈妈去看。爸爸妈妈看了，都不解，问他画的是什么？

"是空气呀！你们连空气都不认识。"

爸爸妈妈面面相觑，妈妈当即就流泪了，哭泣着说再这样下去，儿子非得叫那个神经病折腾坏不可。爸爸也觉出问题的严重性了，去找中队长郑重地谈了一次，中队长把妻子锁到了房子里。万克也被妈妈看管了起来，他又哭泣又闹，不管他哭泣得怎样伤心，撕碎了多少能撕的东西，妈妈就是不放他出去。

叶纯子也在房子里大喊大叫。万克的爸爸——指导员请示上级后，叫中队长在家陪着妻子。但叶纯子的叫声依然不断，家属院像遭了大劫似的，一个女人和一个男孩的哭叫声扰得大家心烦意乱。

这种毛毛糙糙的日子在这个秋天的一个黄昏里终于结束了。

叶纯子早产，又生下一个白得像鱼一样的死胎。

这次叶纯子不哭不叫，也不抱着死胎到外面疯跑了，嘴里一个劲儿地只说着一个字：鱼。

她的婴儿又像鱼一样滑溜溜地游走了。

万克知道事情的真相后，他也不闹了，一心想去纯子阿姨家看一眼那个盼望已久的小万克，他爸爸妈妈把他看得很严，他根本出不了门。他痛苦不堪地对爸爸妈妈说，他只想去看一下纯子阿姨生下的小万克像不像鱼。他的妈妈终于忍不住了，打了他一巴掌："什么小万克，什么鱼，你的魂是叫那个疯子勾走了。"妈妈打完骂完，伤心地大哭起来。

爸爸生气地骂妻子："你发什么疯？孩子有什么错！"

妈妈跳起来，指着丈夫的鼻子骂道："我是疯了，可你比我更疯，都是你，把孩子弄成这样，这回我不听你的了，非走不可，就是离婚，儿子也是我的，我可不想叫儿子从小生活在这个疯子待的地方！"

爸爸不吭声了，蹲到地上，慢慢地掏出烟点上。

万克对爸爸妈妈的这种举动习以为常，但他看到妈妈这回动真格的，边流泪边收拾东西，怯怯地上去拉住妈妈的衣角，问妈妈要去哪里，妈妈没好气地说："去哪里？去哪里也比这里好，再住下去，我们都得疯了！"

万克呆了，他的眼前闪过纯子阿姨苍白的面孔，还有她那提包一样大的肚子，那里有他盼望已久的小伙伴，他不假思索地说了句："我不走！"

"你为什么不走？"

"我要等小万克像小鱼似的再游回来！"他仿佛看到小万克又游回了纯子阿姨大海一样的肚子里。"疯了，都疯了！"妈妈将一件衣服狠劲地甩到地上，歇斯底里地吼道。

爸爸被一口烟呛了，咳嗽起来。

万克第二天上午哄骗妈妈，说要到外面红柳丛那面去折些红柳枝来。妈妈跟着他到了后面的荒滩上，怕他又到纯子家去。万克磨磨蹭蹭地折了些红柳枝，对妈妈说他不会去纯子阿姨家了，他怕见纯子阿姨家的死——小孩。

万克跟着妈妈回家了，他告诉妈妈他今后会听话的，只是求妈妈别带他离开塔尔拉。

"不离开，想找死呀！"妈妈没好气地骂道。

随后几天，万克确实很听话，妈妈也不再骂他了，她乱糟糟地收拾东西，扬言要走了。

万克待在屋子里，安静地望着妈妈，他知道没法说服她，凭他一个小孩根本改变不了大人的想法。

爸爸到兵营去了，妈妈摔东摔西地撒气。万克看起来正常了不少，妈妈也不理他，比前几天看管得松多了。

万克是趁妈妈不注意，溜出家里的，他一个人到了外边，也没敢去纯子阿姨家，他朝纯子阿姨家那面望了一望，心里确实害怕见到纯子阿姨，小万克又无声地游走了，纯子阿姨伤心透了，见到他，纯子阿姨会更伤心的。他站了一阵子，朝另外一个方向走去。

他想去帮纯子阿姨找回像鱼一样游走的小万克，他想把小万克找回来。他没忘记到红柳丛里去折了一大抱红柳花枝，他想小万克一定会喜欢这些花的，等他游回来了，长大了，还要和他一起到红柳丛中藏猫猫呢。

投在路上的树影子变得越来越浓，那些微弱的声响也越来越乱，万克抬起头，他看到天上飘浮的云遮住了天空，天暗了下来，孤独寂寞一下子袭上他的心头，令他感到苦闷。

走出红柳丛，他步子越来越急。他想起一个地方——大涝坝。像海一样的大涝坝（他没有见过大海，他从纯子阿姨那里得知，海就是水组成的没有边沿的世界），那里有水，像大海一样的水，他想着在那里说不定能找到小万克的影子呢。

他要去大涝坝找小万克。

大涝坝在远离营房的荒滩上，那里非常洁净，没有一个人影。男孩沿着人们在荒滩上踩出的一条便道，快快地走到了涝坝跟前。

涝坝边上稀稀拉拉地长着一些芦苇，不高，已经泛黄了。快到枯黄的季节了。

他到涝坝边上来过一次，是和妈妈一起来的，塔尔拉的人吃的用的全是这个涝坝里的水，妈妈是来提水的，但一直牵着他的一只手，并告诫他，一个人千万不要到这里来，他当时间过为啥不能来，妈妈说不能来就是不能来不为啥。

他太孤单了，原来有时妈妈会和他在屋子里待一个星期，妈妈总是睡觉，也不和他玩，他走来走去，往往会引起妈妈过激的反应。他到房子外面也没有人和他玩，连个说话的人都没有。

后来结识了纯子阿姨，是她陪伴着他，给了他一个儿童应有的乐趣，并且给了他一个能拥有伙伴的希望，可是这个希望总是没有实现，眼看快实现了，那个不听话的小万克又游走了。他很失望。

站在涝坝边上，他望着静静躺在那里的一池水，想起和纯子阿姨画的那幅涝坝画来，它和现实中的涝坝差远了。但他已无心去对比了，他围着涝坝走了几圈儿，他只想在涝坝里找到纯子阿姨的小万克。

太阳这会儿又从乌云中钻了出来，阳光暖暖地淌了下来，溅了他一身，像金黄色的蜜蜂似的在他身旁飞舞，他也顾不上，望了望池水中的那个太阳，在水里还是红红的，像红柳花那么红。他沿着提水挖的台阶走下去，把怀里的红柳花放在水面上，与太阳比了比，发现还是红柳花更红些，他蹲在水池边，举着红柳花，对着水喃喃道："小万克，你游到哪里去了，你妈快急疯了。"他也用"疯"字了。

他的叫声惊动了一条水蛇，水蛇"哧啦"一声蹿到芦苇根去了。

他觉得四周草丛中发出的声音有些特别，轻轻摇晃的芦苇把晃动的影子投到水里，使水里有了丰富的水纹。

他没有看到水纹，却听到水里的响声，以为他唤到了小万克，心咚咚跳得快了，兴奋地喊道："是你吗？小万克，我是大万克，我来找你了，你游出来吧，我会和你玩的，等你长大了，我和你到红柳丛中玩捉猫猫，你妈妈说的。"

水里又响了起来。起风了，平静的水面上起了一圈一圈细微的波纹。

"真是小万克，纯子阿姨没有哄我，小万克像鱼一样，游来游去的。"他自言自语着，把手中的红柳花枝向前伸去。

"小万克，你游过来呀，看我给你带什么来了，是红柳花呀，多好看，我最喜欢红柳花了，你妈妈说你也会喜欢的。"

风过去了，水面平静下来，只是水中的那个太阳还在晃动。

"小万克，你咋又不见了，你总不听话，想气死你妈呀，你知道，他们都说你妈是疯子，你快来吧，游出来吧。你妈等着你哩。"

水里没有一点声音。

万克蹲在水边，泪水流了出来："小万克，你再这样，我不让你叫我哥了！"

水里没有声音。

"你不理我，你还不理我，看我不抓住你才怪哩。"

万克说着，甩掉鞋子，试探着走进水里。

水里有了响声，太阳又晃起来，他看到太阳跳来跳去，可总是跳不出这个涝坝。

"连太阳都跳不出去，小万克，看你能跑到哪里去！"

又一阵秋风走过，这回风大了，水面波纹也变大了，水里响声也大了起来。整个涝坝像大海一样疯狂起来，风掀起了一层一层的浪花，气势非常凶猛。

万克在浪潮里，与小万克一样游走了。

涝坝边上，万克的一双小鞋子，孤零零地停靠在水边的湿地上，慢慢地，被海浪一样溅起的水花打湿了。

（刊发于《人民文学》）

天堂的路是否平坦

　　我给你讲一下我的父亲张瓜娃吧。他讲这话时，我们已经喝了很多酒，他的舌头都不太灵活了，说出的话很僵硬，叫人听着好像是他在讲别人的父亲。

　　看他的这副样子，仿佛想把他积蓄了好久的沉思默想一下子倒空，不然，他决不会放过我这个听众的。自从我认识他后，我发现他是一个不太认真，但却很固执的人，难得见他这么认真地想给我讲有关他个人的事，不管他讲得有多生硬，但我还是很认真地听着。

　　我父亲张瓜娃这一生最大的不幸，就是生了我这个孽种。可我父亲张瓜娃一直不这样认为，因为我是唯一能延续我们张家香火的后代了。至于我的那四个哥哥姐姐，还有一个弟弟，都与我父亲张瓜娃无关。

　　我这样说，是我父亲张瓜娃到了四十岁时，才和我母亲贾寡妇结的婚。贾寡妇带着她和前夫生的四个孩子嫁给我父亲张瓜娃，村子里的人都说，贾寡妇是奔着我父亲张瓜娃的那份口粮来的。贾寡妇年轻时是有几分姿色的，一对大眼睛，双眼皮，脸皮白白净净，虽然生过四个孩子，守寡时间却长了。这样没有了男人的女人，老的慢，风韵犹存，本村和邻村的几个光棍没少打过她的主意，但她都没有动心，如果不是生活所迫，她也不会下嫁我父亲的。那时候，我父亲的口粮是村里给的，很固定，能养活人的。但我父亲张瓜娃从不这样认为，他一生都在感激贾寡妇，觉得是贾寡妇让他有了一个家，给了他一个家的感觉和家的温暖，特别是还替他生下了我这个为他延续香火的儿子，我父亲张瓜娃很知足。他承担了抚养贾寡妇四个孩子的责任，那些孩子与我父亲张瓜娃没有一点血缘关系，他们也不管我父亲张瓜娃叫爸，他们叫我父亲张瓜娃是"哎"。他们这样叫倒还说得过去，说不过去的是我的这个弟弟，他虽然不是我父亲张瓜娃亲生的，但他毕竟是我父亲张瓜娃与我母亲贾寡妇结婚以后生的，还在我的后面出生，可他也不把我父亲张瓜娃叫爸，跟着我的四个哥哥姐姐叫我父亲张瓜娃"哎"。这在我懂事以后，非常气恼，为这个还和他正式打过几架，但我父亲总是拉住我，声音很小地说，算了算了，他不叫就不要勉强了。我父亲一副胆小怕事的样子，好像是他做下了亏心事似的。

我的这个弟弟是贾寡妇和乡上的民政干事林旺才生的，这个大家都知道，连贾寡妇自己都这么说，一副很荣耀的样子，生怕别人误认为这个孩子是她和我父亲张瓜娃的。我弟弟——我还是叫他弟弟，就别提和林旺才长得有多像了，连走路一摇一晃的姿势，那种目中无人的神态，都是活脱脱地和乡上的民政干事林旺才一模一样的。那时贾寡妇和我父亲张瓜娃还是名义上的夫妻，她和乡上民政干事胡来，也是为了投靠民政干事，能有个好日子过。因为我父亲是个瞎子，后来地分到各户后，五保户村上不管了，由乡上的民政部门出面救济。民政干事林旺才就出面，给我家一些优待，不是送来百八十斤粗粮，就是给四五十块救济金。一来二去的，我母亲贾寡妇看上了这个民政干事手中的权力，林旺才也看着我母亲有些风韵，又是我母亲主动地投进他的怀抱，这等好事哪能放过呢，再说，林旺才也觉着我母亲好端端的一个美艳寡妇，却被生活所迫无奈地嫁给一个瞎子有点吃亏，他赚了我母亲的便宜，还认为他干的是件助人为乐的好事。不过，民政干事还真不错，和我母亲有了一腿后，多给了我母亲不少钱粮，并且隔三岔五地还给我们这些孩娃一些糖果饼干什么样的，我们很高兴，我母亲贾寡妇更感激他，后来她对民政干事还发展到有了感情，无奈民政干事的老婆比她还年轻，她做不了民政干事名义上的老婆，就只好偷偷地和民政干事做夫妻间的事。民政干事林旺才的老婆也是睁一只眼闭一只眼，她认为民政干事也算是整个乡上的一方领导，和谁生个一男半女，就应该有这个特权，她在家种地，是农村户口，也不敢管国家干部——民政干事的个人事情，反正她占着乡上民政干事老婆的位子不让，照样吃香的喝辣的，也缺损不了什么，何乐而不为呢。

所以，贾寡妇说我弟弟是她和乡上的民政干事生的，一点也不可耻。

只是我父亲张瓜娃被母亲明目张胆地带着个大大的绿帽子，却还不敢吭声，不但不敢吭声，还装着什么事没有的样子，可见我父亲张瓜娃是多么窝囊的了。

后来，我长成大人，明白世事了，才知道我父亲不窝囊都不成，说白了他不窝囊都不行。他能有什么办法呢？我父亲张瓜娃只是一个望不见世界颜色的瞎子，在明眼人的世界里，尚且有很多人阻止不了这种事情的发生，就像民政干事的老婆，而他，这样一个靠着政府照顾的瞎子，又有什么办法阻止自己名义上的老婆和乡上的民政干事胡来呢，何况，他老婆还从中获取了一定的利益。

我说了这么多，还得明确告诉你，我父亲是个瞎子，天生的，一辈子都没有见到过纷纷扰扰的颜色是怎样在他面前更换变化着，他不知道世界是个啥样子，有多大，更别说贾寡妇长得是什么模样了，所以我母亲的容颜对于我父亲来说，像他摸索着的世界一样是黑暗的，这也就难怪我母亲会为乡民政干事主动地投怀送抱，也就不难理解明明乡民政干事占了我母亲的便宜，却反认为是替他人解脱着苦难。我父亲一生下来，眼睛长得倒不小，就是眼神没有光，不像别的孩子的眼睛那样，眼神虽然软，却有精气神。我奶奶觉得不太对劲，天天给我爷爷念叨，我爷爷看着也有点怕了，忙找医生去看，到了确诊我父亲是瞎子时，我爷爷的心霎时凉得像冬天的雪，也没什么劲给我父亲取个像样的名字，就像对待一个与他毫无血缘关系的人一样，只是很随便也很冷淡地看了父亲一眼，就随了大家叫他瓜娃。瓜娃在我们那里就是傻瓜的意思。

不说这些了，还是说我和我父亲张瓜娃的事吧。

我一生下来，我父亲张瓜娃高兴得想放开胆子大笑几声，但他终于没有得意忘形，相反显得非常紧张，慌得手足无措的他一个劲扯着旁边的人问，他是好的吗？是好的吗？

别人都知道我父亲问的是我的眼睛是不是好的，他最担心的是我一生下来，别和他一样是个瞎子。

证实了我的眼睛确实不是他那样瞎着时，我父亲怎么也抑制住不住他那个高兴劲，手足舞蹈起来，叫在场的人看了都不知道心里是什么滋味。后来有人给我讲起当时的情况：我父亲一听到我的眼睛没瞎，便放声大笑起来，一边笑着，一边转着圈子，可笑着笑着，他的笑声就变成了哭声，先是那种被压抑的抽泣，尔后又成了要释放什么似的、宣泄地放声大哭，由于情绪激动过度，他脸上的肌肉跳得突突的，空洞的眼窝里涌出来许多的让人看了觉得苦涩与心酸又觉得很滑稽的泪水，被脸上的肌肉震得到处乱飞。别人说张瓜娃你有了儿子，并且是个很健康的儿子，你应该高兴才是，这个时候你还哭什么呢？我父亲一边哭着抹着眼泪说，我是高兴的呀，只是我也不知道，我怎么高兴了就是这样子。

不知你见没见过瞎子的笑容，尤其是我父亲这样长着一对空洞的大瞎眼睛的笑容，也许是父亲没有亲眼见过这个世界上存在着的许多不同样式不同内容的笑容，所以他的笑是彻底的、坦诚的、纯净的，没有一点儿杂质，并且毫无保留地释放着他一嘴的白牙，亮亮的如同在太阳底下绚丽地盛开着的野花，绝不似那些有着一双能辨清黑白、分清美丑的眼睛的正常人，有时笑中含着虚伪，隐藏着另外一种让人害怕让人不知不觉便想着要警惕着、防备着的东西。我父亲张瓜娃的眼睛是残疾的，然而他的笑却是健康的，这健康而坦诚的笑容叫我至今想起来，都感到有一种灿烂的温暖。

我的出生我父亲带来的幸福是巨大的，所以，即使是我后来耻为人言的所作所为都没有叫我父亲对我有一丝怨气，他对我总是充满了宽容。

大家都知道，瞎子在对待许多事物上靠的是感觉，比如，正常人认识花是因了花的模样、花的色泽，然后才是花的香气。而瞎子，对花的第一感觉是靠嗅觉来完成的，他首先是嗅到花的芳香，然后才知道这种散发着很自然的香气的东西，它的名字叫着"花"。再比如认识一个人，正常人一眼就能看出这个人和另外一个人的外表的不同来，而瞎子看不到，他们则是靠着"听"才认识这个人非那个人。还有对一种物体的认识是靠着"摸"，摸出来的形状反映到大脑里，这种形状便构成瞎子对这种物体的直观认识。瞎子走路就难了，靠感觉那是在小范围之内的，是常走才熟悉，要走到外面却不容易，但并不是不容易就难倒了眼睛不方便的这一类人群，他们依然有自己的方法来与这个世界相容，所以在生活中我们可以看到许多瞎子独自一个人在他不甚熟悉的环境中行走时，都伸着一根棍子，这样一根普普通通的棍子，他们用来探索前面的路是否平坦；这样一根棍子，是他们顽强地和生活接触的一个点。我们那个村子是在山区，山多地少，为了挤出一些地来多种些粮食，路都修得比较窄，唯一宽敞点的就是村街上的那条道了，就这么一条体面的村街，村子里的人却把自家的粪土堆得到处都是，弄得村街上也坑坑洼洼的，一点都不平坦。我父亲每次手里拿着个红柳棍，高一脚低一脚地从村街上走过，跌跌撞撞的样子，经常会惹来小孩们的嘲弄，为此我父亲窝在家里，不敢出门。自从有了我这个儿子后，我父亲不管那么多了，经常出去走走，为的是听到别人说他有了儿子的赞美声。当我长到两岁的时候，会走路了，我就不愿待在家里，整天要出去耍，像所有做父亲的人一样，我父亲牵着我的手，我们父子相互依托着，走来走去，我父亲带着我耍。时间一长，就变成了幼小的我紧贴着我父亲结实温热的身体，牵着我父亲的手在村子里转悠了，这样一来，我很自然地过渡到了替代着我父亲手中的红柳棍的时代，随心所欲地发挥着我幼儿时期的好奇心，带着我父亲到处转悠了。我父亲为我的这种过渡显得异常高兴，他扔掉了和他厮守了四十多年的红柳棍，他有了儿子最直接的引导，比红柳棍要灵活方便多了，而且拉着儿子的小手，他心中那无法表述的父爱也有了寄托。所以，当我毫无目的地、以我一个儿童盲目的兴趣拉着我父亲东奔西窜时，他不但没有责备，反而还会不断地发出爽朗、愉悦的笑声，

那段时光，是我父亲一生中最快乐的了，他忘记了四十多年生活中充满的艰辛，忘记了人生道路上那布满的坎坎坷坷，还有别人对他这个瞎子无情的嘲笑。

也就是那个时候，我那风韵犹存的母亲贾寡妇已经瞄上了乡上的民政干事林旺才。当然，那时候我家里的情形也是非常的差，四个哥哥姐姐在上学，都正是长身体的时候，吃得又多，家里没有壮劳力，父亲又不能操持庄稼，地里收成不好，也难怪我母亲贾寡妇气恼，我家里粮食经常有上顿没了下顿。如果我母亲不靠着和乡上的民政干事去黏糊，从中获取一些好处，那种日子真不知怎么才能熬过去。

说到这里，我得说说我母亲贾寡妇了，她是一个很现实的人，在最困难的时期，为了养活她的四个孩子，她没有嫁给那些健康、正常的人，而

是义无反顾地嫁给了我父亲，并不是我这个残疾的父亲有多么优秀，或者我母亲对我父亲有多少崇拜和热爱，而是她看中了我父亲是个劳保户，是那种不愁吃喝的人，她以为嫁给我父亲也可以让她的四个孩子吃饱喝好。但到后来她才发现，我父亲除过生产队的五保户口粮外，别的一无所有。等到土地包产到户，大家都各顾各的时候，我母亲就更沮丧了，因为我父亲无法下地干活，一个大男人，却不能当做一个劳力用，倒成了个累赘，家里地里还得靠她一个人的忙乎，所以她对我父亲的态度也就大变，动不动就指桑骂槐地乱骂一通。我父亲一直觉得贾寡妇嫁给他一个瞎子，已经很委屈的了，如今还给他生了一个儿子，这是他以前想都没想过的，这就是有恩于他了，所以，我母亲贾寡妇骂他的时候，他从来不还嘴，一个人抱着头，默默地坐在一边，两只无神的眼睛空洞地望着一个地方发呆。我想那时候我父亲张瓜娃心里肯定是长满了悲伤的草，将他的心缠得喘不过气来，但与他单身生活的日子相比，他现在的生活中有了我这个儿子，这就是他生活中的亮点，为了这唯一的亮点，他无可奈何地承受着一切，只在心里盼望着我早点长大成人，扩大他生活的亮点，化解他生活中的重压和苦楚。

慢慢地我长到了六岁，在这样稚嫩的年龄里开始体味生活，开始有了强烈的自尊。村子里的小孩子们都不愿和我玩，他们歧视我是瞎子的儿子，还嘲笑我是我父亲的棍子，开始我还和他们对着骂，后来急了，就发展到了打架，终因寡不敌众，经常被他们打得鼻青脸肿，大哭不止。每当这时，我父亲不但不帮我数落那些坏孩子，还反过来教导我不要与人打架，要与人为善，好像是我愿意和别人打架似的。有次我和别的孩子打完架，人家孩子的大人找到我们家里来论理，我父亲除了一个劲地给人家赔不是，还不停地埋怨我不懂事，不听话。我对我父亲张瓜娃的懦弱、胆怯一下子产生了厌烦情绪，哭闹着对我父亲吼道："都是因为你这个瞎子，他们才嘲笑我，骂我打我的！"

我父亲心里是藏着很深的自卑的，其实替父亲想一想，他与正常人相比，失去的不仅仅是光明，他无法享受到许多常人根本不屑于享受和体会的东西，就好像一个乞丐，连别人不吃的东西他都吃不上，他怎么会不自卑呢？但我当时还只是一个儿童，除了我自己的感觉之外，是无法替我父亲设身处地的感受一番的。父亲听我这么一吼，脸色一下变得很难看，嘴唇哆嗦着，却说不出一个字来。我才不管那么多呢，谁让他是个瞎子呢，就因为他是个瞎子，就因为我牵着他的手到处走过，才使我受尽了村里孩子们的讥讽、嘲弄与谩骂，受尽一个本可以尽情跳跃的年龄里不应有的孤单和寂寞，还有深埋在心里和他一样的自卑。我思前想后，觉得一切都源于我有这样一个父亲，我恨死了我的这个瞎子父亲。从此，我发誓不再和父亲一起出去，不愿再做父亲探路的棍子了。

　　脱离了父亲，慢慢地就有小伙伴和我玩了，我整天玩得昏天黑地的，忘记了回家，忘记了吃饭。我父亲张瓜娃的手抓不着我的手了，就像没了魂似的，他已经习惯了出去的时候身边有我，有他的儿子的小手，他早就扔掉帮他探路的棍子。现在我不理他了，就像他扔掉棍子一样将他扔掉了。父亲计较的并不是这些，他扔不掉的是对我的惦念，对我的牵挂。在我应该回家而没有回家时，父亲坐立不安，他也不拿棍子，摸索着走出我家的院子，站在家门口，扶着门框，竖着耳朵在他黑暗的世界里捕捉着我的声音，不时朝有声音的地方，喊着我的名字，让我回家，吃饭。

　　我好不容易才和小伙伴们搞好了关系，听到父亲的喊声，竟厌烦透了，我作对着故意不搭理父亲的喊叫，而且每次偏要等到天黑透了才磨磨蹭蹭回家，一回到家就数落我父亲的不是，他在我的埋怨声中，没有一点儿气恼情绪地答应再不喊叫我了，可每天到那个时候，他又照样如此。气得我有时偏不回家，故意气他。

　　可我父亲依然如故。

　　为了摆脱我父亲的纠缠，我在小伙伴们的怂恿下，报复了一次我的父亲。

　　那天，我父亲又站在我家门口喊我时，我看着小伙伴们，我没有看到他们的目光中有歧视的意思，他们都用鼓励的眼神看着我，我的心怦怦直跳，第一次开口答应了我父亲的叫喊。我让父亲过来，到我们这边来，我才愿和他一起回去。我父亲听到我竟然开口答应了他显然很高兴，也不怀疑我会对他恶作剧，他两只手向前伸着，在空荡荡的空气中摇晃着，脚步小心翼翼地挪着、摸索着路向我这边来了。

　　我前面说过，我们那里的路都不平坦，就连村街上也是坑坑洼洼、高低不平。我父亲，一个瞎子，就是这样没有棍子探路独自一人踏着如此不平的路来找寻他的儿子，脚下高高低低，身子在摇摇晃晃，脸上却布满了那种憨憨的笑容，一口白牙在笑容绽开的时候，异常明显。我父亲从村街上缓缓向我们走来的样子，滑稽极了。

我们一帮小伙伴异常兴奋地看着我父亲张瓜娃走路的样子，一边乐不可支地大喊大叫着，一边还意义深远地不停地看着我。我明白他们看我的意思，他们是说这就是你爸！你爸这个瞎子走路就是这个滑稽的样子。

当时我的自卑感在刹那间像洪水一样将我整个儿淹没了，我在伙伴们又跳又叫的声音里很冷漠地看着我父亲摇摆不定的身影，对我父亲的怨恨和气恼在那一刻变得十分强烈，我没有在那曾让我感到温馨的笑容里生出对父亲的爱意和怜悯来，竟恶毒地生发出要消灭我这个样子的父亲的念头，好叫他别再丢人现眼，让小伙伴们另眼看我了。

这个想法就好似有了温暖的阳光、适宜的土壤和湿润的空气的种子，一旦破土冒了尖，就再也不能缩回去了。我的报复情绪毫无理由地滋长了。这时，我父亲还带着那憨憨地笑一步一步向我走近，已经走到了一个别人挖好的排水沟跟前，他似乎也用脚探到了前面的危险，步子缓慢了下来，也变得谨慎了起来。小伙伴们都屏住了呼吸，看着我父亲，又看看我，我就是在这个时候，气呼呼地对我父亲喊叫着："哎，快走，停下干啥？前面的路是平的。快点，要不我就不理你了！"我父亲张瓜娃听到了我语气里对他的不满了，稍稍犹豫了一下，却还是选择了相信他的儿子，继续往前迈了一步。这一步，使我悔恨终生。

我父亲张瓜娃当时一脚踩进了排水沟里，排水沟很深，我亲眼看着我父亲脸上的笑在面前闪了一下，还没来得及收起来，便一下子重重地摔在了排水沟里，他倒地的声音不是很响，却很沉闷。

一直静声屏气等着看好戏的小伙伴们，在我父亲倒地后，终于发出了"轰"的一声大笑，这种笑声浪潮一般很喧闹地盖过了我父亲倒地时沉闷的声音。

我父亲在众人的大笑声中艰难地爬起来的同时，"噗噗"几声从嘴里吐出了一些脏东西。当时，我还以为我父亲吐出的可能是泥土什么的，过了会，我才发现他的鼻子、嘴角流出了几股混着泥土的血水。

我父亲张瓜娃摔倒时，脸碰在了排水沟的石头上，他一口雪白的牙齿一颗不剩地全被石头磕掉了。因为是他的亲生儿子——曾拉着他的手带着他四处转悠的儿子叫他往前走的，我父亲没有埋怨，吐掉了嘴里的碎牙后，还展着他的笑容说了句"没事，没事"，来掩饰他的尴尬。但我发现，这时父亲的笑是扭曲的，尤其是没有了一口白牙的映衬，显得是那样的悲凉和哀伤。

那天回家后，我看到我父亲哭了，哭得异常伤心，他压抑着不发出哭声，一张空洞的没有了牙齿的嘴里发出沉闷的呵呵声，把静谧的夜晚渲染得更加寂静和恐怖。

那天晚上后，在我幼小心灵里，种下了永远的内疚，尽管我父亲伤心过后，一再对我说他不怪我，但我永远不会原谅我自己，直到我死，我也不会原谅我的那次过失。

你不知道，因为我的恶毒，使我的父亲失去一口健康的牙齿后，他又额外遭受了更多的罪。

我已经说过，我的家境不够好，首要问题是缺粮吃，而这时我母亲贾寡妇又和乡上的民政干事林旺才生了个儿子，又多添了一张吃饭的嘴。因为我的这个弟弟名不正言不顺，而乡上的那个叫林旺才的牲畜又只管日娃却不管娃，我家的负担更重了。我父亲张瓜娃一向自认为干不了体力活，不该吃好的，就每顿饭都让大伙先吃，到最后只剩饭剩汤了，他才去。我们都习惯了我父亲这样的退让，谁也不觉得父亲的退让有什么不好，或对此有什么歉意，说白了，谁让我父亲是个干不了体力和技术活的瞎子呢。然而，父亲被我陷害掉一口牙之后，依然没有谁想着为我父亲留下一口好吃的。我的父亲张瓜娃，即使是在有了这样的一个家庭之后，也是独自品尝着生活的苦与涩。

那一次，我们全家都吃过饭后，给我父亲只剩下了一点锅巴，我父亲把锅巴塞进嘴里嚼着，半天没有听到动静，我抬头一看，却见父亲的嘴角全是血沫，他扁着的嘴巴在开开合合间，是一口令人惊悸的鲜红的血色。我的父亲用他没有了牙齿的牙床嚼着干硬的锅巴，却让锅巴将牙床割得伤痕累累，弄得满嘴是血。

我的心痛得像在无数个针尖上滚过一般，颤着叫了声："爸……"

父亲听到我的叫声，停止了咀嚼，竟憨憨地笑了一下。这一笑，他的嘴张开了，"嚼"烂的锅巴毫无遮拦地和着血浆一起流了出来……

他讲不下去了，已经泣不成声。

我以为他喝多了酒，精神已经麻醉了，没想到他哭了一阵，突然站了起来，非常认真地对我说，我父亲死了有十七年了，他死得很惨，是跌进村后的涝坝里淹死的。村后涝坝边的那条路很不平坦。自从那次我与小伙伴们合谋导致我父亲摔倒在排水沟，磕掉他的牙后，我对父亲深深的负罪感使我心甘情愿地又开始牵着他的手，充当他的探路棍了。但父亲被涝坝水淹死的那天，我放学后，和几个同学到学校后面的树林里去掏鸟窝里的鸟蛋，春天了，鸟开始生蛋了，我想掏几颗鸟蛋解解馋，那天回家晚了点。我父亲还和以前一样，每天都在院门口竖着耳朵，辨听一群放学回家的学生当中他儿子的声音。那天他听到许多小孩子都放学回来了，直到再没有学生的说话声了，也没等到我回来，他就着急了，也没有心情再等下去，就一个人摸着沿村后的路去找我，那段路最不好走了。春天暖和解冻后，人们往涝坝里放完水后，没有把通往涝坝的那条渠用土填上，往年都是放完水就填上的，那一年却没有及时填上。眼睛明亮的人走到渠边，都会跳过去，我早上上学时，也都是跳过去的。没有人认为那条渠没填上会有什么太大的不方便。我父亲看不见路，却因为有我的牵引，也能避过这个陷阱。然而那天父亲既没有我的牵引，他本来就是迫切地要寻找我的呀，也没有用探路棍。我自从上学后，就不能牵着父亲的手给他当探路棍了，我还想着叫我弟弟接我替我呢，他不没到上学的年龄，在家闲玩呢，谁知这个小杂种不但不接我的班，当着我父亲的面指着说："他又不是我的父亲，凭什么？"说着，小杂种还用手指了指乡政府那个方向，没等他说出自己的爹来，就被我一巴掌打回去了后半截话。小杂种挨了打，我妈把我打了一顿不说，还骂我是小杂种呢。我父亲气得全身发抖，却没敢和我妈理论，从此以后，我不在他身边的时候，赌气连探路棍也不用。

那天，我父亲只想着尽快找着他的儿子，却忘了在路途中张着狰狞的嘴冷阴谋取地等候着他的危险，从来没有看见过什么是光明的父亲很轻易地就在黑暗中掉进渠里。渠很陡，里面全是稀滑的泥，他就滑进涝坝里去了，涝坝里是刚放满的水，冰凉冰凉……

他泪水纷飞地结束了他的讲述，我还沉浸在他父亲张瓜娃的苦难之中，他却突然扑过来，抓住了我的手，紧紧地，抓得我的手好疼，我说，你快放开我的手，有什么话好好说。

他的神情很悲痛，显然和我一样都还沉浸在他父亲人生历程的苦难之中，他情绪很激动地对我说，有关我父亲的记忆虽然不是很多，但每一片记忆都带着血泪，每当我一个人静坐着的时候，我就会想起我的父亲，都能看到我父亲在坎坷的人世间摸索着行走的身影，是那样的孤独，那样的凄凉。他看不见光明，看不见阴沟和陷阱的心灵，只有我现在才能触摸到，但一切都已经晚了，没有办法可以弥补我的过去，没有！他曾用一双没有光明的眼睛光明地看待着他的世界，可是他的生活中他的情感世界里又何曾享受过光明？连我这个让他倾以全部感情的亲生儿子都使他绊子，你说我父亲能不苦吗？

他泪眼迷蒙，表情迷茫地望着不知哪个地方，我静静地看着他，我知道他此刻只是需要我的倾听，倾听他多年来深埋在心中的对他父亲的怀念和忏悔。许久他才又缓缓地说，我一直想着能写一篇有关我父亲的文章，当做祭文，然而带到他的坟前念给他听，父亲看不见，他一定会用心听到我内心的表白，这样让叫我心里会有一点慰藉。但我写了十七年，没能写成一张完整的文字，每次一提起笔，就叫泪水把纸浸湿了。你写写我父亲吧，我十七年前就把文章的题目都想好了，就叫：天堂的路是否平坦。我父张瓜娃一辈子在人世间没走过一点平坦的路，坎坷一生，他已经消失在人间这个充满了苦难的土地，到另一个世界去了这么多年了，别人都说，善良的人死后会上天堂。我父亲这一生没有看到过人间真正的丑恶，他把什么人都想得很好，没干过一件伤天害理的事，别人伤害了他，他连一句埋怨的话都没有说过，我想，他应该去的是天堂，这么多年了，我多次在梦里梦到他，但从来没有听他说过那面的事情，不知天堂的路是不是和人间的路一样难走？

（收录于文化艺术出版社于 2006 年
出版的《燃烧的马》一书中）

走在我身后

现在一切才刚刚开始
我还有时间走到大地的尽头与白昼诀别
像一个孤独的异乡人
加入这如此盛大的加冕仪式
我已忘却自己
我还将继续把谁遗忘？

——引自谷禾的诗《走在我身后》

你的固执会害了你一生。

他不信这句话，觉得说这句话的人，最多是个没有出息的作家，只能写些《走在我身后》之类的文字垃圾，污染少女一般干净的白纸。

他从骨子里轻视这种人，这种人只能使天空更加浑浊，生活没有情趣，所有他爱的人变得没有了秩序，对他这个人是否还能生存下去产生了怀疑。

他还是坚持走了下去，在没有路的荒野上，他的心里装满了路的惨白影子，孝布似的在眼前飘来荡去，诱惑着他走过去，只有走过去，他的心里才能安宁。因为在不久前，他的躯体已被一个人当做尸体焚毁，虽然燃烧的只是照片上的他，可他已感到那种烧灼灵魂的疼痛，他走到哪里，都以为自己是一堆散发着腐味的骨灰。但他的心没有死，总在死灰里扑腾，幻想着找到一个荒凉的净地，然后把自己种在那里，像草一样重生，沐浴春风和阳光。

他挑选了一匹马。一匹白马。本来他不喜欢白色，包括白色的动物。但他还是选择了白马，他信奉白马非马的悲怆说法。在他心中，马是神圣的，用来给人坐骑，简直是对马的侮辱，但马浑然不觉，尤其是那些能够展示自己脚力的神骏，被人骑在身下，简直像一个被人轮奸的荡妇，大汗淋漓地舒展在男人胯下，还以为得到了生命的恩泽，非常愉悦地嘶鸣几声，心满意足的样子，叫他看了恶心。

白马则不然，被那些心灵扭曲的人视为没有喜色的不祥之物，弃之荒野，甚至不列入马的行列。其实白马是多么幸运呵，免遭人的做贱，像一个高傲的女人，自由地展示自己的风韵。那种魅力，只有马才有。马身上诱人的魅力，常使他热泪充盈，他想圣洁的女人要是一匹马就好了。最好是匹白马。

他选择一匹白马同行，就像与一个魅力纷呈的女人同行，他几近枯竭的心里，充满了甜蜜。所以，他一路走来，脚步轻盈，根本没有跨上马背、驾驭马的欲望。他只想与马相伴，去找寻他理想的一片净地。

那里自然是水草丰美，再理想不过的一方圣地。

于是，他与马走进了天山。

天山像人的手指，高低不一，在这里似歇口气似的，就扔下了一个偌大的缺口，沿缺口走进去，是一片开阔地，一眼望不到边的草原。

心里就这般解放了吗？

他的灵魂从烟雾中钻出，就这般永恒地飞翔了？未曾想心里能容下这般浩瀚的绿地，他的眼睛像天上的星星一样，从天山之巅滑落，在草叶间流动，体味着马儿的唇热，带着膻气的鼻息是马儿释放出的激情，煽动得草儿挺立在荒原之上疯了似的生长，为的是在马齿间脆响。

那是他心动的一刻，能够装点他一生的记忆。他一直向往着，自己能是一棵这样的草，哪怕是一棵永远也长不大的矮草，只要能触到马的双唇感受到马的气息，成为马的食物，他就知足了。

他真的很容易知足，在他生活的那个地方，按照常规，他与一切能够交往和不能够交往的人在一起朝夕相处，他够认真的了，正因为他的认真，才导致人对他的轻慢。他在人的周围越来越不重要，有时甚至被忽略，忽略到如一缕轻烟，被那个人用一根火柴头点燃，了却他一生才感到心动的一切，那一切已成灰尘，像他的躯体一样，一天天衰败，四散飞去。

但他的灵魂里永远留下了那个人，就是焚烧他的那个人，因为那个人使他有了重生的机会。不然他还一直沉迷于浑浊的人流之中，灵魂永远得不到安宁。

他是很固执，但他自信没有因为固执而害了一生。因为固执，他才有了出走的机会，毫不犹豫地在芸芸众生的马群之中，选择了这么一匹白马，用他还存活于世的灵魂，准备和这匹白马相伴一生，走向大地的尽头。

这匹马多么好呵！走在他身后，让他觉得他这一生就是奔这匹马来的。

于是，他感谢那个焚烧他的人。那个人叫他思念一生。

他喜欢这匹马，不！仅仅喜欢还不能表达他全部的爱意。那些带着"爱"字的词是多么虚弱呵。

他太想与马为伍了。

马是多么伟大呀，尤其是白马，一生都在展示自身的魅力，连睡觉都是站着，那种洒脱、飘逸，人永远也学不会。所以他才把这匹马当做优秀的女人，只有优秀的女人，才能与马相提并论。至于那些跨在马背上的男女，是多么卑微，多么叫马不可思议，他们以为驾驭了马，其实是马驾驭了人类，因为马把你驮到什么地方，是由马决定的，你用缰绳指定的路线，马是用自己的蹄子一下一下敲击出来的，而不是你能够触摸到的诺路.

骑马的人太悲哀了。想想你的样子，有多么可怜吧！

他才不愿做可怜的人，他就这样与马交流，他的灵魂达到了真实的极地，他的躯体才属于他自己，尽管不时还有种骨灰燃尽的想法，但那种依附，是那个人给他的。不然，他怎能有来到巴音布鲁克，把自己种进草地的机会。

但他的腿拔不动了。刚才还能行走的脚已经在马的注视下，淹进浓密的草丛，因为马的眼神，他的脚底钻进了泥土里，刺刺啦啦地长出一蓬蓬粗硬的根须，扎进了土地的深层，他像棵草似的立在了丛草之中，稳稳地开始生长了。

这是他要达到的目的，可一旦达到了，他才有了一种失落感。这么多的草，哪一棵都比自己挺拔，哪一棵都比自己芳香四溢，他是那么普通，他再有情，也得有马钟情于他呀！

他沮丧地望着马，其实马也一直注视着他，并且张开温热的双唇，正期待着他的滋润，它的两排白齿，正干渴地分离着，像剥蚀了的白骨，多么的诱人。

它喘出来的气息，灼热而烫人。他能感受到那种烘烤身心的疼痛，自从那个人焚烧了他之后，他对这种疼痛的理解，只限于扑进一汪清澈的水中，使自己的灵魂与水接触，把烟雾拒之水外，让燃烧的心灵在水里熄灭，保留一个还能完整存活的跳动。

快点，水，来救我吧！此刻只有水才能够把他救活。水在哪里？所有的水在那个人的手里，那个人却无动于衷，任黑色的火焰吞噬着一个可悲的生命。那个人，真能狠下心！你再对别人有成见，也不能不施舍一点一滴的水，就让他毕毕剥剥地在你面前烧毁，他有什么罪？

他在你心里，留不下一点痕迹，你这样做，他能重生为一个真正的人么？

他应该找到水，送到那个人手里，那个人完全可以救他一回。

他环顾四周，发现不远处有一条闪着蓝光的水流，原来水离得这么近，就在眼前，它看不到么？那个人对水的感情超过了一切吗？水对那个人来说，比他还重要么？

他不能再想，他已经全身灼疼，再没有水，他会干枯，化为灰烬，连那颗他想保全的心也要成为一缕轻烟了。

那边有水，这还不够么？一条河，足以烧灭一团微不足道的火焰。

你没看到吗？那条河叫开都河，是一条永远流不尽的开都之河！

他拔出双脚，血和汗水使他疲惫不堪，但他一点也不想做短暂的休息，他拖着双腿，像带着锁链的逃犯，一步一步地向开都河走去。

开都河是一条随心所欲的河，沿着草地的低洼处，弯弯曲曲地从巴音布鲁克草原上流过，这是一条永远不会枯竭的生命之河，它是天山的精血，给大草原的青草茎叶间输送了第一粒阳光。

他回过头，想唤马过来，汲取这纯净的河水，可马站在原地，只用忧伤的眼神望着他。

他理解马的心境，它不是无情，它太疲惫，在纷杂的尘世里，它的痛楚也不比他被烧烤着好到哪里去。

那个人简短的经历，使他万分怜爱。他愿汲取河水，交到那个人的手里，那个人或许需要这种水，才能拿定主意，要不要救下他的灵魂。他用什么来盛水呢？他一眼就看到了一双靴子，好像是上天故意放在河边，专等他来用的。他没有多想，抓起靴子，弯腰把靴子浸

到清亮的河水里。平静的水面惊出两个蓝洞，将靴子吸了进去，靴子发出畅快的欢叫声，呻吟着喝起河水。这种声音叫他兴奋，心里的疼痛不见了，只剩下一种想向这种声音逼近的劲头，以致靴子喝饱了水，他也忘了他要干什么。

这时，一个蓝色的影子像精灵一样飘然而至，轻轻地落在他的身旁，他一点也没有感觉到。直到一个声音似从蓝色的河水里钻出来，柔软地飘进他的耳朵里，他才从梦中醒来一般，惊得差点丢掉手中的靴子。

是你拿了我的靴子？这是一个女人的声音，嗓音甜美得像马奶子酒。

他站起来，从河水里拔出一双湿淋淋的靴子，站在这个女人面前，这个女人美丽无比，眼睛圆得像马的眼睛，就因为这双眼睛，他才觉得她很美丽。

一袭白得泛着蓝色的长裙，把她的体态充分地展示了出来，他不敢再多看。他心慌慌地跳着，结结巴巴地说道：

我只想用这靴子盛些水送给我的白马。它需要水，它要用水做一件非常重要的事。

你的马要饮水可以牵过来到河里饮水，我的靴子不是用来盛水的。

对不起，它不是要饮水，它要用这水去浇灭一团火焰。

什么火焰？

就是正在焚烧我的火焰，我还在燃烧，只剩下最后一颗心了，再不把水送过去，我就连心也烧成灰了。

女人笑了一下，表情生动起来：

你这个人真有意思，你自己烧着了，可以自己用水浇灭呵，何必要把水送给你的马呢？

我自己救不了我自己，能救我的，只有我的马。

我倒乐意帮你。

你不能，你不是我的马！

女人失望地甩了甩手，四周看了一下。那么，你的马呢？它现在在什么地方？

他用提着靴子的手指了指，说：它在那面，它因为伤感已迈不动步了。

女人向那面使劲看了看，没有找到马的影子，不相信地又到那边去找了找，很快她就返回来了。她来去的速度非常快，不像在地上走倒像在草尖上飘，轻得像一缕微风。

这里没有一匹白马，连马的气味也没有，你这人怎么能这样哄人呢？

我没哄你，它就在那里，正等着我拿水过去呢。你别和我说了，我要过去了，不然它就不高兴救我了。

说完，他提着两只滴着水珠的靴子，来到了白马跟前。

白马的眼睛亮了起来，那种光亮使他忘记了所有的疼痛。他将两只装满清水的靴子递过去，说：白马，你如果认为有必要的话，就浇灭这团火吧，我想留下一颗心。

靴子被接住了，他的两只空手还举在空中，他激动得都不知收回来了。他心想那个人焚烧他，为的就是烧掉他多余的躯体，只留下他的心，让他从这颗心开始，重新长出一个躯体，能够使那个人看到的另一个他。

他等待着，等着那种灼烫的疼痛从心底消失，让另一种温暖包含住他这颗孤独无依的心。

他抬起头，万分悲伤地看到，在他的面前，根本没有一匹白马存在，至于那两只还在滴水的皮靴，正真实地提在女人手里，她用非常贴近的目光深情地注视着他，要看透他似的，叫他无法忍受。

他失望地低下了头颅，感到那种灼疼正在迅速地啃啮着他的心。他绝望了。他对一切已经不抱任何希望了。这里根本没有什么白马存在，它只是你意象中的唯一希望，你不要再抱有任何幻想。现在能救你的，只有我！

他惊愕地看了一下四周，空荡荡的荒野上根本看不到一点马的影子，甚至连一点能动的生命都没有，除了她之外，就剩下他了。

她是怎么取代了那匹白马的，整个过程他都没有听到一点动静。他应该知道，人和马一到真正的草原上，像踩在地毯上一样，怎么会有声音呢？

她的声音在他的耳旁不停地游荡着，现在你该明白了吧，那个焚烧你的人，不是你心中的白马，她能狠心地烧毁你，她就不是你心中神圣的马！

不！他大叫道。没有人能够代替那个人，她就是我心目中的那匹马，她幻化为白马，一直走在我的身后，等待着我给她送去能浇灭火焰的清水，拯救我的灵魂。

她摇了摇头，痛苦不堪地说：你太固执了，固执会害了你一生，你该清醒了！

住口！我讨厌别人说我固执，但我偏要固执，我没有错，她也没有错。错的只是我和她不该同时在这个世上出现。

你已经没救了！她竟平静地说。你要冷静下来，好好想一想了，或许你到这里来，碰上我，是你的造化，只有我，才能占据你心中的位置。

不！不是！你不是那匹马！

我是女人！

你是女人！可你不是那匹马！他吼叫起来。

不管你怎么想，是我救了你，并且你拿了我的靴子，草原上的人就不会放过你，你就等着吧，天一亮，他们就会为你我举行喜庆的典礼，把你的灵魂同我葬在一起，你得永远陪在我的身边，成为我今生今世永恒的一部分。

远处传来了鸡鸣，如远古的警钟，砸得他向后倒退了好几步，差点摔倒在地。

她上前扶住快摔倒在地的他，温柔地说道：你的身心已弱到这种地步，就不要再折磨自己了，认命吧。我会待你很好的，现在就送你一桶最好的马奶子酒，滋补一下你的身体。

说着，她从身后提出一个奶桶，一股醇醇的甜香味扑了过来，一下子就把他罩了个严实，他头有点晕了。你知道吗，这可是我的奶做的，我就是马。你拿了我放在河边的靴子，就等于拿走了我的双脚，我没有了脚，就不能走路了，我只有飞，像一片即将枯死的草叶，飘来飘去的，只有认定你，才能安宁下来，你喝了我的奶酿制的酒，就伴我一生吧，我是多么孤独呵！

她说完，洒下一串清泪，恋恋不舍地走了。

太阳的光血雾似的倾泻下来，落到草地上，却变成了纯净的蓝色，把偌大的草地染得一片青蓝，蓝得叫他有点晕眩。

透过这片无边无际的蓝雾，他看到从远处的蓝天上，变出一匹披着蓝光的白马，正款款地向他走来，那种从容不迫的姿势，叫他感动得泪水长流。

待白马走到他的跟前，他才看清，这哪里是一匹马呀，分明是那个人，正用迷人的青蓝色眼神，柔柔地望定了他。

还等什么呢？她来接他了，她的神情里没有一点矫揉造作，全是真诚的邀请。

他能说什么呢，一切的一切都是那个人想把她永久地存在心里，才把他烧成骨灰，与他永恒地相伴在一起。他感觉到了，他毫不犹豫地奔了过去。他已经忘记了，他的脚底生出了草根，他像一株青翠的草，带着草根，愿随她到别的清静之地，再次扎根。

（刊发于《雨花》2001 年第 2 期）

后 记

    收在这本集子里的十六篇小说，是我不同时期的产物，所以，很难把这些作品归类谈论。我不喜欢给自己制订写作计划，或者划分类别，不给自己施加额外的压力，逮着什么写什么，没有偏重。但从这本小说集的整体内容来看，农村题材的要多一些，尤其是新疆农村的。其实，我在新疆十六年一直在部队工作，从没在新疆农村生活过一天，但我有十七年陕西农村的生活经验，凭想像写出了这些作品。我喜欢写从未经历过的事物，这样更具有探秘感。

    我写新疆的风情，写牧民、写小镇居民的生活，写他们的善良，写人间的温暖，也写生存的苦难，还写时代变迁对道德冲击的忧虑。比如《天堂的路是否平坦》《在路上》等，这些作品是我对那片土地上人和物的感官经验。一个时期以来，我只是在努力写自认为认识的新疆，可能漏洞百出，但却是我的真挚情感。像《小锅饭》和《丙家父女》这样的作品，能看到的那些故事和人物，在现实生活中不会存在，我描绘出来的，是在一种写作动机的支配下，对生命自我认知的表达而已。说句实话，我不会有意识地去营造边疆农民的温情生活，只是想写出他们的生存状态与自然和谐的亲情。写这些作品的时候，或许我的写作心态是松驰的，没有背负现实生活与道德伦理的重量。

    可是，我写新疆军营生活的小说，如《塔城之塔》《白墙》《万克是一条鱼》就不同了，这些作品以农村兵的奋斗经历为主要内容，写他们的努力、无奈、嫉妒等微妙的心态，似乎写实了一些，但这类小说绝对不是我的精神自传，只是与我的人生经历有些相似罢了。再就是都市题材，写当下生活，写婚姻家庭，这是我三十多年城市生活经验的表达。我调到北京已有十六年了，随着生活环境的变化，慢慢地，心里会衍生出无穷无尽的顾忌，甚至卑微，还有虚伪。我的生活看似像原来在新疆时一样，表面是平静的，可内心却无法像以前那样安静了，似有头蛰伏冬眠已久的兽，苏醒了似的，在追赶着我，不容我停歇。所以，像《谁说我有病》《黑洞》《你陪谁玩》这样的都市题材小说便应运而生。当然，还有《北京不相信眼泪》。都市开放性的空间与人内心的狭小封闭，使人在情感上渴望他人的慰藉与理解，在理智上又害怕受到伤害，又不自觉地逃避他人的理解与关心。人们生活在这一系列的悖谬之中，渴望突围，又无处可逃。于是，"围城"就成为都市的象征，那些没法进入都市生活的人将城市称作"鸟市"（《黑洞》）。有意思的是，如果系统地看这些作品就会发现，这些小说里的主人公千方百计进入都市，却很少能融入都市生活的大潮，他们与都市貌合神离，他们自觉地改变自己去适应都市的生活，但都市似乎始终接纳不了他们。比如《北京不相信眼泪》，在这个更广阔、更繁复、更积聚，也更凸显城市意义的视域中，我将目光汇聚于漂泊北京的三位外地女性的日常生活景况上，虽然酸楚、艰辛、彷徨、打拼等，凡此字眼并没有刻意，但却出现了。需要强调的是，我不愿让我的小说里漫溢出"京漂"的五味杂陈，我更想使自己处于隔岸观火的叙述姿态里，让人感心挂怀的不再只是个体意义上的女性命运演绎，而更多是普通意义上的生活本身的思量。但只能说，日常生活，才是《北京不相信眼泪》这部小说名副其实的主角。

一直以来，很多理论经常在批判，日常叙事常被用来抗拒宏大叙事，抗拒其中内含的为历史、为时代代言的言说欲望。对我来说，从来就没想过要承担写什么的责任。生活自身的存在意义进入这个生活世界，我只要写自己想写的，就够了。我一直拒绝用任何观念引领我的小说人物走下去，我也不打算把自己对于生活或者世界的理解当作高悬在故事上方的妙谛纶音。事实上，我后来的一些小说越来越不厌其烦地在描写日常生活的庸常、琐碎与物质，像《庄莎的方程》。显然，这一日常叙事无关宏旨，指向的也不是庄莎这个人物的价值观或价值取向。我只是想对庸常生活中不可阙如的情感进行一些探询，写一个女人在本质和欲望的纠缠中，一种存在的可能性而已。对我来说，每写一篇小说，不见得就有生活的影子，或受什么情绪的影响。现实生活可能会提供庄莎这个人物的样本，她的举动，或者说成她这个难解的方程，在我本人看来有悖于常情，可我的写作初衷不是要把庄莎写成这样的物质女人，我只是想写出这个女人的复杂性。因为，现实提醒我们，生活不必总是那么严肃、正经和复杂，可是它也告诉我们，每个人都不是单面的。所以，我写成了这样，它可能没有真正进入生活的深层，但它有生活的基础，有小说的一些意义存在。

每篇作品的写作动机都不一样，有时因为突然的一句话，一个现象，或者一个人物，在我脑子里会马上形成一些可触可摸的情景，会勾起无端的联想。可一旦动起笔来，又是另一回事，有时可能会写得一点都不生动，有时会偏离创作初衷，写成另外一个东西。这都非常正常。

我们面对的人生，是一个复杂多变的万花筒，虽然无法预知未来，却可以通过小说去想象，去描述。创造一个不复存在的小说世界，安排他人的命运，是每个小说家最迷恋的事情。这也是我热爱小说的真正原因。

是为后记。

温亚军

2016 年 11 月 25 日

中国言实出版社全民阅读精品文库

"当代中国最具实力中青年作家作品选"系列图书

1.　《一路划拳》　　　孙春平　著　　2016 年 1 月出版

2.　《香树街》　　　　宗利华　著　　2016 年 1 月出版

3.　《金角庄园》　　　海　桀　著　　2016 年 1 月出版

4.　《眼缘》　　　　　郑局廷　著　　2016 年 1 月出版

5.　《江南梅雨天》　　张廷竹　著　　2016 年 1 月出版

6.　《午夜蝴蝶》　　　胡学文　著　　2016 年 1 月出版

7.　《股东》　　　　　丁　力　著　　2016 年 3 月出版

8.　《在时间那边》　　荆永鸣　著　　2016 年 3 月出版

9.　《金山寺》　　　　尤凤伟　著　　2016 年 3 月出版

10. 《人罪》　　　　王十月 著　　2016 年 3 月出版

（该书入选出版界图书馆界"全民阅读好书推荐书目（2015—2016）"）

11. 《桃花落》　　　温亚军 著　　2016 年 4 月出版

（该书入选出版界图书馆界"全民阅读好书榜 50 种（2015—2016）"）

12. 《莫塔》　　　　吕 魁 著　　2016 年 6 月出版

13. 《营救麦克黄》　石一枫 著　　2016 年 6 月出版

14. 《界碑》　　　　西 元 著　　2016 年 6 月出版

15. 《八道门》　　　周李立 著　　2016 年 6 月出版

16. 《时间飞鸟》　　邱华栋 著　　2016 年 6 月出版

（该书入选出版界图书馆界"全民阅读好书推荐书目（2015—2016）"）

17. 《戏法》　　　　杨洪军 著　　2016 年 7 月出版

18. 《弑父》　　　　曾维浩 著　　2016 年 7 月出版

19. 《金枝夫人》　　　　弋　舟　著　　2016 年 10 月出版

20. 《红领巾》　　　　　东　紫　著　　2016 年 10 月出版

21. 《吼夜》　　　　　　季栋梁　著　　2016 年 10 月出版

22. 《你没事吧》　　　　杨少衡　著　　2016 年 10 月出版

23. 《黑夜给了我明亮的眼睛》女　真　著　　2016 年 10 月出版

24. 《种春风》　　　　　余一鸣　著　　2017 年 1 月出版

25. 《同一条河流》　　　阿　宁　著　　2017 年 1 月出版

26. 《绣鸳鸯》　　　　　马金莲　著　　2017 年 1 月出版

27. 《隐声街》　　　　　薛　舒　著　　2017 年 1 月出版

28. 《庄莎的方程》　　　温亚军　著　　2017 年 1 月出版

29. 《绫罗》　　　　　　阿　袁　著　　2017 年 1 月出版